La passion dans tes yeux

BELLA

ANDRE

LES SULLIVAN – 1

La passion dans tes yeux

Traduit de l'anglais (États-Unis)
par Agathe Nabet

J'AI LU

POUR elle

Vous souhaitez être informé en avant-première
de nos programmes, nos coups de cœur ou encore
de l'actualité de notre site *J'ai lu pour elle* ?

Abonnez-vous à notre *Newsletter* en vous connectant
sur **www.jailu.com**

Retrouvez-nous également sur Facebook pour avoir
des informations exclusives :
www.facebook/jailu.pourelle

Titre original
THE LOOK OF LOVE

1

Quand il vit la longue route déserte se profiler devant lui, Chase Sullivan se sentit revivre. Ses essuie-glaces avaient beau peiner contre un violent orage de printemps, il était plus que soulagé d'avoir réussi à filer à l'anglaise pendant le soixante-dix-septième anniversaire de sa mère.

Quand on réunissait sous un même toit les huit enfants Sullivan, on pouvait s'attendre à de nombreux éclats de rire, quelques œillades complices et au moins une bonne prise de bec. Et Zach, en se pointant ce soir-là avec une fille qui était sortie avec Gabe deux mois auparavant, n'avait pas facilité les choses…

Le simple fait de rassembler six frères, quels qu'ils soient, âgés de vingt-sept à trente-six ans suffit sans doute à garantir l'explosion. Car étant donné qu'aucun de ces deux-là ne tenait particulièrement à la fille, on pouvait en conclure qu'ils avaient décidé cette fois d'en découdre uniquement par besoin de relâcher la pression. De toute façon, il avait suffi que Smith fasse son apparition pour que la fille en question ne prête plus attention à aucun autre mâle présent dans la pièce.

La réaction des gens face à sa star hollywoodienne de frère faisait toujours rire Chase car, au bout du compte, en dehors du fait qu'il possédait un yacht de quarante-cinq mètres sur lequel étaient invités les plus grands noms du cinéma, Smith n'avait rien de plus que ses frangins.

Si cette soirée avait mal tourné, cependant, c'était surtout à cause des sœurs Sullivan – des jumelles qui ne s'adressaient plus la parole. Les regards furieux qu'elles s'étaient lancés d'un bout de la pièce à l'autre avaient néanmoins permis de combler ce manque de dialogue.

Il y avait bien longtemps de cela, Chase avait respectivement rebaptisé Lori et Sophie, la Gentille et la Méchante. Si elles ne s'étaient pas ressemblé comme deux gouttes d'eau, on aurait pu jurer qu'elles n'avaient aucun lien de parenté tant leurs personnalités étaient différentes. Ce soir-là, toutefois, c'était Lori, la Gentille, qui avait paru sur le point d'étrangler la Méchante. Chase avait même eu l'impression que Sophie faisait tout son possible pour passer inaperçue aux yeux de sa sœur.

Fort heureusement, il avait eu une bonne excuse pour s'éclipser avant le crêpage de chignon en bonne et due forme, se dit-il en s'engageant sur la route de campagne qui conduisait au vignoble Sullivan de Napa Valley.

Pendant les quatre journées à venir, Chase allait effectuer un reportage de mode dans le domaine viticole de son frère Marcus pour le compte de Jeanne & Annie, une griffe de haute couture qui cartonnait, alliant luxe et esprit rustique. Les mannequins et l'équipe résideraient en ville, tandis que Chase occuperait la maison d'hôtes de la propriété.

Un éclair zébra le ciel et, si l'accotement lui avait permis de se garer, Chase n'aurait pas hésité à le faire pour prendre quelques photos. Il adorait la pluie, la façon dont le mauvais temps change l'aspect des choses et donne, par exemple, à une prairie ordinaire l'aspect d'une étendue mouvante, composée de milliers d'oiseaux blottis les uns contre les autres. Les conditions climatiques extrêmes, celles qui mettent la plupart des photographes de mode au bord de la crise de nerfs – spécialement ceux qui recherchent *la* lumière de coucher de soleil susceptible de sublimer leur cliché – aiguisaient au contraire les performances créatrices de Chase.

C'était dans ces moments-là, quand tout semblait aller de travers pour les autres, que la magie opérait à ses yeux. Les modèles baissaient leur garde et laissaient voir, au-delà de leur beauté factice, ce qui se trouvait derrière le masque. Chase était convaincu qu'un véritable lien harmonique devait s'établir entre le sujet et son appareil photo – aussi essentiel que celui qui existe entre le mannequin et les vêtements, les bijoux ou les accessoires que celui-ci est censé mettre en valeur.

Au début de sa carrière, Chase, comme tous ses confrères hétérosexuels, s'était évidemment laissé happer par le tourbillon de beauté physique auquel il était confronté, considérant cela comme un des avantages du métier. Mais à l'approche de la trentaine, il avait pris conscience que l'enthousiasme d'un instant vite balayé par le suivant ne faisait pas le poids face à l'éternité de ses clichés, et il s'était calmé.

Entre ses allers-retours réguliers en Asie et l'absence de rencontre significative, il en était même venu à observer la plus parfaite abstinence sexuelle depuis un bon mois. Abstinence qu'il s'apprêtait à rompre le soir même avec Ellen, une des régisseuses de domaine qu'il avait croisée pendant les préparatifs du shooting dans le vignoble de son frère.

La perspective de cet agréable interlude faillit l'inciter à ignorer le clignotant d'une voiture rangée sur le bas-côté de la route. Par un temps pareil, aucun Californien digne de ce nom ne se serait aventuré à prendre le volant à moins d'une bonne raison et il n'avait pas croisé un seul véhicule depuis une demi-heure.

Chase ralentit et alluma ses feux de brouillard. L'automobile s'était embourbée dans le fossé et quelqu'un marchait le long de la chaussée, une centaine de mètres plus loin. Le bruit de son moteur incita la personne à tourner la tête vers lui et de longues mèches de cheveux mouillés scintillèrent dans le faisceau de ses phares.

Tout en se demandant pourquoi cette femme n'était pas restée à l'intérieur de sa voiture à attendre la dépanneuse, Chase s'arrêta et sortit pour lui venir en aide.

— Vous êtes blessée ?

Elle se couvrit la joue d'une main, mais secoua la tête.

— Non.

Chase dut se rapprocher pour l'entendre malgré le bruit de l'averse qui virait à la grêle. Il avait éteint ses feux avant de descendre, mais sa vision s'adapta rapidement à l'obscurité, et il parvint à distinguer son visage.

Et sentit ses poumons se contracter.

Malgré sa chevelure plaquée sur son crâne et ses épaules, cette femme qui ressemblait à une rescapée de la noyade était d'une beauté époustouflante.

L'œil du photographe inventoria instantanément ses traits et ses mensurations. Sa bouche était légèrement trop grande et ses yeux immenses placés un peu trop bas sur sa figure. Sa silhouette n'avait pas la finesse gracile d'un top model, mais son jean et son tee-shirt moulaient des courbes plus qu'harmonieuses. Entre l'obscurité et leur état détrempé, il ne fut pas en mesure d'estimer la couleur de ses cheveux, toutefois leur aspect parfaitement lisse et soyeux ne laissait aucun doute quant à leur volume et à leur densité.

— Mais ma voiture est complètement fichue.

Quand la deuxième partie de la réponse percuta enfin son esprit, Chase comprit qu'il avait un instant perdu contact avec la réalité de la situation, trop occupé qu'il était à dévorer des yeux son interlocutrice, avec l'avidité d'un gréviste de la faim devant un banquet. Il s'efforça de se ressaisir et concentra son regard sur le break qui était effectivement en piteux état. Pas besoin de posséder les diplômes de mécanique de son frère Zach pour constater qu'il était en bout de course. Même si son pare-chocs avant n'avait pas été embouti par la clôture du champ qui avait interrompu sa trajectoire, ses pneus lisses n'auraient pu emmener sa conductrice nulle part par ce temps.

Si la bagnole avait été en meilleur état et si elle n'avait pas été coincée de cette façon-là, Chase aurait conseillé à cette femme de s'y asseoir pendant qu'il l'extirpait de l'ornière. Mais avec cette roue arrière qui s'inclinait vicieusement sur le rebord du fossé…

— Montez dans ma voiture, dit-il en agitant le pouce au-dessus de son épaule. On va appeler la dépanneuse.

Il n'avait pas eu l'intention de lui donner un ordre, mais la grêle tombait de plus en plus dru et il s'était exprimé d'un ton abrupt parce qu'il avait hâte de se mettre au sec. Et parce qu'ils avaient autant l'un que l'autre besoin de s'abriter sous peine de geler.

La femme, qui se tenait en face de lui, ne bougea cependant pas d'un pouce, se contentant de le dévisager comme s'il avait complètement perdu la raison.

— Il est hors de question que je monte dans votre véhicule.

Chase réalisa alors soudain à quel point ce devait être effrayant pour une femme seule de se retrouver en panne au bord d'une route déserte, sous l'orage et de nuit. Il recula d'un pas.

— Je n'ai pas l'intention de vous agresser, je vous assure. Je ne vous veux aucun mal.

Il vit ses cils palpiter quand il prononça le mot « agresser » et son signal d'alarme interne retentit. Chase n'avait jamais attiré les nanas à problèmes et n'était pas du genre à s'apitoyer facilement. Mais il avait deux sœurs et savait interpréter les signaux de détresse féminins.

Cette femme, en plus d'avoir versé dans le fossé, redoutait visiblement quelque chose, fuyait quelqu'un.

Dans l'espoir de lui communiquer un sentiment de sécurité, Chase tendit la main vers elle.

— Je jure sur la tombe de mon père de ne vous faire aucun mal. Vous pouvez monter dans ma voiture sans crainte.

Constatant qu'elle ne réitérait pas son refus, il décida de pousser l'avantage.

— Je souhaite seulement vous aider.

Et c'était ce qu'il souhaitait sincèrement. Un peu plus qu'il n'aurait dû face à une parfaite inconnue.

— Je vous en prie, ajouta-t-il. Permettez-moi de vous venir en aide.

Elle scruta son regard un long moment tandis que l'averse de grêle s'abattait entre eux. Autour d'eux. Sur eux.

Chase eut conscience qu'il retenait son souffle en attendant qu'elle prenne une décision. Sa réponse n'aurait pas dû avoir une telle importance pour lui.

Mais étrangement, ce qu'elle allait dire semblait soudain lourd de conséquences.

Chloé Peterson ne s'était encore jamais sentie aussi trempée, misérable et désespérée. Elle avait roulé au-dessus de la limite autorisée jusqu'à ce que l'orage se déchaîne. Et quand elle avait voulu ralentir sur la chaussée glissante, ses pneus lisses l'avaient projetée hors de la route.

Et elle s'était retrouvée dans le fossé.

Le plus simple – et le plus sensé – aurait été de rester dans sa voiture en attendant la fin de l'orage. Mais elle était trop survoltée pour rester immobile. Elle avait besoin de bouger, de continuer à avancer pour empêcher les pensées qui tourbillonnaient dans sa tête de la rattraper. Elle avait donc enfilé les bretelles de son petit sac à dos et était descendue du break alors que la pluie commençait à s'amplifier.

Les grêlons avaient meurtri sa chair, mais elle avait accueilli avec reconnaissance leur morsure glacée. Parce qu'elle lui permettait de se concentrer sur autre chose que ce qui s'était passé quelques heures auparavant.

Elle ne savait pas trop où elle se trouvait – pas plus qu'elle ne savait où elle allait – mais elle avait espéré prendre la direction d'une ville, peu importait laquelle. Les routes qu'elle avait empruntées s'étaient révélées étrangement désertes et elle venait à peine de se mettre à marcher que les phares d'une voiture avaient surgi derrière elle.

Une peur panique l'avait saisie quand le véhicule s'était arrêté, et elle s'était figée, le temps de se ressaisir. Elle était seule sur une route de campagne déserte et obscure. Elle n'avait pas son portable et, même si cela avait été le cas, il n'y aurait sans doute pas eu de réseau en plein orage dans un endroit aussi perdu.

Un homme – très grand – était sorti de l'auto et s'était dirigé vers elle pour lui ordonner de monter à l'intérieur.

Pas question.

Il avait essayé de la convaincre qu'elle ne risquait rien. Il avait tenu des tas de propos rassurants, mais Chloé n'avait croisé que trop de ces hommes qui disent une chose avant de faire l'inverse.

— Je ne vous connais pas, avait-elle répondu.

C'était peut-être un tueur en série. Elle avait des jambes, elle pouvait marcher et songerait à trouver un abri plus tard.

Une expression d'agacement se dessina sur les traits de l'homme, et elle sentit qu'il était sur le point d'insister quand, brusquement, un crissement de pneus dérapant sur le bitume lui parvint. Avant qu'elle ait eu le temps de comprendre ce qui se passait, l'autre l'avait attirée contre lui. Elle ne se débattit pas et ne pensa même pas à le faire car une moto fonçait droit sur eux.

Elle ferma les paupières pour se préparer au choc, mais l'homme l'avait soulevée dans ses bras et avait sauté souplement dans le fossé en la serrant contre lui.

Quand elle rouvrit les yeux, Chloé vit la roue arrière de la moto chasser sur la route, puis se stabiliser, à l'endroit précis où elle s'était trouvée une seconde plus tôt. Son cœur, qui avait momentanément cessé de battre, redémarra brutalement tandis qu'elle regardait le motard s'éloigner.

— Tout va bien ?

Elle leva les yeux vers celui qui n'avait pas hésité à faire rempart de son corps pour la protéger et, pour la première fois depuis qu'il était descendu de sa voiture, comprit à quel point il était séduisant.

Non, rectifia-t-elle intérieurement. *Séduisant* n'était pas un terme assez fort pour décrire cet homme-là. Malgré la pénombre, elle vit bien qu'il se détachait nettement du commun des mortels. Il était aussi grand qu'elle en avait immédiatement eu l'impression et, même sous cette pluie glacée, d'une beauté… saisissante.

Tandis qu'elle l'observait, Chloé eut la surprise de sentir une onde de chaleur se propager à travers son corps.

Était-ce en réaction à son aspect ou au contact de son corps contre le sien – étant donné qu'il la tenait toujours dans ses bras ?

La façon dont il l'avait écartée de la trajectoire de la moto l'incitait à lui accorder sa confiance. Et un autre soir que celui-là, cela aurait sans doute suffi. Mais aujourd'hui…

La boue dans laquelle ils avaient atterri les avait tous deux éclaboussés. Chloé se tortilla entre les bras de son sauveur pour tenter de se relever.

— Attendez, dit-il. Je vais nous sortir de là.

Un instant plus tard, il la déposait sur le bas-côté.

— Nous ne pouvons pas rester ici. C'est aussi dangereux pour vous que pour moi.

Le bon sens de Chloé lui souffla qu'il ne mentait pas, mais elle n'arrivait toujours pas à se départir de sa méfiance.

D'un autre côté, elle n'avait pas tellement d'autre choix.

— OK, fit-elle après avoir repassé dans sa tête la manière dont il venait de la protéger. Je viens avec vous.

Et elle souhaita de toutes ses forces ne jamais devoir regretter cette décision.

2

Dieu merci, se dit Chase quand elle accepta enfin de le suivre. Cette moto lui avait fait une peur bleue. Il n'avait pas réfléchi, se contentant d'agir impulsivement pour la sauver. Les sauver tous deux.

Et ce fut son instinct de gentleman qui l'incita à tendre la main vers son sac à dos.

Elle fit aussitôt un bond en arrière.

— Non ! s'exclama-t-elle avant de dissimuler son expression terrifiée. Je peux porter mon sac, je vous remercie, ajouta-t-elle plus calmement.

Chase aurait pu se sentir insulté par sa réaction, mais il comprenait qu'une femme reste sur ses gardes en présence d'un inconnu dans une situation pareille.

Malheureusement, alors qu'elle se dirigeait vers sa voiture, Chase s'aperçut qu'il était incapable de détacher les yeux de sa silhouette somptueusement curviligne.

Mais un homme qui a deux petites sœurs – surtout quand lesdites sœurs sont jolies et qu'elles se fourvoient dans de nombreuses aventures amoureuses – accorde plus de considération que les autres à son interaction avec le sexe opposé. Chase et ses frères aimaient s'amuser – aimaient même cela plus que tout au monde – mais aucun d'eux ne se serait jamais avisé d'abuser d'une femme. En partie parce qu'ils savaient qu'il était bien plus excitant et plaisant de les faire ramper avant de leur octroyer leurs faveurs…

Mais ce n'était pas le moment de penser à ça. Pas quand une demoiselle qui semblait rescapée de la noyade se trouvait à portée de main… Enfin, pas à portée de main à proprement parler puisqu'il avait promis de garder les siennes loin d'elle, mais disons devant lui.

Conscient que l'intérieur cuir de sa voiture ne serait plus jamais le même une fois qu'il serait entré en contact avec l'eau et la boue dont ils étaient couverts, Chase ouvrit la portière côté conducteur et se glissa au volant. La vapeur qui s'élevait de leurs vêtements se condensa sur les vitres, rendant l'habitacle encore plus intime qu'il n'était déjà. Chase ne put s'empêcher de remarquer que sa passagère embaumait la pluie et les fleurs fraîchement écloses.

— Où comptiez-vous aller ? lui demanda-t-il.

— Si vous pouviez me déposer au motel le plus proche, ce serait parfait, biaisa-t-elle. Pas trop cher, de préférence, précisa-t-elle après un instant de réflexion.

Chase lui répondit d'un ton plus bourru qu'il n'en avait eu l'intention. Entre ses projets pour la soirée qui menaçaient de plus en plus sérieusement d'être avortés et le fait qu'il essayait d'empêcher le délicieux parfum émanant d'elle d'altérer ses sens, il avait l'impression de ne plus maîtriser grand-chose.

— Écoutez, je peux vous héberger pour la nuit dans une chambre d'amis. Nous appellerons la dépanneuse depuis la maison de mon frère – c'est là que je vais.

Mieux valait attendre qu'elle soit séchée et réchauffée pour lui expliquer que, même après que la dépanneuse aurait tiré son break du fossé, il était fort probable qu'il ne serait plus en état de rouler.

— Je vous remercie de votre proposition, répondit-elle d'un ton ferme où pointait toujours la méfiance, mais un motel sera très bien.

Elle eut un léger haussement d'épaules.

— Et ce ne sera pas la peine d'appeler une dépanneuse. Au stade où j'en suis, je crois que je ferais aussi bien d'abandonner ma voiture dans le fossé.

Dans sa voix, la volonté de se dominer refusait de céder le pas à l'épuisement. Elle n'avait visiblement pas les moyens financiers de se sortir de ce pétrin, mais elle ne s'était pas contentée de fondre en larmes sur le volant de sa voiture.

Chase savait qu'il aurait quant à lui dû se contenter de la déposer devant le premier motel venu. Après tout, c'était ce qu'elle lui avait demandé de faire. Mais il ne pouvait se résoudre à l'abandonner devant un hôtel sordide. Sinon, il savait qu'il pourrait lire sur son front POURRITURE la prochaine fois qu'il se regarderait dans la glace.

D'autant que son instinct lui soufflait que cette femme n'avait pas seulement besoin de se faire conduire jusqu'à un motel. Il en était même aussi sûr qu'il était certain qu'elle n'apprécierait pas ce qu'il avait décidé de faire.

Aucun des signaux d'alarme qui se déclenchèrent dans sa tête ne fut assez puissant pour l'empêcher de vouloir l'aider malgré elle.

Il mit le moteur en marche et, alors qu'il s'engageait prudemment sur la route, il prit conscience qu'il ne connaissait même pas son nom. Comme il avait décidé de l'emmener dans la confortable maison d'hôtes du vignoble de son frère – qu'elle le veuille ou non –, quelques formalités de base s'imposaient.

— Je m'appelle Chase. Chase Sullivan.

Aucun son ne s'élevant du siège du passager, il se surprit soudain à sourire largement. À quand remontait la dernière fois qu'une femme ne s'était pas jetée à son cou quand il avait daigné décliner son identité ?

D'un autre côté, celle-là ne lui avait strictement rien appris d'elle-même. Elle ne lui avait pas donné de nom et n'avait pas souhaité lui apprendre où elle allait.

À l'évidence, elle avait des problèmes. La déposer là où elle le voulait avant d'aller rejoindre Ellen pour une nuit de folie aurait été bien plus malin.

Pourquoi, dans ce cas, ne le faisait-il pas ?

Et pourquoi se sentait-il tellement attiré par cette inconnue ?

Il laissa le silence se prolonger, sachant qu'elle ne lui répondrait que si elle se sentait suffisamment à l'aise pour le faire.

— Je m'appelle Chloé, déclara-t-elle finalement.

Un très joli prénom. En temps normal, il le lui aurait dit, mais elle était si susceptible qu'elle risquait de mal le prendre. D'autant que Chase avait remarqué qu'elle ne lui avait pas révélé son nom de famille.

Elle tourna la tête vers la vitre quand ils passèrent devant un panneau de signalisation faiblement éclairé.

— Où allez-vous ? demanda-t-elle, clairement paniquée. La ville est à l'opposé !

Fort heureusement, ils approchaient du portail du domaine Sullivan. Chase pressa le bouton de la télécommande et s'engagea dans l'allée.

— Chase…

Elle avait dit cela d'un ton lourd de menaces, mais il n'en apprécia pas moins la façon dont son nom sonnait dans sa bouche.

— Je vous ai demandé de me conduire jusqu'à un motel.

Il réfléchit à la meilleure façon de lui répondre. Devait-il s'excuser ou bien, au contraire, se montrer cassant ? Il sentit qu'elle ne se laisserait prendre à aucun de ses mensonges et opta pour la simplicité.

— La maison d'hôtes était plus proche. Et plus confortable.

Elle laissa échapper un soupir agacé.

— Vous ignorez toujours les désirs d'autrui pour n'en faire qu'à votre tête ?

Cette fois encore, le choix des réponses était multiple. Mais une seule était vraie.

— Généralement, oui.

— Votre maman doit être fière de vous, lança-t-elle d'un ton sarcastique.

Il apprécia la façon dont sa réplique fusa spontanément et y vit le signe qu'elle commençait à se détendre, mais en la voyant se contorsionner sur son siège un instant plus tard, il comprit qu'elle regrettait déjà ce commentaire.

— Heureusement pour moi, j'ai cinq frères et deux pestes de sœurs qui se chargent de la distraire.

— Vous plaisantez ? eut-il le plaisir de l'entendre aussitôt riposter.

— Non. En tout, nous sommes huit, rétorqua-t-il en détachant le regard de la route pour lui adresser un grand sourire.

— Votre mère doit être une sainte, fit-elle en secouant la tête.

Bon. Il était parvenu à la distraire, pensa-t-il en se garant derrière la maison.

— Écoutez, dit-il d'une voix douce, je sais que vous n'avez pas envie d'être ici, mais mon frère est propriétaire de ce vignoble, et je trouve stupide de payer pour une chambre en bordure d'autoroute alors qu'il y en a cinq vacantes ici même.

— Je ne vous connais pas, argua-t-elle à nouveau.

— Je sais que vous ne me connaissez pas. Et croyez-moi, si vous étiez l'une de mes sœurs, l'idée que vous fassiez confiance à un inconnu qui vous a ramassée au bord de la route ne me plairait pas trop.

Elle fut vraiment surprise de constater qu'il approuvait la méfiance qu'il lui inspirait.

— C'est pourquoi je me contenterai de vous montrer votre chambre et de vous y laisser pour aller dormir dans la maison de mon frère qui se trouve à l'autre bout de la propriété.

Il s'attendait à essuyer un nouveau refus de sa part. À dire vrai, si elle persistait à vouloir aller dans un motel, il ne lui resterait plus d'autres choix que de la porter sur son épaule pour l'enchaîner à l'un des lits... ou bien faire ce qu'elle lui demandait.

Il chassa l'élan de désir qui s'empara de lui à l'idée de l'attacher... Si Chloé avait pu deviner l'effet qu'elle avait sur lui, elle se serait ruée hors de la voiture et aurait gagné la ville en hurlant.

— Et dooonc... dit-elle en accentuant ce seul mot, ce qui eut pour effet d'attirer l'attention de Chase sur ses lèvres, vous ne resterez pas avec moi ?

Dieu qu'elle était belle. Cela faisait des mois qu'il n'avait pas vu une créature aussi splendide. Peut-être même des années. Alors qu'il passait sa vie entouré de femmes, toutes plus superbes les unes que les autres.

Chase remarqua aussi que c'était la première fois qu'elle ne se contentait pas d'affirmer qu'il lui était impossible de rester.

— Je vous montre la chambre, s'empressa-t-il de répondre, et je passerai la nuit dans la maison principale.

Sans lui laisser le temps de changer d'avis, il tendit la main vers son sac, mais elle le devança, ouvrit la portière et sortit sous la pluie. Chase, pour qui le fait de porter son sac s'était inexplicablement mis à représenter un enjeu, pesta intérieurement. Il voulait amener cette femme à lui faire assez confiance pour accepter son aide.

Elle gagna rapidement l'abri du perron couvert. Sachant que Chase allait arriver, le concierge de son frère avait laissé la lumière du porche allumée, ce qui lui permit d'admirer Chloé tout à loisir. Ses cheveux, qui avaient commencé à sécher dans la voiture, étaient si soyeux et brillants qu'elle aurait fait un malheur dans une publicité pour shampoing. Et sa silhouette était vraiment magnifique. Agrémentée de courbes qui déclenchèrent une démangeaison au bout de ses doigts.

Qu'est-ce qui lui prenait ? Il devait cesser de songer à ce genre de choses. Il l'avait amenée chez son frère pour l'aider à se sortir du pétrin, pas pour l'aider à s'extirper de ses vêtements.

Elle l'attendait sur le perron, tenant son sac d'une main, dissimulant sa joue droite de l'autre, ce qui amena Chase à se demander ce qu'elle cherchait à cacher.

La première pensée qui lui vint à ce sujet lui déplut furieusement.

La dévisager trop ouvertement ne l'amènerait pas à se détendre, aussi se concentra-t-il sur la qualité de l'éclairage. La lanterne du porche la nimbait d'un halo lumineux qui lui conférait une aura féerique, presque spectrale. Tout en gravissant les marches, il se dit qu'il pourrait peut-être faire quelques prises de vue avec les mannequins à cet endroit-là le lendemain soir.

— Entrez vite vous réchauffer, dit-il en lui tenant la porte ouverte.

— Votre maman vous aura quand même appris quelque chose, murmura-t-elle en passant devant lui.

Le parfum de Chloé l'enveloppa d'un tourbillon de sensualité. Elle était sublime… et Chase adorait les femmes sublimes. À terme, cela risquait de poser problème.

Le sac de Chloé heurta l'encadrement de la porte tandis que ses hanches se calaient accidentellement dans l'aine de Chase. Celui-ci réprima de justesse un gémissement.

Dieu du ciel, venant de n'importe quelle autre femme, il se serait dit qu'elle l'avait fait exprès. Mais la façon dont elle s'éloigna de lui, aussi précipitamment que si elle s'était brûlée à son contact, lui apporta la preuve que cet incident n'avait rien d'intentionnel.

Chase n'avait pas eu de rapports sexuels depuis un bon mois, mais son corps réagit comme si cela faisait plus d'un an, comme s'il avait à nouveau quatorze printemps et qu'il se cachait dans le vestiaire des filles pour regarder les pom-pom girls se changer.

Il sourit en repensant à cet épisode de son adolescence. Il avait apprécié d'avoir quatorze ans ce jour-là. Une des meilleures idées que son frère Ryan ait jamais eues.

Une rafale de vent projeta violemment l'averse sur le perron. Il referma la porte et rejoignit Chloé qui se tenait gauchement près de l'îlot central de la cuisine.

Il s'appliqua à marcher lentement et s'interdit de la dévorer des yeux.

— Vous avez faim ?

Elle secoua la tête, dissimulant toujours sa joue d'une main.

— Vous êtes blessée, affirma-t-il. Montrez-moi ça.

Elle voulut reculer, mais le comptoir de granit l'en empêcha.

— Non, assura-t-elle. Je n'ai rien.

Il devina qu'elle jouait les dures. Pourquoi refusait-elle de comprendre qu'il ne demandait qu'à l'aider ? Cette fois, il avança résolument jusqu'à elle sans se soucier de l'effrayer et posa la main sur la sienne.

Ce premier contact les incita l'un comme l'autre à retenir leur souffle, et Chase eut la nette impression de voir ses pupilles se dilater pendant une fraction de seconde avant qu'elle ne s'écarte.

— Je savais que je n'aurais pas dû vous suivre, lâcha-t-elle en s'élançant à travers la pièce.

Mais Chase la prit de vitesse et l'attira entre ses bras avant qu'elle ait le temps de s'enfuir. Il commençait à peine à prendre conscience de la douce chaleur de son corps, de la plénitude de sa poitrine contre son torse, et du V brûlant qui s'ajustait parfaitement entre ses aines quand il découvrit ce qu'elle avait dissimulé jusqu'alors.

— Mon Dieu, Chloé ! C'est dans la voiture que vous vous êtes fait ça ?

Traversé en son centre d'une vilaine estafilade, un large hématome de toutes les couleurs de l'arc-en-ciel couronnait sa pommette. Les larmes qui montèrent à ses yeux semblaient davantage inspirées par l'humiliation que par la douleur.

— Disons que ce n'était pas la soirée du siècle.

Elle s'était arrangée cette fois encore pour ne pas se confier. Néanmoins, en refusant de répondre par l'affirmative, elle l'autorisait à penser qu'elle ne s'était pas fait ce bleu en se cognant au volant de sa voiture. Une autre femme aurait fondu en larmes mais pas elle, alors qu'elle venait à l'évidence de traverser une épreuve douloureuse.

— Il faut croire, acquiesça-t-il d'une voix douce.

Plus il la regardait, plus la vue de cette ecchymose augmentait sa colère. Chase s'était assez bagarré avec ses frères pour savoir qu'elle devait déguster. Et il comprit aussi que ce n'était pas le moment d'en faire toute une histoire. Il n'allait pas froisser sa fierté… pas quand quelqu'un s'était déjà avisé de lui démolir la figure.

— Vous y avez mis de la glace ?

Elle secoua la tête, et Chase alla chercher une poche de glaçons qu'il enveloppa d'un torchon propre. Quand il se retourna, il constata qu'elle n'avait pas bougé. Il était essentiel qu'elle lui fasse confiance – ne serait-ce qu'un tout petit peu – pour qu'il puisse l'aider.

Depuis le début, son instinct lui soufflait que cette femme n'avait pas seulement eu un accident de voiture, mais qu'il lui était arrivé autre chose avant.

Et constater qu'il avait vu juste ne lui fit absolument pas plaisir.

— Je ne vais pas vous mordre. Je vous le promets.

Elle répondit alors de la dernière des façons à laquelle il se serait attendu : elle baissa les yeux vers son entrejambe, puis les releva vers lui et haussa un sourcil manifestement dubitatif.

— Vraiment ? demanda-t-elle.

Chase s'accorda un sourire.

— J'aurais peut-être dû dire que je ne vous mordrai pas… tant que vous ne m'y incit…

Elle leva la main devant elle et finit sa phrase à sa place :

— … tant que je ne vous y inciterai pas, dit-elle comme si elle récitait une formule qu'elle connaissait par cœur. Je n'ai pas l'intention de vous y inciter. Ni maintenant. Ni jamais, conclut-elle d'un ton las en se rapprochant et en allongeant le bras vers lui. Je veux bien la poche de glace, en revanche.

Il la lui tendit. Elle s'apprêtait à le remercier, mais la précipitation qu'elle mit à plaquer la poche de glace sur sa joue endolorie lui tira un gémissement de douleur.

— Laissez-moi faire, s'empressa-t-il de proposer.

Les doigts de sa main gauche s'immiscèrent sous ceux de Chloé tandis que de la main droite il enveloppait l'arrière de sa tête.

Chase constata alors que son érection impromptue et le commentaire sarcastique de son invitée à ce sujet avaient, contre toute attente, brisé la glace entre eux.

Il n'aurait jamais pensé parvenir à un tel résultat par un mécanisme aussi simple.

Il s'était attendu à ce qu'elle s'éloigne, qu'elle lui dise qu'elle n'avait pas besoin de lui et qu'elle insiste pour qu'il ne la touche pas.

— Vous faites ça très bien, reconnut-elle à sa grande surprise – d'un ton si suave que le douloureux élancement de son entrejambe s'intensifia.

— Je vous rappelle que j'ai cinq frères, dit-il avec un demi-sourire. Mais en fait, mes sœurs étaient celles qui laissaient les plus vilaines marques quand on se chamaillait. De vraies terreurs, ajouta-t-il en secouant la tête.

Elle leva les yeux et, cette fois, il n'eut plus le moindre espoir de résister à la fulgurante bouffée de désir qui le submergea. Elle avait des prunelles extraordinaires – un cerne d'un vert intense encerclait l'iris d'un bleu de porcelaine.

— Vous les aimez beaucoup, on dirait ?

Il baissa le regard sur ses lèvres, admira la plénitude de sa lèvre inférieure ainsi que le tracé parfait de l'arc de Cupidon.

Il n'y avait plus aucun doute, elle le faisait complètement craquer. Une créature sublime, qui traînait à l'évidence un certain nombre de casseroles derrière elle.

Chase ne s'était jamais senti attiré par les femmes à problèmes, mais il fallait croire que le destin avait décidé de lui jouer un tour ce soir-là, parce que celle-ci l'intéressait diablement.

— J'ai quelque chose sur les lèvres ? demanda-t-elle d'un ton à la fois agacé et teinté d'amusement.

Elle savait qu'il était subjugué par sa beauté. Au stade où ils en étaient, Chase préférait qu'elle se moque gentiment de lui plutôt qu'elle ne cherche à s'enfuir.

Son esprit refusa de laisser dériver ses pensées vers ce qui risquait de se produire, refusa de l'imaginer entièrement nue, sa bouche savourant chaque centimètre carré de sa peau… Il devait d'abord s'assurer qu'elle accepterait de dormir là.

Et qu'elle ne se sauverait pas à la première occasion.

Conscient de la pression croissante de son érection contre sa braguette, il s'écarta d'elle avant de lui répondre :

— Non, vos lèvres n'ont rien.

Il vit rougir la joue qui n'était pas dissimulée par la poche de glace.

— Et oui, j'adore ma famille, précisa-t-il.

Une lueur d'envie passa fugitivement dans le regard de Chloé avant que ses cils ne s'abaissent, dissimulant ses yeux, aussi merveilleux qu'expressifs.

— Ma joue me fait déjà nettement moins souffrir, je vous remercie. Mais je suis fatiguée, vous voulez bien me montrer ma chambre ?

Il aurait aimé rester là avec elle, lui poser des questions jusqu'à ce qu'elle révèle qui était celui qui l'avait frappée. Le premier imbécile venu aurait compris qu'elle fuyait quelqu'un. Et le fait que quelqu'un lui veuille du mal avait éveillé tous les instincts protecteurs de Chase. Mais même si la glace avait été rompue, il savait qu'elle n'était pas encore prête à lui faire confiance.

— Les chambres sont dans le couloir, dit-il.

Il était plus que temps de s'éloigner d'elle, mais il n'arrivait pas à s'y résoudre. La tiédeur de son corps et la douceur de ses courbes étaient si agréables, comblaient en lui un tel désir, qu'il ne trouvait pas la force de s'en détacher.

Chloé, elle, n'eut aucun mal à se dégager de son étreinte.

S'il était plus que probable qu'un homme soit à l'origine de l'hématome qui couronnait sa joue, cela signifiait-il qu'elle était mariée ? Qu'elle était victime de la maltraitance d'un mari abusif ?

Chase n'avait pas pour habitude de scruter l'annulaire d'une femme pour s'assurer qu'elle ne portait pas d'alliance mais, cette fois, il ne put s'en empêcher. Il n'essaya même pas de le faire à la dérobée. À quoi bon, maintenant qu'elle avait pu constater physiquement l'effet qu'elle avait sur lui ? Il avait promis de ne pas la toucher ce soir-là, mais il n'avait rien dit quant à l'avenir. Et il avait besoin de savoir si l'homme qui la maltraitait était son mari.

Elle tenait le poing de sa main gauche serré, mais il ne distingua pas la moindre alliance.

Ce qui signifiait qu'une fois qu'il aurait découvert ce qui lui était arrivé et qu'elle aurait commencé à lui faire confiance, rien ne l'empêcherait de la courtiser aussi discrètement… que résolument.

Quand il releva les yeux, elle posait sur lui le même regard agacé qu'avant, la nuance d'amusement en moins.

Grillé.

— Je vous ai demandé de me montrer ma chambre, réitéra-t-elle en haussant les sourcils.

Il tendit les bras vers son sac.

— Par ici.

Elle avait effectué le même geste au même moment et leurs mains se livrèrent pendant quelques secondes à un ballet hésitant au-dessus de la poignée du sac à dos. Chase savait qu'il aurait dû la laisser le porter si elle y tenait tant. Mais il savait aussi qu'il était plus grand et costaud qu'elle et que la simple logique imposait que ce soit lui qui s'en charge.

— Vous tenez vraiment à porter ce sac, on dirait, déclara-t-elle.

— J'allais vous faire la même remarque, répliqua-t-il.

Elle lâcha prise si soudainement qu'il chancela en arrière, avec le sac.

— Je ne comprendrai jamais pourquoi les hommes se croient obligés d'être aussi machos, marmonna-t-elle en secouant la tête.

— Vouloir porter votre sac n'a rien de macho ! se défendit-il.

— Ah oui ?

— C'est peut-être simplement la preuve que ma mère m'a bien élevé.

Il eut si furieusement envie de planter ses lèvres sur les siennes qu'il n'attendit pas sa réponse pour l'entraîner jusqu'à la plus grande chambre, celle qu'il avait eu l'intention d'occuper lui-même. Les autres étaient très confortables, mais il tenait à lui donner la meilleure.

Chase ouvrit la porte et approcha machinalement la main de l'interrupteur avant de s'apercevoir que la lumière était déjà allumée. Son cerveau à demi liquéfié mit plus longtemps qu'il n'aurait dû à comprendre que le lit était occupé.

Par une femme nue qui l'attendait.

Il l'avait complètement oubliée, mais Ellen, elle, avait pensé à lui. Si les choses s'étaient passées différemment – très différemment – il aurait été ravi de la trouver entièrement dévêtue et prête pour lui.

Cependant, maintenant qu'il avait rencontré Chloé, Chase fut tout sauf ravi de la présence d'Ellen dans la maison, habillée ou non.

Avant qu'il ait pu réagir, Chloé passa devant lui. Il s'attendit à ce qu'elle émette un cri outragé, qu'elle lui arrache son sac des mains et qu'elle se sauve en courant.

Mais tout ce qu'elle produisit fut un éclat de rire.

— Il vaudrait peut-être mieux que vous me donniez une autre chambre, non ? glousa-t-elle. Hors de portée d'oreilles de celle-ci, de préférence.

Chase braqua sur elle un regard visant à s'assurer qu'elle n'avait pas subitement perdu la raison. Chloé pensait-elle sérieusement qu'il allait s'envoyer en l'air avec Ellen maintenant qu'elle était là ?

Mais il se désintéressa complètement de la question quand Chloé se remit à rire car ce son bouleversa tous ses sens.

Il le séduisit immédiatement. C'était un rire franc. Qui partait tout droit de son âme. Et qui illuminait son visage.

Adorable.

Ellen était toujours nue comme un ver sur le lit, mais il ne pouvait pas détacher les yeux de Chloé. Il avait eu envie de l'embrasser dès qu'il l'avait vue. Désormais, il avait envie de l'embrasser follement, tout autant que de la faire sourire et de l'entendre rire.

— Chase ? Qui est-ce ?

Ellen n'avait pas fait un geste pour cacher sa nudité, et Chase remarqua qu'elle n'était pas tellement son genre, finalement. Il préférait les courbes voluptueuses de Chloé aux muscles fermes d'Ellen. Les boucles faussement blondes de celle-ci ne pouvaient pas espérer rivaliser avec la teinte châtain clair de Chloé, une couleur naturelle que la lumière rehaussait de reflets dorés au moindre de ses mouvements.

Cette dernière, que la situation semblait énormément amuser, répondit à sa place :

— Je m'appelle Chloé, déclara-t-elle avec un grand sourire. Chase m'a ramassée au bord de la route, ce soir. Je venais d'avoir un accident, et il s'est arrêté au volant de sa BMW. Le plan classique, quoi.

Ellen parut plus perplexe que fâchée, considéra un instant le photographe, puis sourit d'un air finaud.

— Vu ton métier, j'aurais dû me douter que c'était ton truc, dit-elle.

Chase eut soudain l'impression de se retrouver au beau milieu du tournage d'un film surréaliste.

— Que *quoi* est mon truc ? demanda-t-il.

— Les plans à trois, répondit Ellen en s'asseyant en tailleur, offrant à Chase et Chloé une vue imprenable sur l'épilation brésilienne de son entrejambe.

Chase ne put réprimer une grimace. Il se retourna, ouvrit le placard et en sortit un peignoir qu'il lui lança.

— Je n'ai pas fait ça avec une autre fille depuis un moment, poursuivait Ellen, mais je pense que ça me reviendra très vite. Ravie de te connaître,

Chloé, fit-elle en reportant son attention sur celle-ci. Moi, c'est Ellen, au fait. Je te trouve très jolie. Je crois que je n'aurai aucun mal à me mettre dans le bain.

Chloé parut sidérée par la façon dont Ellen la regardait, cherchant clairement à jauger ses aptitudes sexuelles.

— J'imagine que je suis censée dire merci, répliqua-t-elle, mais je ne me sens pas d'humeur pour un plan à trois, ce soir.

Le ton très détaché sur lequel elle s'était exprimée incita l'esprit enfiévré de Chase à se poser toutes sortes de questions. Avait-elle déjà vécu ce genre d'expérience ?

La seule idée d'un homme et d'une femme se partageant les faveurs de Chloé lui fit voir rouge. Et s'il s'était avisé d'imaginer deux hommes se partageant ses faveurs, il aurait risqué la rupture d'anévrisme.

Cela faisait trente-deux ans qu'il se contentait d'aventures sans lendemain, et le concept même de relation sérieuse ne l'avait jamais attiré. Les histoires brèves et dénuées de complications convenaient mieux à son mode de vie trépidant. Il n'avait jamais envié ses collègues mariés, que femme et enfants passaient leur vie à attendre.

Mais il avait suffi qu'il pose les yeux sur Chloé pour qu'il ait envie de la protéger… et de bien d'autres choses encore.

— Oh, mon Dieu ! s'exclama soudain Ellen en découvrant le vilain hématome de la jeune femme. Qu'est-ce qu'il t'est arrivé ?

Chase détesta voir le sourire de Chloé disparaître.

— Je vais me trouver une autre chambre toute seule. Bonne nuit.

Il eut envie de la suivre, mais il devait d'abord s'occuper d'Ellen.

— Qu'est-ce qu'elle a ? demanda cette dernière une fois que la porte se fut refermée sur Chloé.

— Rien de grave, répondit-il en se passant la main dans les cheveux. Écoute, ça ne va pas être possible, ce soir, ajouta-t-il.

— À cause d'elle ?

— À cause d'elle, confirma-t-il.

Ellen eut l'air déçu, mais se borna à hausser les épaules.

— Elle est très jolie. Et j'étais sérieuse pour le plan à trois, si tu arrives à la convaincre, souligna-t-elle en posant sur lui un regard plein d'espoir.

— Non, ce ne sera pas possible.

Chase n'avait pas envie d'être méchant avec Ellen, mais il ne voulait pas non plus lui donner de faux espoirs.

— Tant pis, alors. Une autre fois, peut-être, soupira-t-elle en se levant pour aller récupérer ses vêtements sur le dossier d'une chaise.

Jamais, pensa aussitôt Chase. Il ne partagerait jamais Chloé avec personne. Ni avec une femme… ni surtout avec un homme !

Une fois qu'il l'aurait convaincue de lui laisser sa chance, évidemment.

Le problème, se dit-il en tournant le dos à Ellen pour la laisser se rhabiller, c'était qu'il avait la très nette impression qu'amener Chloé à lui faire confiance et à lui laisser sa chance ne serait pas une mince affaire.

3

Chloé n'avait envie de rien d'autre que de laisser tomber son sac par terre et de se jeter sur le lit pour se recroqueviller en position fœtale. Mais le plancher semblait fait de bois précieux, et elle aurait eu mauvaise conscience à le mouiller davantage qu'elle ne le faisait déjà.

Elle gagna la salle de bains, posa son sac sur le carrelage, puis se débarrassa de ses vêtements sales et trempés, et les plaça sur le rebord du lavabo. Elle aurait voulu s'en débarrasser définitivement, mais elle n'en avait pas d'autres. Le mieux qu'elle pouvait faire pour le moment consistait à les laver et à les faire sécher. Il y avait certainement une machine à laver et un séchoir dans cette maison, mais elle avait déjà l'impression d'abuser de la générosité de celui qui l'avait amenée là – non seulement de la sienne, mais de celle de son frère, à qui appartenait la maison.

Une fois nue, elle s'approcha de la cabine de douche. Elle s'apprêtait à tourner le robinet quand elle avisa soudain la baignoire à remous... Un gémissement faillit lui échapper à l'idée de plonger dans un bain chaud, où des jets d'eau masseraient ses jambes, sa colonne vertébrale et ses pieds.

Chloé jeta un coup d'œil presque coupable vers la porte, puis se traita d'idiote. Le verrou était mis, et elle était enfin seule. Puisque Chase avait insisté pour qu'elle passe la nuit ici, quel mal y avait-il à utiliser les commodités de la chambre ?

Elle n'avait pas pris de bain depuis qu'elle était partie de...

Non. Elle ne penserait pas à ça ce soir. Chloé savait qu'elle ne pouvait pas se permettre le luxe de considérer que tout allait pour le mieux dans sa vie – loin de là – mais elle se sentait provisoirement en sécurité. Ne serait-ce que pour une nuit, elle était à l'abri dans cette belle maison nichée au cœur d'un somptueux vignoble.

Un instant plus tard, elle se dit que c'était peut-être ce doux sentiment de sécurité – associé au souvenir de ce qu'elle avait ressenti entre les bras de Chase un peu plus tôt – qui déclenchait la réaction inattendue de son corps alors qu'elle entrait dans l'eau tiède.

Au fur et à mesure de son immersion dans la spacieuse baignoire, elle eut l'impression que sa peau devenait de plus en plus sensible. Elle laissa aller sa tête contre le rebord avec un soupir d'aise et leva les yeux vers le puits de lumière vitré sur lequel tambourinait la pluie. Sourde et lancinante, une pulsation s'éleva dans sa poitrine qui lui parut s'alourdir. Elle prit soudain conscience de l'onde de chaleur qui s'était emparée de son entrejambe et se rappela que le phénomène s'était déclenché quand Chase avait plaqué cette poche de glace sur sa joue.

Apparemment, Chloé avait les mêmes goûts que la fille qui attendait Chase au lit…

Au souvenir de cette dernière – Ellen – et de sa folle proposition de partie à trois, Chloé sentit un sourire chatouiller ses lèvres. Elle renversa la tête en arrière pour plonger sa chevelure dans l'eau chaude.

Hmmm… quelle sensation délicieuse.

Elle attrapa l'élégant flacon de shampoing placé sur le rebord et fit mousser sur son cuir chevelu le liquide qui embaumait divinement.

Chase avait été visiblement surpris par la présence de cette femme nue – et par le fait que Chloé ne soit pas horrifiée à l'idée d'une partie à trois.

Le sourire de Chloé céda la place à un léger froncement de sourcils. Pas seulement parce qu'elle n'avait jamais pensé que des gens puissent vraiment faire ça, mais parce qu'elle ne comprenait pas le cheminement de la pensée d'Ellen.

Si Chase lui avait appartenu, elle n'aurait accepté de le partager avec personne.

Chloé se pétrifia une fois que cette idée eut germé dans son cerveau. Une coulée de shampoing s'immisça entre ses cils, et elle mit la tête sous l'eau pour les rincer, tout en souhaitant que ses pensées s'en trouvent elles aussi nettoyées.

Qu'est-ce qui clochait chez elle ? Avait-elle l'esprit à ce point tordu ? Pétri de fantasmes et de rêves inaccessibles ?

Elle savait qu'elle ne pouvait faire confiance à personne d'autre qu'elle-même.

Pourtant, ne s'était-elle pas permis d'adresser quelques piques à Chase ? N'avait-elle pas *flirté* avec lui alors que la prudence lui soufflait de rester sur ses gardes ? Et quand ils avaient découvert cette femme qui l'attendait sur le lit, elle n'avait pas pu s'empêcher d'éclater de rire. Cela faisait si longtemps qu'elle n'avait pas ri qu'elle avait trouvé cela délicieux. Le phénomène s'était produit sans qu'elle puisse l'empêcher. Et, l'espace d'un instant, elle avait eu l'impression de redevenir elle-même.

Autrefois, Chloé avait été une femme sensuelle et féminine. Une de ces femmes qui n'ont pas peur de leur propre corps. Qui aiment qu'on les embrasse et qu'on les caresse. Qui aiment d'autres choses, aussi. Des choses que son ex-mari avait qualifiées de sales. Des choses dont elle aurait dû avoir honte. Mais ce n'était pas parce qu'elle avait mal choisi son mari que ces urgences et ces désirs avaient disparu…

Ils s'étaient contentés de rester enfouis.

Et Chase était à l'évidence – et malheureusement – un expert quand il s'agissait de jouer à cache-cache.

Chloé n'arrivait pas à croire que son corps ait subitement décidé de reprendre vie alors qu'elle aurait dû se concentrer sur les moyens de s'en sortir.

Au lieu de quoi, elle fantasmait comme une idiote sur les yeux verts et le sourire enjôleur d'un type, certes très beau, mais qu'elle venait à peine de rencontrer par hasard. Sur ses yeux et son sourire, mais aussi sur son corps à la musculature de rêve...

Une pointe d'agacement la saisit, associée à l'intuition qu'une fois sortie de ce bain délicieux, au lieu de se glisser entre des draps frais et de plonger dans un sommeil merveilleusement réparateur, un désir non sollicité allait la faire se tourner et se retourner sur elle-même toute la nuit.

C'était hors de question. En quittant son mari, elle s'était juré de veiller à ses propres besoins. Sur le moment, elle avait cru que lesdits besoins seraient strictement financiers et matériels. Mais à l'évidence, constata-t-elle en secouant la tête, ils étaient aussi physiques, et elle allait devoir apprendre à les gérer seule.

Elle se contorsionna dans la baignoire, troublée par cette pensée, et tout en appréciant de sentir l'eau ondoyer le long de ses courbes, elle s'autorisa à se remémorer la dernière fois qu'elle avait eu des rapports sexuels satisfaisants. La dernière fois qu'elle s'était autorisée à explorer son corps pour céder à un besoin naturel. La dernière fois qu'elle n'avait pas eu honte de ce besoin.

Elle aurait aimé que les réponses qui affluèrent spontanément à son esprit ne soient pas aussi douloureuses.

Non. Elle ne laisserait pas cette douleur prendre le dessus. Pas ce soir. Pas après ce qu'elle venait d'endurer.

Le lendemain arriverait bien assez tôt. Mais ce soir... ce soir était peut-être l'occasion ou jamais de reconquérir une part d'elle-même qu'elle avait trop longtemps négligée.

Chloé ferma les yeux, s'obligea à se détendre complètement dans l'eau et posa ses mains sur sa poitrine pour sentir les battements de son cœur. Lentement, elle les fit glisser sur le galbe de ses seins. La sensation fut si délicieuse qu'elle aspira l'air et garda un instant la bouche ouverte.

Elle avait toujours eu la poitrine extrêmement sensible et aimait se faire lécher et caresser les seins, sentir les lèvres d'un homme sucer ses mamelons... Étant plus jeune, elle arrivait presque à se faire jouir rien qu'en les pressant entre ses mains, tout en imaginant qu'un homme lui faisait l'amour.

Il y avait bien longtemps qu'elle n'avait pas évoqué ce fantasme, mais ce soir-là, alors qu'elle était toute seule dans cette grande baignoire, personne ne pourrait l'insulter sous prétexte qu'elle aimait se caresser.

Ravivant des souvenirs sensuels depuis longtemps refoulés, elle laissa ses pensées dériver jusqu'à évoquer une scène dans laquelle un homme la serrait dans ses bras, un homme qui penchait la tête sur sa poitrine... Quand il releva le front pour la regarder, un flot de chaleur intense la submergea et elle retint son souffle.

Car l'homme de son fantasme n'était autre que Chase.

Chloé aurait dû s'interrompre. Elle savait qu'elle aurait dû sortir de la baignoire, aller se coucher et se laisser gagner par un sommeil réparateur.

Mais elle se privait de ce plaisir depuis si longtemps. Trop longtemps. Elle avait trente ans, l'âge de la pleine maturité sexuelle. Raison de plus pour être en colère.

Un autre pan de sa vie à reconquérir.

Elle avait une impression de sécurité dans cette salle de bains. Elle avait enfin l'occasion de se sentir à nouveau normale. Et elle n'allait pas la laisser passer.

Quitte à accepter que le beau visage d'un type qu'elle venait à peine de rencontrer – et qui excitait sa convoitise contre toute raison – soit celui de l'homme qui allait la faire crier d'extase.

Laissant une main sur sa poitrine, elle fit glisser l'autre sur son ventre jusqu'à effleurer les boucles de sa toison et écarta instinctivement les jambes.

Sa respiration s'accéléra quand elle glissa les doigts un peu plus bas. L'eau ne l'empêcha pas de sentir à quel point les replis de sa chair étaient moites, à quel point son corps s'était préparé au plaisir dès l'instant où Chase avait posé la main sur elle.

Elle n'avait pas la moindre idée de ce qui avait pu déclencher chez elle une telle réaction face à un parfait inconnu. Surtout après ce qui venait de lui arriver et alors que l'hématome qui couronnait sa joue était encore cuisant. N'aurait-elle pas dû avoir un mouvement de recul et ressentir du dégoût au contact de sa paume ?

Mais elle avait eu envie plutôt de se frotter contre lui que de reculer.

Ses doigts encerclèrent la perle de chair durcie de son clitoris et elle repensa à l'instant où elle avait baissé les yeux sur le renflement de sa braguette. Elle avait aimé faire l'amour autrefois, assez pour imaginer le plaisir qu'un homme tel que Chase était en mesure de donner à une femme.

Elle s'enfonça plus profondément dans l'eau, sa bouche, son nez et ses yeux affleurant tout juste à la surface. Ses pieds glissèrent contre la paroi, et un de ses orteils modifia accidentellement la direction d'un des jets de la baignoire.

Chloé rouvrit les yeux quand le courant bouillonnant assaillit sa peau sensible. Elle eut d'abord l'impression d'être submergée par un trop-plein d'émotions, mais, une fois la surprise passée, elle se détendit.

Elle ne mit pas longtemps à comprendre que si elle repliait les genoux et qu'elle pose les pieds à plat au fond de la baignoire, le jet pulsait directement entre ses jambes.

Elle souleva les hanches, et la sensation de l'eau entre ses cuisses lui parut décadente. Taboue.

Et tout simplement exquise.

Elle replaça la main qu'elle avait introduite entre ses jambes sur sa poitrine, prit un sein dans chacune de ses paumes et se laissa masser de la plus agréable des façons.

Ses hanches ondulèrent spontanément quand elle sentit qu'elle se rapprochait d'un orgasme qui promettait d'être très doux. Le visage de Chase resurgit, et elle ne chercha même pas à s'empêcher de fantasmer sur la façon dont il l'embrasserait et dont ses mains puissantes remplaceraient les siennes sur ses seins.

Un son étrange tentait de se frayer un chemin dans son subconscient, mais elle était trop absorbée par son plaisir pour y prêter attention. Le nom de Chase franchit soudain ses lèvres, et son corps se raidit avant de voler en un millier de délicieux éclats, l'ondulation de ses hanches s'accordant parfaitement à la pulsation des jets d'eau, ses doigts se crispant sur ses seins. Oh, mon Dieu, elle adorait cette sensation et elle se demanda subitement comment elle avait pu s'en passer pendant si longtemps.

Elle était sur le point de se détendre encore davantage dans la baignoire quand son esprit revint en arrière, à l'instant où elle avait été sur le point de jouir. Aux bruits qu'elle avait vaguement perçus et refoulés alors qu'elle basculait dans le plaisir.

Elle ouvrit les yeux, encore suffisamment désorientée par l'orgasme pour se dire qu'elle ne pouvait pas vraiment voir ce qu'elle croyait voir : Chase se tenait sur le seuil de la salle de bains, une main posée sur la poignée de la porte.

Son visage reflétait la plus profonde surprise – doublée d'un désir dangereusement ardent.

4

Chloé referma les paupières, remplit ses poumons d'air et plongea sous l'eau. Elle retint son souffle aussi longtemps qu'elle put et pria pour que la porte de la salle de bains soit toujours fermée et verrouillée quand elle émergerait... Pour que Chase, la découvrant non seulement toute nue, mais en train de se masturber dans la baignoire, n'ait jamais été qu'un mauvais rêve.

Malheureusement, quand elle refit surface et qu'elle ouvrit les yeux, Chase se tenait toujours à la même place.

Bien qu'immergée dans l'eau tiède, elle sentit la honte l'inonder des pieds à la tête d'un flot nettement plus chaud.

Chloé serra les cuisses et releva les genoux pour tenter de cacher la moitié inférieure de son corps, tout en croisant les bras sur sa poitrine.

Elle se força ensuite à soutenir son regard. Ses yeux d'émeraude brûlaient d'un feu assez puissant pour déclencher un avertisseur d'incendie.

— La porte était fermée ! s'exclama-t-elle.

Elle le connaissait déjà assez pour ne pas s'attendre à des excuses.

— Le verrou n'était sans doute pas poussé à fond.

Un sourire chatouillait visiblement ses lèvres. Pourtant, la situation n'avait rien de comique. En fait, Chloé aurait peut-être trouvé ça drôle si c'était arrivé à quelqu'un d'autre ou si elle avait vu cette scène dans un film.

Mais il ne s'agissait pas d'une comédie romantique.

Il s'agissait de sa vie. De sa vie qui partait dans tous les sens.

— C'est une habitude chez vous, de faire irruption dans la salle de bains de vos invités ?

Il finit par avoir l'air légèrement chagriné.

— Je n'ai pas vu vos affaires dans la chambre et je me suis dit que vous aviez peut-être décidé de partir, répondit-il, son regard se teintant de douceur au-delà du désir qui en émanait toujours. Je me suis inquiété.

Cette douceur atteignit Chloé en plein plexus solaire, au beau milieu de son satané point vulnérable, et elle dut fermer les paupières pour encaisser le choc.

Dès qu'elle commit l'erreur de les rouvrir, elle sut qu'elle aurait dû les garder fermés car elle fut incapable de différencier la tendresse du désir dans le regard de Chase.

Comment aurait-elle pu dissocier ces deux émotions alors qu'elles étaient si étroitement mêlées et qu'il avait d'aussi beaux yeux ?

Oh, mon Dieu !

Elle avait été tellement saisie de le découvrir sur le pas de la porte qu'elle en avait oublié le nom qui avait franchi ses lèvres quand elle avait joui.

Elle déglutit. Douloureusement.

Et fit appel à tout son courage pour s'engager dans la seule issue de secours qui lui vint à l'esprit.

— Ce n'est pas la peine de vous faire des idées parce que je connais des tas de Chase, vous savez.

Il haussa un sourcil, et un coin de sa bouche se souleva, comme s'il réprimait une furieuse envie d'éclater de rire.

— Vraiment ? demanda-t-il en concentrant sur elle ce demi-sourire plus longtemps que nécessaire. C'est amusant parce qu'on me dit toujours que mon prénom est très original.

Qu'allait-elle bien pouvoir trouver à répondre à cela ? Chloé prit progressivement conscience du ridicule de sa situation tandis que le choc de la surprise et de la honte s'estompait.

Quoi qu'elle lui eût jamais enseigné, la mère de Chase avait à l'évidence oublié d'expliquer à son fils qu'il est de bon ton de s'éclipser et de refermer la porte si on fait inopinément irruption dans la pièce où se trouve une femme nue. Parce que, au lieu de lui laisser le champ libre pour sortir de la baignoire et se rhabiller en paix, Chase ne se gênait pas pour la détailler du regard.

Les mains de Chloé la démangeaient de se cacher davantage, mais en parallèle, même si la fille qui avait attendu Chase sur son lit pesait facilement dix kilos de moins qu'elle, il n'y avait aucune raison pour qu'elle ait honte de ses courbes, n'est-ce pas ?

Une personne qu'elle aurait préféré ne jamais connaître lui avait plus d'une fois demandé de perdre du poids. Mais elle ne ferait plus jamais de régime. Pour personne. Elle garderait ses muscles et ses formes parce que celles-ci lui appartenaient, merci beaucoup, point barre.

— Au cas où vous n'auriez pas remarqué, je suis toujours toute nue, déclara-t-elle en trouvant miraculeusement le courage d'adopter un ton cinglant.

— Je vois cela, oui, répondit-il sans chercher à dissimuler le plaisir qu'il avait à contempler son anatomie.

Pourquoi son attitude ne l'irritait-elle pas davantage ?

Non. La vraie question, c'était : pourquoi son attitude ne l'effrayait-elle pas ?

Il était grand. Beaucoup plus grand qu'elle. Ses grandes mains auraient pu lui faire très mal. Sans parler des autres parties de son corps...

Et pourtant... Chloé n'avait pas peur de lui. Elle s'était méfiée de lui et était restée sur ses gardes en acceptant de monter dans sa voiture, mais quand il s'était mis à lui parler de sa famille, sa méfiance s'était envolée. Elle avait tenté de l'invoquer dans la cuisine, quand il avait insisté pour qu'elle lui laisse voir sa joue, mais si elle ne s'était pas sauvée en courant, c'était bien parce qu'elle savait qu'il ne lui ferait aucun mal.

Et si elle avait bel et bien eu envie de se sauver en courant, c'était pour une tout autre raison.

Ce qui l'avait effrayée, c'était la façon dont son corps réagissait à la présence de Chase. Cette réaction était aussi puissante qu'irrépressible.

Et elle se retrouvait là, toute nue dans un bain qui refroidissait, et plus que jamais victime de la réponse de son corps.

— Vous faites exprès de ne pas comprendre l'allusion, n'est-ce pas ? lâcha-t-elle d'un ton sarcastique, aussi irritée par sa propre faiblesse que par l'obstination de Chase.

Il lui décocha ce sourire qui avait le don de déclencher d'étranges sensations en elle.

— Je comprends mieux les requêtes directes.

— Sortez !

Son sourire s'accentua avant de céder la place à un rire bon enfant.

— Voulez-vous que je vous passe une serviette avant de sortir ?

— Vous ne comprenez vraiment rien à ce qu'on vous dit ! explosa-t-elle.

En guise de réponse, il s'avança dans la pièce et attrapa un drap de bain sur le sèche-serviettes.

— Tenez, dit-il en restant à une distance qui allait obliger Chloé à se lever pour prendre le drap de bain.

Elle choisit d'atermoyer et opta pour le badinage.

— Qu'est-il advenu d'Ellen ? Elle attend toujours sa partie à trois ? s'enquit-elle tout en se demandant ce qui l'incitait à poursuivre ce petit jeu.

— Je l'ai renvoyée chez elle.

— La pauvre, lâcha Chloé avec une grimace de feinte commisération. J'espère qu'elle n'a pas été trop déçue par la brièveté de vos ébats.

Un rire étouffé échappa à Chase.

— Je crains de l'avoir très gravement déçue parce qu'elle a ramassé ses affaires et qu'elle a quitté la chambre juste après vous.

Chloé fut très surprise. Elle ne connaissait que peu d'hommes susceptibles de renvoyer chez elle une belle femme nue sans même profiter de ce qu'elle était disposée à offrir.

Elle ne s'expliquait pas non plus qu'il s'obstine à rester.

Et ce qu'elle comprenait moins que tout le reste, c'était qu'elle n'ait pas envie qu'il s'en aille.

Ils savaient aussi bien l'un que l'autre que si Chloé avait *vraiment* voulu qu'il sorte, Chase l'aurait compris et se serait retiré. Au lieu de quoi, ils se livraient à ce jeu étrange.

Un jeu qui plaisait beaucoup trop à Chloé.

Un jeu qui lui plaisait tellement que, si ça continuait comme ça, elle risquait fort de commettre une erreur.

Une erreur monumentale.

Non.

Elle avait accumulé assez d'erreurs dans sa vie. Son mariage, par exemple. Et elle n'avait qu'à se regarder dans la glace pour voir où ça l'avait menée…

Repenser à la situation dans laquelle elle se trouvait l'irrita tellement qu'elle en oublia le jeu auquel elle jouait avec Chase le temps de se lever et d'attraper la serviette… et ne s'aperçut que trop tard de ce qu'elle venait de faire.

Stupéfaite, elle resta pétrifiée face à lui, affreusement consciente de chacune des gouttelettes d'eau qui ruisselaient sur sa peau avant de retomber dans la baignoire.

Les pupilles de Chase se dilatèrent tant que, du vert, ses iris parurent virer au noir.

— Dieu que vous êtes belle, Chloé.

Elle n'aurait pas su dire s'il avait eu conscience de s'exprimer à voix haute, mais son ton de profonde révérence la frappa. Personne ne l'avait jamais regardée ainsi. Chase donnait l'impression de n'avoir jamais vu de femme aussi jolie.

Non. Pas jolie.

« Belle ».

Ce fut peut-être l'impact de ce mot, alors qu'elle n'avait jamais été qualifiée jusqu'alors que de « sexy » ou de « bonne », qui la fit rester là, nue et dégoulinante.

À attendre.

À anticiper.

À désirer.

Elle savait exactement ce qui allait se passer ensuite, elle aurait pu chorégraphier ce que n'importe quel homme sur Terre aurait fait en pareil cas. Chase allait jouer de son charme pour obtenir ses faveurs et, le lendemain matin, elle le détesterait d'avoir abusé de sa faiblesse alors qu'elle n'avait pas le cœur à la chose. Mais au bout du compte, ce serait elle-même qu'elle blâmerait, et elle se dégoûterait.

Mais les secondes s'égrenèrent au rythme des battements de son cœur et, alors que Chase ne désirait visiblement rien d'autre que de se dépouiller de son jean pour la rejoindre dans la baignoire, il demeura parfaitement immobile. Ils savaient l'un et l'autre qu'il était assez grand et fort pour la pénétrer sans lui laisser le temps de respirer, mais il ne bougea pas d'un millimètre.

Chloé n'en revenait pas. Elle ne lui avait pas donné la permission de la toucher. Et, si incroyable que ça puisse paraître, il ne cherchait pas à abuser de sa position de force.

Cette découverte l'atteignit en plein cœur – un cœur qui avait été cruellement meurtri et qui avait essuyé bien des déceptions.

Était-il possible qu'elle ait, pour la première fois de sa vie, rencontré un homme qui ne la toucherait pas, qui ne tenterait même pas de le faire… à moins qu'elle ne l'y autorise ? Était-il possible qu'en dépit du désir qui dilatait ses pupilles et l'incitait à contracter la mâchoire pour garder son sang-froid, Chase s'abstienne de poser la main – ou les lèvres – sur elle, à moins qu'elle ne le lui demande expressément ? Qu'il ne presse jamais ses lèvres contre les siennes à moins qu'elle ne le supplie de l'embrasser jusqu'à ce qu'elle se sente prête à se laisser aimer ?

La perspective d'un tel abandon n'aurait pas dû se présenter aussi clairement à son esprit, n'aurait pas dû défiler comme la séquence au ralenti d'un film romantique. Mais la vision qu'elle avait eue était d'une telle précision – et d'une telle puissance – qu'elle dut faire appel à toute sa volonté pour la chasser.

— Je veux bien la serviette, s'il vous plaît, soupira-t-elle.

Cette déclaration constituait sans doute la formule la plus plate, la plus dénuée de sous-entendus qu'une femme puisse adresser à un homme.

Pourquoi, dans ce cas, avait-elle l'impression d'être soudain à bout de souffle ?

Nom de Dieu.

Chase avait commis bien des folies et traversé bien des péripéties en matière de sexe.

Mais rien de ce qu'il avait jamais vécu ne pouvait se comparer à la vision de Chloé en train de se donner du plaisir dans la baignoire.

Aucun top model de sa connaissance ne possédait ne serait-ce qu'une once de la sensualité qui irradiait de chacune des cellules de son corps nu.

Il baissa le regard et prit conscience que la serviette tremblait entre ses mains.

Chase s'efforça au calme. Il n'aurait pas dû rester dans la salle de bains. Il le savait.

Mais il n'avait pas pu s'en empêcher. Parce qu'il avait eu l'impression qu'elle n'avait pas vraiment envie qu'il parte.

La voix de la raison lui souffla cependant qu'il ferait mieux de lui donner la serviette avant qu'elle ne sèche toute seule. Il la lui tendit, et elle tira dessus avant de lever les yeux sur lui.

— Dis donc, beau gosse…

Chase lut sur son visage qu'elle était elle-même surprise du surnom qu'elle venait de lui donner – sans compter qu'elle l'avait tutoyé.

« Beau gosse ».

— C'est à moi que vous parlez ? demanda-t-il, heureux de voir apparaître sur ses lèvres ce sourire renversant qu'il adorait déjà.

— C'est sympa comme surnom, non ? Si vous voulez vraiment me donner cette serviette, il faudrait que vous la lâchiez, enchaîna-t-elle sans lui laisser le temps de répondre.

Oui, Chase le savait bien. Mais il avait surtout remarqué qu'elle avait déjà fait machine arrière. Et comme il n'était pas certain de se souvenir de son propre nom, il se demanda si son cerveau pouvait ordonner à ses doigts de lâcher la serviette.

— Désolé, dit-il en s'exécutant.

Il l'était sincèrement et le fut encore plus quand il la vit enrouler le drap de bain autour d'elle.

— Cette baignoire est géniale !

Chase savait qu'il avait l'air complètement idiot, planté là comme un demeuré, incapable d'articuler un son. Mais la réaction de Chloé le stupéfiait. Il venait de la surprendre en train de se prodiguer ce qui ressemblait à un orgasme gigantesque et tout ce qu'elle trouvait à dire c'était que la baignoire était géniale ?

— Je ne sais pas si on peut tenir la baignoire pour responsable de ce qui vous est arrivé, répliqua-t-il finalement.

Il apprécia d'autant plus le son de son rire qu'il remarqua qu'il était déjà moins rouillé que la dernière fois.

Elle haussa les épaules et passa devant lui en calant le drap de bain entre ses superbes seins.

— Un homme ne devrait jamais sous-estimer la puissance d'un jet bien ajusté, répondit-elle en se plaçant devant la glace pour discipliner ses cheveux mouillés à l'aide de ses doigts.

Constatant qu'il restait toujours à la même place, elle croisa son regard dans le miroir et haussa un sourcil.

— Vous n'êtes pas fatigué ? demanda-t-elle.

Fatigué, lui ? Pas le moins du monde. Surexcité, plutôt. Comme ça ne lui était encore jamais arrivé.

— Je n'ai pas besoin de beaucoup de sommeil.

Elle pivota vers lui.

— Vous peut-être, mais moi, si, laissa-t-elle tomber en sortant de la salle de bains pour aller ouvrir la porte donnant sur le couloir. Bonne nuit.

Chase gagna docilement la porte – qu'il aurait déjà dû avoir franchie depuis bien longtemps.

— Bonne nuit.

Malgré l'érection qui faisait encore rage sous son jean, le baiser qu'il aurait aimé lui donner ne figurait pas dans la catégorie de ceux susceptibles d'inciter Chloé à lui quémander un autre orgasme.

Non, il aurait aimé presser chastement ses lèvres sur son front. L'embrasser tendrement pour lui faire savoir qu'elle était en sécurité avec lui.

Qu'elle le serait toujours.

Mais il n'avait pas encore acquis le droit de lui donner ce baiser, et son instinct lui soufflait de ne rien tenter tant qu'elle ne l'y autoriserait pas.

— Beau gosse ? l'entendit-il murmurer alors qu'il avait déjà parcouru la moitié du couloir.

Le surnom qu'elle lui avait attribué le fit sourire – c'était un signe plutôt encourageant, non ? – et il se retourna.

Mais en dépit du surnom, Chloé affichait une expression sérieuse. Presque grave.

— Merci. Pour tout ce que vous avez fait ce soir.

Chase sentit sa poitrine se contracter. Cela tenait au remerciement qu'elle venait de formuler, mais aussi à celui qu'elle avait préféré taire – *Merci pour tout ce que vous n'avez pas fait ce soir* – qu'il perçut aussi distinctement que si elle l'avait dit à voix haute.

— Vous n'êtes pas obligé d'aller dormir chez votre frère, ajouta-t-elle. Je crois que je me sentirai plus tranquille si je sais que vous êtes au bout du couloir plutôt qu'à l'autre bout du domaine.

— D'accord. Dormez bien, répondit-il.

— Je crois que je vais très bien dormir.

Elle referma la porte, et il resta un long moment à contempler l'endroit où elle s'était tenue.

Chase Sullivan n'avait pas encore tout à fait compris que sa vie venait de basculer.

C'était pourtant ce qui s'était produit.

Et, bizarrement, il n'avait pas envie de résister au changement qu'il pressentait. Non, il avait plutôt envie de mener un autre combat.

Un combat qui lui permettrait de gagner le cœur de Chloé.

5

Chloé se réveilla parfaitement reposée. Il y avait longtemps qu'elle n'avait pas dormi dans un vrai bon lit comme ça – avec un surmatelas, des draps doux et soyeux et une couette tout à la fois légère et bien chaude. Redevenir elle-même avait été plus important que tout quand elle avait demandé le divorce six mois auparavant, et retrouver son indépendance lui avait fait préférer des draps rugueux et un lit dur comme une planche à un lit luxueux. Le sentiment d'urgence lié à sa cavale tenta de se frayer un chemin en elle, mais elle se sentait bien trop à son aise pour avoir envie d'autre chose que de s'étirer, avant de se blottir confortablement sous la couette. Elle ferma les yeux pour retrouver le sommeil, mais il n'y eut rien à faire. Paresser dans un lit moelleux était pourtant plus agréable que se précipiter au *diner* où elle avait travaillé ces derniers mois, servant des plâtrées d'œufs qui baignaient dans le gras à une bande de pinceurs de fesses. Le problème, c'était que des visions de

Chase s'obstinaient à envahir son esprit, plus insidieuses et suaves les unes que les autres.

Insidieuses, suaves et... brûlantes.

Elle était si fatiguée la veille qu'elle s'était glissée entre les draps toute nue et instantanément endormie. Mais à présent, à la lumière du jour qui perçait à travers les voilages de la fenêtre, elle se souvenait – en détail et en Technicolor – de ce qu'elle avait fait dans la salle de bains.

De ce qu'il avait vu.

Elle se sentit rougir et se couvrit instinctivement les joues.

Non, elle ne se reprocherait pas de s'être masturbée dans cette délicieuse baignoire à remous. Elle assumerait le fait que le nom de Chase lui ait échappé quand elle avait joui. Et elle ne lui en voudrait pas d'être entré dans la pièce à un « moment gênant », étant donné qu'il l'avait fait parce qu'il s'inquiétait pour elle. Il n'avait jamais eu l'intention de la surprendre la main entre les cuisses !

C'était surtout ce qui s'était passé ensuite – son manque de fermeté pour le prier de sortir, le petit jeu de séduction auquel ils s'étaient livrés et l'audace dont elle avait fait preuve en l'appelant « beau gosse » ! – qui l'horrifiait *a posteriori*.

Et pourtant, malgré la contraction de son estomac quand elle s'efforça de refouler ces souvenirs, l'étincelle d'espoir qui était apparue dans son cœur avant qu'elle ne s'endorme persista à briller.

Parce que Chase ne s'était pas montré entreprenant. Parce qu'il ne lui avait pas fait peur.

Parce qu'il n'avait cherché à s'imposer ou à la dominer d'aucune façon que ce soit.

Elle savait que certaines femmes aiment ce genre de choses. Trouvent excitant d'être privées de leur volonté. Un jour, il y avait bien longtemps de cela, elle avait entretenu des fantasmes qui allaient dans cette direction. D'être retenue captive contre son gré. D'être entravée. De se laisser entièrement soumettre, de s'abandonner à sa passion pour un homme.

Mais elle ne leur trouvait plus le moindre attrait désormais. Elle ne laisserait plus jamais personne la dépouiller de son identité. Chloé ne voyait pas quelle raison pourrait l'inciter à se laisser contrôler comme ça. Pas une seule.

Elle ferma les yeux et se dit qu'elle restait allongée dans ce lit par lâcheté. Elle aurait déjà dû s'être mise en relation avec la police pour porter plainte. Elle aurait déjà dû le faire la veille, mais elle avait été tellement épouvantée par la façon dont son ex s'en était pris à elle qu'elle n'avait été capable de penser à rien d'autre qu'à s'enfuir. Loin, le plus loin possible de lui.

Apparemment, savoir ce qu'elle devait faire et se sentir assez forte pour passer à l'acte étaient deux choses différentes.

Elle finit par renoncer à tout espoir de se rendormir, repoussa les couvertures et se leva.

— C'était bon hier soir, soupira-t-elle comme une amoureuse languide avant de se diriger vers la salle de bains.

Elle resta un long moment sous le jet délicieusement tiède de la douche, savourant la sensation d'être à l'abri et en sécurité, ne serait-ce que pour un bref instant. Elle ne pourrait pas se cacher éternellement. Mais en se faisant toute petite, elle pourrait peut-être rester au vignoble jusqu'à la fin de la journée. On lui proposerait sans doute une dégustation de vin. Et pendant quelques heures, elle ferait semblant que tout allait bien.

Que tout était normal dans sa vie.

Normal. Quel mot merveilleux.

Elle s'empressa de faire taire la petite voix qui lui soufflait que chercher à fuir l'inéluctable ne ferait que rendre les choses plus compliquées par la suite et tâcha de se convaincre qu'elle avait bien droit à une petite parenthèse de normalité.

Une fois séchée et après avoir enfilé son jean et son tee-shirt, elle décida de s'aventurer hors de sa chambre.

Bon, d'accord, elle avait pris un peu plus de temps que d'habitude pour sécher ses longs cheveux lisses. Mais ce n'était pas par souci de plaire. Ni parce qu'elle se sentait nerveuse à l'idée de revoir Chase.

Allons, qui espérait-elle tromper avec un aussi gros mensonge ? Elle n'y croyait pas elle-même.

Son hématome n'était pas affreux à faire peur, mais il n'était pas particulièrement esthétique non plus. Et entre son jean usé et son tee-shirt quelconque, elle n'était pas vraiment à son avantage.

Avant de s'engager dans la cuisine, elle prit une longue inspiration et redressa les épaules.

La pièce était déserte.

Une vague de déception la submergea avant qu'elle ait le temps de la refréner. Ou de faire semblant de ne pas l'avoir éprouvée.

Un saladier de fruits fraîchement coupés trônait sur l'îlot central de la cuisine, à côté d'un plateau de pâtisseries qui fit gronder son estomac vide. Elle avait déjà pris un croissant au chocolat – sa viennoiserie préférée ! – et croqué dedans quand elle remarqua le message calé sous le joli compotier rouge et jaune.

Chloé,

Bonjour. J'espère que vous avez bien dormi. Désolé de ne pas pouvoir vous tenir compagnie pour le petit déjeuner. Je serais ravi que vous nous rejoigniez dans les vignes quand vous aurez fini de manger.

À bientôt,

BEAU GOSSE

P.-S. : *J'allais oublier ! Il y a du jus d'orange fraîchement pressé au frigo. Je tiens à ce que vous preniez votre dose de vitamine C.*

L'éclat de rire de Chloé retentit dans la cuisine déserte quand elle découvrit qu'il avait signé du surnom qu'elle lui avait donné. Le sens de l'humour dont Chase faisait preuve l'étonna, venant d'un homme. Et son sens de l'autodérision encore davantage.

Elle alla prendre le jus d'orange dans le frigo et s'en servit un grand verre, se jucha sur l'un des tabourets de bar, attrapa le papier, le relut et sourit largement.

Que vous nous *rejoigniez* – *nous* signifiant son frère et lui, sans doute. Elle réprima un frisson d'appréhension à l'idée de faire connaissance avec d'autres personnes. Franchement, elle n'avait pas envie de rencontrer son frère. Mais étant donné qu'elle avait accepté son hospitalité la veille – et qu'elle en jouissait encore – elle ne pouvait pas faire moins que le remercier de l'avoir accueillie chez lui. Et quand elle aurait à nouveau posé ses valises quelque part, elle lui confectionnerait un patchwork personnalisé en guise de remerciement.

Il ne subsista bientôt du croissant au chocolat que quelques miettes qu'elle entreprit de ramasser du bout de son index mouillé, avant d'admettre qu'elle repoussait l'instant d'affronter à nouveau Chase.

La journée était splendide… Autant profiter du beau temps, se dit-elle pour se donner du courage.

Chloé sortit sur une grande terrasse couverte et plaça sa main en visière au-dessus de ses yeux pour scruter attentivement les alentours.

Elle avait beau se sentir bien plus rassurée qu'elle ne s'était sentie depuis longtemps, la crainte d'un danger surgissant de nulle part, comme la veille, l'avait instinctivement saisie.

Chaque fois qu'elle repensait à ce qui s'était passé, elle se reprochait la naïveté dont elle avait fait preuve. Comment avait-elle pu passer à côté de tous les signaux indiquant que son ex-mari avait basculé dans la démence ? Le simple fait d'y penser lui donna l'impression qu'un poing géant se refermait sur son estomac et se resserrait de plus en plus.

Normal. Elle avait eu l'intention de faire comme si tout était normal.

Elle prit une longue inspiration, puis une autre, tandis qu'elle luttait pour contenir le tourbillon de ses émotions. Finalement, quand elle se sentit à peu près stable, elle regarda vraiment ce qui l'entourait… et en resta bouche bée.

Après l'orage de la veille, le vignoble étincelait sous la lumière du soleil. Les feuilles de vigne étaient d'un vert aussi vif que si un enfant les avait coloriées avec des feutres.

Un silence absolu régnait sur la plantation, excepté, remarqua-t-elle en s'engageant entre deux rangées de ceps, les chants que les oiseaux s'amusaient à se lancer. Tandis que leurs trilles joyeux retentissaient autour d'elle, elle inhala l'air gorgé d'un parfum de terre encore imprégnée de pluie, de pousses fraîches et de nature.

Malheureusement, quelques secondes plus tard, ce moment idyllique fut interrompu par un bruit de pas rapides accompagné de sanglots d'adolescente. Chloé s'écarta juste à temps contre la vigne pour éviter d'être renversée par une très grande jeune fille tout en membres.

Le cœur battant, Chloé attendit – et guetta du regard – celui ou celle qui courait après cette dernière. Ne voyant rien venir, elle se replaça au milieu du sillon et découvrit qu'un enchevêtrement de rubans sophistiqués retenait la jeune fille captive d'un pied de vigne.

— Attendez, je vais vous dégager, dit-elle en se rapprochant.

Tandis qu'elle s'affairait à la libérer, l'autre posa sur elle de grands yeux écarquillés et baignés de larmes.

— Qu'est-ce qui t'arrive ? s'enquit Chloé tout en se demandant ce que pouvait bien faire une fille vêtue d'une robe de grand couturier dans une vigne, de si bon matin.

— Il est trop méchant !

Le cœur de Chloé, qui n'avait pas encore retrouvé son rythme normal, s'emballa de plus belle.

— Qui ça ? demanda-t-elle, son instinct protecteur prenant immédiatement le dessus. Ton copain ?

La fille secoua la tête. Malgré ses joues maculées de mascara et ses cheveux emmêlés, elle était d'une beauté éblouissante.

— J'aimerais bien, déclara-t-elle finalement, les larmes ruisselant à nouveau sur ses joues. Il est tellement beau ! Mais il est trop méchant !

Pourquoi les femmes se faisaient-elles autant de mal à elles-mêmes ? ne put s'empêcher de s'interroger Chloé. À quoi cela rime-t-il de tomber amoureuse d'un type qui vous traite mal ? Cela tenait-il à l'éducation que les filles recevaient depuis le berceau ?

Elle avait fini de libérer les rubans de soie des vrilles de la vigne, mais la fille pleurait toujours – à gros bouillons.

— Dieu merci, vous l'avez retrouvée !

Chase ?

Chloé ne l'avait pas entendu arriver et elle fut stupéfaite de la vitesse à laquelle son propre corps réagit à l'impact de sa voix, chaude et sensuelle.

La fille encercla le poignet de Chloé de ses doigts fuselés et le serra très fort. Assez fort pour inciter la jeune femme à ravaler le salut dont elle aurait voulu gratifier Chase et lui tirer un cri de douleur quand les longs ongles parfaitement manucurés se plantèrent dans la veine de son poignet.

— Vous avez bien dormi ? demanda Chase en caressant le visage de Chloé d'un regard chaleureux.

Il suffit à celle-ci de croiser ce regard pour oublier les griffes acérées qui venaient de se planter dans sa chair. Il semblait si sincèrement soucieux d'elle. Et il était si beau qu'elle en oublia aussi de respirer.

— Oui, parvint-elle miraculeusement à souffler.

Il sourit, et Chloé se sentit fondre face à la franchise de son sourire.

— Tant mieux. Ça me fait plaisir.

Les ongles de la fille s'enfoncèrent plus profondément.

— C'est lui, siffla-t-elle avec un froncement de sourcils, visiblement irritée par l'échange de paroles amicales des deux adultes.

Chloé tenta de dégager son poignet.

— Pardon ?

— C'est à cause de lui que je pleure !

Chloé fit passer son regard de la fille à Chase.

— Vous l'avez fait pleurer ? s'enquit-elle, abasourdie.

Plutôt que de lui répondre, Chase s'adressa à la fille.

— Amanda, on va perdre la lumière, à cause de toi. Retourne sur le site. Immédiatement.

Ladite Amanda fit une moue digne d'une gamine de trois ans.

— C'est pas juste ! couina-t-elle.

— Je n'ai pas le temps de subir tes caprices, Amanda.

De quoi parlaient-ils donc ? Cette toute jeune fille ne pouvait pas être sa petite amie, quand même ! Et qu'est-ce que c'était que cette histoire de site ? Suivant toujours son instinct protecteur, Chloé se plaça entre eux.

— Je crois qu'elle est très perturbée, Chase, déclara-t-elle.

Amanda donna un violent coup de coude à Chloé pour se placer devant elle et cette dernière eut l'impression que l'autre lui reprochait implicitement d'accaparer l'attention de Chase.

— Je veux être en première ligne ! décréta Amanda, une lueur de calcul dans les yeux. Si tu me jures que je serai la cible *number one*, je reviens.

L'expression de Chase ne varia pas d'un pouce. Il n'était pas en colère, il n'était pas dans le registre de la plaisanterie non plus, il était simplement concentré. Déterminé. Chloé eut l'intuition qu'il obtenait généralement – si ce n'était toujours – ce qu'il avait décidé d'obtenir.

Un léger frisson la saisit au souvenir de l'intensité du regard qu'il avait posé sur elle la veille. Que se serait-il passé s'il avait eu cette concentration, cette détermination pour satisfaire son désir ? Chloé aurait-elle passé la nuit toute seule dans ce grand lit moelleux et accueillant ?

Ou bien aurait-elle eu de la compagnie ?

Cette idée la bouleversa tellement qu'elle eut du mal à atterrir quand il reprit la parole.

— De deux choses l'une, Amanda. Soit tu retournes travailler, soit tu repars en taxi et j'appelle ton agent pour lui signifier que nous n'aurons plus jamais le privilège de travailler ensemble.

— Mais Chase, geignit la fille, c'est pas juste !

Il haussa les épaules et sortit son portable de sa poche.

— Napa Valley. Je voudrais le numéro de téléphone d'une compagnie de taxis.

Amanda bondit vers lui pour lui arracher le portable des mains, égratignant vivement le poignet de Chloé au passage. Mais Chase fut plus rapide qu'elle, leva le bras en l'air et s'écarta, l'obligeant à s'agripper à un cep de vigne pour garder l'équilibre.

— Oui, reprit Chase au téléphone, il me faudrait un taxi au vignoble Sullivan à destination de l'aéroport.

— Non ! glapit Amanda sur un mode tellement suraigu que Chloé sentit ses tympans vibrer. Je reviens, je ferai tout ce que tu voudras !

— Tu ne discuteras plus mes ordres, déclara Chase sans écarter le téléphone de son oreille.

Amanda hocha vigoureusement la tête.

— J'ai fait ça parce que je viens d'apprendre que mon copain a couché avec ma coloc' et que ça m'énerve trop, tu comprends ? ajouta-t-elle en battant outrageusement des cils, ayant visiblement décidé de changer de tactique.

Chloé l'observa, médusée, et se dit que si elle s'avisait de se livrer à ce genre de simagrées, au lieu d'avoir l'air attendrissant et vulnérable comme Amanda, elle donnerait seulement l'impression d'avoir un mauvais rhume.

— Je suis désolée d'avoir pourri le shooting.

Chloé fut surprise de voir un sourire chatouiller les lèvres de Chase. Était-il possible qu'il accorde aussi facilement son pardon à cette fille ? D'après l'expérience qu'elle avait des hommes, ils ne sont pas aussi prompts à pardonner.

— Excuses acceptées. Tu ferais mieux de te dépêcher de retourner au maquillage.

Amanda tourna les talons et s'éloigna sur ses longues jambes fines, laissant Chase et Chloé seuls.

— Ah, les jeunes ! s'exclama-t-il en faisant mine de frissonner. Après avoir fréquenté mes sœurs pendant tant d'années, j'aurais dû me méfier et choisir un secteur d'activité dans lequel je n'aurais pas eu à me colleter avec cette engeance.

— Vous pouvez m'expliquer ce qui vient de se passer, au juste ?

Chloé prit conscience avec un temps de retard que sa question la faisait passer pour un de ces personnages de mère de famille des films des années cinquante, complètement à côté de la plaque face à la « jeunesse ».

— Je suis photographe de mode. On effectue une séance de prise de vues pour un magazine.

Oh. Cela expliquait en effet bien des choses.

— Je pensais faire une simple promenade, dit-elle, vaguement gênée. La vigne est vraiment très belle.

— Très belle, oui, murmura-t-il d'un ton qui rappela à Chloé la façon dont il lui avait dit la veille qu'il la trouvait belle.

Elle se sentit rougir et baissa les yeux.

— Merci pour le petit déjeuner.

Elle vit ses pieds se rapprocher et n'eut bientôt plus d'autre choix que de relever les yeux vers lui.

— Ravi que ça vous ait plu, répondit-il en faisant courir le bout de ses doigts le long de sa joue jusqu'au coin de ses lèvres. Il vous reste un peu de chocolat ici.

Chloé sentit sa respiration s'arrêter sous cette caresse. Jamais encore un homme n'avait effleuré son visage avec une telle délicatesse.

Il écarta légèrement un doigt de façon à le placer devant les lèvres de la jeune femme, et le petit démon qui sommeillait en elle – celui qui l'avait convaincue la veille que se masturber dans la baignoire lui ferait du bien – lui souffla d'ouvrir la bouche et de lécher le chocolat.

Elle entendit un grondement remonter dans le torse de Chase.

— Chloé.

Oh, mon Dieu, elle était à *ça* de l'embrasser. Un homme qui, bien qu'il l'ait déjà vue toute nue et qu'il lui ait fourni un endroit où dormir en sécurité, n'en demeurait pas moins un parfait inconnu.

Non !

Elle eut un mouvement de recul et sentit des feuilles de vigne la chatouiller entre les omoplates.

— Vous feriez mieux de retourner travailler. On doit vous attendre.

Mais il ne bougea pas d'un pouce, se contentant de lui sourire et braquant sur elle son regard dont l'intensité n'avait pas varié. Quelque chose d'autre l'animait cependant. Quelque chose qui fit frémir Chloé.

Une concentration qui donnait l'impression d'être le point focal de son regard. De son œil de photographe.

— Je suis sûr qu'ils travaillent encore au maquillage d'Amanda, déclara-t-il tranquillement.

Chloé entendit le message silencieux que recouvrait le discours apparent. *Je ne bougerai pas d'ici. Pourquoi chercher perpétuellement à vous enfuir ? Restez et cédez à la tentation. Je vous promets que ce sera très agréable.*

Elle s'efforça de nier l'onde de désir brûlant qui pulsait entre eux.

— En majuscules, c'était peut-être un peu exagéré, non ?

Il fronça les sourcils le temps de comprendre à quoi elle faisait allusion, puis retrouva le sourire.

— Je me suis dit que tant qu'à hériter d'un pseudo comme Beau Gosse, mieux valait me l'approprier complètement.

Chloé ne put rien faire d'autre que lui rendre son sourire. Il était tellement adorable. Et ce n'était pas sa faute s'il était aussi sexy que le péché. Elle ne pouvait pas le lui reprocher.

— Venez, dit-il en tendant la main vers elle. Je vais vous présenter à l'équipe.

Elle regarda sa main. Une main qu'elle avait furieusement envie de prendre. Elle ne put cependant s'y résoudre.

Elle se dit qu'il aurait certainement compris s'il avait connu ses raisons – qu'il avait sans doute déjà comprises du fait de son hématome – et se plaça simplement à côté de lui. Elle n'eut pas besoin de le regarder pour savoir qu'il était déçu qu'elle n'ait pas pris sa main, mais il garda le silence et se mit en marche.

— Ce coin est vraiment magnifique, dit-elle. Votre frère est propriétaire de ce vignoble depuis longtemps ?

— Pratiquement dix ans. Au début, quand il s'est lancé dans une formation en viticulture à l'université de Davis, toute la famille a pensé qu'il avait perdu la tête. Maintenant, on regrette tous de ne pas y avoir pensé avant lui.

— Pourquoi donc ? s'étonna-t-elle. Vous n'aimez pas ce que vous faites ?

Croiser son regard déclencha un choc auquel elle ne s'habituait décidément pas. C'était lui qui aurait dû être la cible d'un photographe de mode ; avec des yeux comme ça, il pouvait briser le cœur de toutes les femmes.

— Si, beaucoup, répondit-il, mais ça ne m'empêche pas d'avoir parfois envie de poser mes valises et de fonder une gentille petite famille.

— Il y a des caméras qui nous suivent, c'est ça ? demanda-t-elle en faisant mine de regarder par-dessus son épaule.

— Non, pourquoi ?

— Parce que vous venez de dire ce que toute trentenaire célibataire de la planète a envie d'entendre. Et que vous aviez l'air d'y croire, par-dessus le marché.

— Et vous ? C'est ce que vous avez envie d'entendre ? insista-t-il en voyant qu'elle fronçait les sourcils.

— En ce moment, je vis plutôt au jour le jour, lui confia-t-elle d'un ton détaché avec un haussement d'épaules désabusé.

Elle aperçut l'équipe qui attendait Chase un peu plus loin mais, au lieu de presser le pas, celui-ci leur tourna le dos et se planta devant Chloé. Elle n'eut pas d'autre choix que de s'immobiliser à son tour.

— Je me suis occupé de votre voiture, annonça-t-il avec un petit sourire. Une dépanneuse s'est chargée de la mettre en lieu sûr.

Chloé lutta contre le début de panique qui la saisit à l'idée de se retrouver sans véhicule.

— Elle était déjà pratiquement bonne pour la casse, fit-elle avec un sourire forcé. Mais je vous remercie de vous en être chargé et je vous remb...

— Restez, Chloé, l'interrompit-il. Restez au vignoble le temps de ce shooting.

Elle s'humecta les lèvres et secoua la tête.

— Vous allez être occupé. Et il faut que je...

Elle s'interrompit, sachant que ce qui l'attendait se résumait à une montagne de problèmes.

— Restez, répéta-t-il d'un ton plus doux, sans se départir cependant de cette détermination à laquelle elle redoutait de faire face.

C'était surtout pour ça qu'il fallait qu'elle parte. Parce qu'elle n'avait pas l'intention de se lancer dans une aventure avec un autre homme. Elle avait besoin d'apprendre à vivre seule, à ne compter que sur elle-même, à réapprendre à faire confiance aux autres. Il n'y avait même pas un an qu'elle avait demandé le divorce. Elle n'était pas prête pour démarrer une nouvelle histoire.

Et elle ne se sentait vraiment pas de taille à affronter la détermination de Chase. À devenir le point crucial de son attention.

Pas de taille à affronter cet homme dont elle sentait qu'il était en mesure de lui faire tout oublier, jusqu'à son propre nom.

Elle secoua la tête.

— Je suis désolée. Je ne peux p...

— S'il vous plaît.

Il ne s'était pas rapproché d'elle, il n'avait même pas tendu le cou pour solliciter son accord, mais elle eut l'impression que les mots qu'il venait de prononcer sur ce ton de tendre prière s'enroulaient autour d'elle pour l'attirer vers lui.

— Pas forcément la semaine entière, ajouta-t-il de la même voix caressante. Vous aviserez au jour le jour.

Et à la nuit la nuit.

Il ne le dit pas, mais Chloé entendit les mots aussi distinctement que s'il les avait prononcés. La réponse qu'elle fit alors lui permit de prendre la mesure de sa propre faiblesse.

— D'accord.

Elle sentit au regard avec lequel il l'étudia qu'il n'était pas satisfait de sa réponse, même si elle venait de lui donner ce qu'il voulait. L'irruption d'un grand échalas affublé d'immenses lunettes à montures violettes l'empêcha cependant d'exprimer le fond de sa pensée.

— Chase, tout le monde t'attend !

Chase garda les yeux rivés à ceux de Chloé un long moment, avant de se retourner lentement vers celui qui semblait être son assistant.

— Jérémy, je te présente Chloé, mon invitée d'honneur. Je compte sur toi pour faire en sorte qu'elle ne s'ennuie pas un seul instant.

En une fraction de secondes, Jérémy prit note du bleu qui couronnait la joue de la jeune femme, puis arrondit la bouche.

— Ooooh ! Quelqu'un avec qui partager tous les ragots, mais c'est génial !

Il s'empara de sa main avant qu'elle ait le temps de l'en empêcher, l'entraîna vers lui et entreprit de chuchoter à son oreille. Chloé lança par-dessus son épaule un regard désespéré en direction de Chase… qui souriait de toutes ses dents. Comment faisait-il son compte pour avoir toujours au moins trois mouvements d'avance sur elle ?

Et surtout – se demanda-t-elle comme elle se l'était déjà demandé la veille au soir – comment se faisait-il qu'elle ne s'en soucie pas plus que cela ?

Un quart d'heure plus tard, Jérémy l'avait installée sur un siège confortable pour lui permettre d'assister à la séance photo. Chase mitraillait trois jeunes filles vêtues de robes de soirée absolument sublimes.

Amanda à elle seule était déjà éblouissante, mais la réunion de ces trois créatures de rêve déclenchait immanquablement une onde de choc.

— Quelle merveille ! ne put-elle s'empêcher de s'exclamer en se tournant vers Jérémy.

Celui-ci soupira et couva Chase d'un regard d'adoration.

— Tu me croiras si je te dis qu'il ne s'en rend même pas compte ?

Chloé ne put réprimer un éclat de rire si retentissant que tout le monde – y compris l'intéressé – tourna la tête vers elle.

— Je parlais des mannequins, explicita-t-elle à l'intention de Jérémy.

L'assistant eut un haussement d'épaules blasé.

— Moui, elles sont plutôt mignonnes.

À dire vrai, Chloé partageait son avis : Chase était bien plus agréable à regarder que les trois mannequins réunies.

Les jeunes filles étaient néanmoins d'une beauté saisissante. Plutôt que d'en être jalouse, Chloé se dit que leur présence lui assurait qu'elle n'avait pas de souci à se faire au sujet de Chase. Elle en vint même à se demander comment elle avait pu croire qu'il la désirait au point de représenter un danger.

Elle laissa échapper un léger gloussement quand elle comprit à quel point cela semblait ridicule maintenant qu'elle le voyait mettre en place la prise de vue suivante, approchant ces modèles d'assez près pour les embrasser. Entre la splendeur du vignoble et celle de ces jeunes filles à la beauté éthérée, Chloé comprit qu'elle s'était monté la tête.

Elle se sentit soudain nettement plus en phase avec le monde qui l'entourait et se dit qu'elle pourrait peut-être rester là quelques jours. Continuer à faire semblant que tout était

« normal » avant de prendre ses cliques et ses claques et d'affronter la laideur du monde réel.

Parce que franchement, comment Chase aurait-il pu désirer quoi que ce soit d'elle quand il passait son temps entouré d'aussi divines créatures ? Certes, Chloé était charmante. Jolie, même. Mais sans maquillage, avec son bleu à la joue et ses fringues défraîchies, elle n'était vraiment pas à son avantage.

Bon, d'un autre côté, elle souffrirait certainement de le surprendre en train de flirter – voire d'embrasser – l'une de ces délicieuses jeunes filles.

En le regardant travailler pendant l'heure qui suivit, Chloé comprit rapidement que Chase ne s'amusait pas à ce genre de choses avec ses modèles. Il se contentait de les complimenter quand les poses qu'elles adoptaient lui plaisaient, accroissant ainsi leur confiance en elles et les incitant du même coup à se surpasser.

Chloé fut surprise de sentir son propre talent créatif s'épanouir à la vue de ce spectacle, elle qui ne s'était jamais souciée de mode ni de photo.

Sa grande passion était le patchwork et, en l'observant, elle se rendit compte que le travail de Chase ne tournait pas seulement autour de la mode. C'était un artiste dont les mannequins, les vêtements qu'ils portaient et le décor naturel au sein duquel il les faisait évoluer constituaient la toile, et le simple fait de le voir faire amena la jeune femme à considérer d'un œil neuf tant les compositions qu'il créait que la façon dont elle agencerait son prochain patchwork.

Maintenant qu'elle était fermement convaincue qu'elle n'avait rien à craindre du côté du « désir » de Chase, elle s'autorisa à le contempler tout son saoul… et se sentit progressivement fondre.

D'autant qu'elle disposait désormais d'un alibi imparable : si elle l'admirait, c'était pour son génie artistique, pas pour son apparence…

— Oh, Seigneur ! glapit soudain Jérémy d'une voix suraiguë. Un dieu vivant vient de débarquer !

— Quoi ? Où ça ? demanda Chloé en regardant autour d'elle.

— Regarde à droite, murmura Jérémy.

Chloé suivit son regard et aperçut un très bel homme qui se dirigeait vers eux.

— Qui est-ce ? s'enquit-elle sur le même mode, sans bien comprendre pourquoi ils étaient censés chuchoter.

— C'est Marcus, fit Jérémy d'un ton plein de déférence.

Oh, mon Dieu. Cet homme était le frère de Chase ?

Et il y en avait six issus du même moule ?

Tout comme Chase, Marcus était tellement beau que cela frisait la caricature. Pourtant, bien que sensible à la beauté masculine, Chloé ne sentit pas son cœur s'emballer ni son souffle se couper.

— J'aimerais bien voir une photo de la famille Sullivan au grand complet, ne put-elle s'empêcher de marmonner pour elle-même.

Cette fine mouche de Jérémy capta parfaitement le message.

— Ils ont un patrimoine génétique de folie, lui apprit-il. Leur mère était mannequin dans le temps. Et leur père un véritable sosie de Cary Grant !

Ayant acquis la certitude que Jérémy était la plus grande pipelette de l'univers, Chloé préféra s'abstenir de tout commentaire, mais elle se dit que la réunion en un seul lieu de six frères et deux sœurs aussi séduisants devait être assez difficilement supportable.

— Moi, c'est simple, je perds l'usage de la parole quand je suis en face de Marcus, lui avoua Jérémy. Alors que je sais qu'il n'est pas du tout de mon bord et que ça ne rime à rien de se mettre dans un état pareil. Que veux-tu, soupira-t-il, ce sont toujours les plus beaux qui se sacrifient à la cause hétéro !

Tandis qu'il approchait, Chloé prit progressivement conscience que Marcus était un peu plus âgé que Chase et qu'il dégageait une impression de profond sérieux. Mais cela tenait peut-être au fait qu'il portait un costume, alors que son Sullivan à elle était en jean.

Son Sullivan à elle ?

Qu'est-ce qui lui prenait ? Chase ne lui appartenait pas. Elle se contentait de squatter en marge du monde merveilleux au sein duquel il évoluait, avant de retrouver sa vie dévastée. Elle n'était en mesure de s'attacher à rien ni à personne.

— Salut, Marcus, bafouilla Jérémy. Comment vas-tu ? ajouta-t-il tout aussi pitoyablement.

Le pauvre. Il était tellement nerveux que Chloé en oublia sa propre nervosité. Elle en oublia même de cacher son bleu derrière sa main.

— Je te présente Chloé, bredouilla Jérémy sans laisser à cette dernière le temps de se présenter. Elle est avec Chase. Il l'a ramassée sur le bord de la route, hier soir.

Chloé lui décocha un coup d'œil horrifié en comprenant – trop tard – qu'elle aurait mieux fait de taire à Jérémy de quelle façon elle avait fait connaissance avec Chase.

Visiblement mortifié par ce qu'il venait de laisser échapper, l'assistant s'empourpra.

— Je vous laisse, j'ai des trucs à vérifier, s'excusa-t-il avant de s'éclipser précipitamment.

Aussi mortifiée que lui, Chloé tâcha de garder contenance et tendit la main au frère de Chase.

— Bonjour, Marcus, ravie de faire votre connaissance.

— Moi de même, Chloé.

Marcus avait une belle voix grave, légèrement rauque, qui ne manquait pas de charme, mais pour une raison qu'elle ignorait Chloé n'y succomba pas. Bon, elle n'y fut pas complètement insensible non plus – elle restait une femme et avait encore des oreilles et des yeux pour apprécier la beauté masculine. Elle reçut d'ailleurs comme un compliment la lueur d'intérêt qu'elle vit passer dans les yeux de Marcus quand il posa les siens sur elle.

— Alors comme ça, vous avez rencontré mon frère hier soir ?

Elle déglutit et s'efforça d'adopter un ton qui ne donne pas l'impression qu'elle cherchait à se justifier.

— Oui, au bord de la route, comme l'a dit Jérémy. Ma voiture a basculé dans le fossé et j'ai eu de la chance qu'il passe par là sous l'orage.

— Je suis content qu'il vous ait porté secours.

— Et je suis contente de vous rencontrer parce que je tenais à vous remercier de votre hospitalité.

À son expression, Chloé comprit qu'il n'était pas au courant qu'elle avait passé la nuit dans la maison d'hôtes.

— Les amis de Chase sont mes amis, s'empressa-t-il cependant d'assurer.

C'était fort aimable à lui, mais Chloé se doutait de ce qu'il devait penser – à savoir ce que n'importe qui aurait pensé en apprenant que Chase l'avait ramassée au bord de la route et qu'il l'avait invitée à passer la nuit dans le domaine. Rien qu'elle et lui, seuls dans cette belle maison, avec tous ces lits… et toutes ces baignoires…

— Mais ce n'est pas du tout ce que vous… commença-t-elle, avant de repenser à ce moment où elle avait joui dans la baignoire en prononçant le nom de Chase, alors qu'il se tenait sur le seuil de la salle de bains.

Au fond, c'était peut-être justement ça qu'imaginait Marcus.

Elle se sentit rougir quand elle prit conscience qu'à l'évidence, quoiqu'elle prétende qu'il s'était ou ne s'était pas produit la veille, elle passerait forcément pour une idiote.

— Votre propriété est superbe, choisit-elle de déclarer en plaquant un sourire factice sur ses lèvres.

Le compliment fit visiblement plaisir à Marcus.

— Merci. Auriez-vous envie de faire le tour du propriétaire ?

À l'évidence, les frères Sullivan avaient reçu une excellente éducation. Le seul problème étant, selon Chloé, que cela faisait d'eux de redoutables bourreaux des cœurs.

Comment une femme pouvait-elle espérer résister à de tels visages ? Surmontant de tels corps ? Accompagnés de manières aussi irréprochables ?

— C'est fort aimable à vous, mais je suis certaine que vous avez d'autres préoccupations.

— Je n'aime rien tant que faire découvrir mon domaine, assura Marcus. Cela fait partie du plaisir : regarder mes hôtes succomber à son charme.

Chase apparut à cet instant précis et, tandis qu'elle les observait échanger une accolade toute fraternelle, Chloé réprima difficilement un soupir d'extase à la vue de cet étalage de testostérone.

— Je vois que tu as déjà fait la connaissance de Chloé, constata Chase.

— Oui, je venais justement de lui proposer de lui faire visiter le domaine.

En l'espace d'une fraction de seconde – et par le truchement d'un regard appuyé – les deux frères eurent une importante conversation silencieuse.

Chase : *Je sais que tu la trouves jolie, mais n'y pense même pas. Elle est à moi.*

Marcus : *Je te rappelle gentiment que j'ai déjà quelqu'un. De toute façon, il ne me serait pas venu une seconde à l'esprit d'avoir des vues sur elle. Il est évident qu'elle t'appartient déjà.*

Chase se tourna vers Chloé.

— On va faire une pause déjeuner. Les filles ne mangent pratiquement rien, mais le reste de l'équipe s'alimente normalement. Ça vous dirait de pique-niquer avec moi en haut de cette colline ? demanda-t-il en soulevant le panier qu'il avait chargé Jérémy de préparer en prévision de ce moment.

— Je vous reverrai avec plaisir au dîner, Chloé, dit Marcus, la libérant ainsi habilement de la proposition qu'il venait de lui faire.

Chase scruta le visage de Chloé dont l'expression souriante céda la place à l'indécision. Certes, elle avait accepté de passer la journée au domaine mais, en tenant pour acquis qu'il la reverrait au dîner, le frère de Chase sous-entendait implicitement qu'elle y passerait aussi la nuit.

— Je n'ai rien d'autre à mettre que ce que j'ai sur moi, répondit-elle en désignant ses vêtements. Alors, c'est très aimable à vous, mais je pense qu'il vaudrait mieux que j...

Marcus l'interrompit délicatement, dans une brillante démonstration de complicité fraternelle.

— N'ayez aucune crainte à ce sujet. Je m'empresserai de me débarrasser de ce complet dès que mon dernier rendez-vous professionnel sera terminé.

Voyant que Marcus se donnait du mal pour la mettre à l'aise, Chloé se sentit obligée d'accepter.

— Alors c'est entendu. Merci beaucoup.

Chase décocha à son frère un regard qui signifiait qu'il lui revaudrait cela.

Une fois qu'ils eurent atteint le sommet de la colline, Chloé regarda autour d'elle, et la beauté du paysage la stupéfia.

Chase sortit une couverture à doublure imperméable du panier et la déploya sur le sol encore humide de l'orage de la veille.

— Waouh ! Vous avez vraiment pensé à tout !

— Disons que je sais choisir les gens avec qui je travaille.

Chloé acquiesça. Jérémy l'avait présentée à Alice, la styliste, Kalen, la maquilleuse, et Francis, l'éclairagiste.

— Ça m'a plu de vous regarder travailler, dit-elle spontanément.

Le sourire de Chase effleura sa peau comme une caresse.

— Ça m'a plu de savoir que vous étiez là. Mais j'ai dû me surveiller pour ne pas en faire trop.

Chloé fut une fois de plus surprise par la facilité avec laquelle il la faisait sourire.

— Les hommes admettent rarement ce genre de choses.

Elle s'attendait à ce qu'il réponde quelque chose du genre « Je ne suis pas n'importe quel homme », mais il trouva une fois de plus le moyen de la surprendre.

— Racontez-moi un peu ; qu'est-ce que vous faites de beau dans la vie ?

Il était si prévenant avec elle. C'était palpable, à chacun de ses regards, à chacun de ses mots. À cet instant précis, par exemple, il aurait pu lui demander d'où elle venait et ce qu'elle fuyait, mais il avait préféré faire sa connaissance autrement. De la même façon qu'il s'était abstenu de la toucher sans sa permission la veille. Comme si, par un accord tacite, il attendait que ce soit elle qui lui donne le signal d'aller plus loin.

Oserait-elle lui donner ce signal ?

Chloé ne connaissait pas la réponse à cette question. Comment aurait-elle pu la connaître quand le simple fait de la formuler la terrifiait déjà ?

— Eh bien, j'ai travaillé comme serveuse, dit-elle en prenant le sandwich gourmet qu'il tendait vers elle.

— Mais qu'est-ce que vous aimez vraiment faire ?

La plupart des gens n'auraient pas cherché à se renseigner à son sujet et se seraient arrêtés à son job de serveuse. Chase, lui, insistait. Il s'intéressait vraiment à ce qu'elle disait et ne se laissait pas rebuter par le fait qu'elle n'aimait visiblement pas se dévoiler.

Chloé hésita un instant.

— Je fais des patchworks.

En général, ses interlocuteurs restaient muets quand elle leur révélait sa passion. La majorité voyait cela comme un hobby. Les autres trouvaient cela suspect ou ennuyeux. Tous les hommes, sans exception, traitaient la chose avec dédain, le patchwork n'étant à leurs yeux qu'un de ces travaux d'aiguilles réservés aux femmes.

— Vraiment ? Parlez-moi un peu de ça.

— J'aime bien assembler des tissus pour créer de nouveaux motifs, expliqua-t-elle, s'efforçant comme d'habitude de minimiser la passion qu'elle vouait à cet art.

— J'ai réalisé des reportages photos pour des salons et des expositions de patchworks, ce qui fait que je m'y connais un petit peu, mais j'aimerais en apprendre davantage. Quand avez-vous commencé ?

Chloé n'avait que très rarement eu l'occasion de parler librement de son art. Pas depuis l'époque où elle faisait partie d'un club de patchwork, il y avait de cela bien des années. Ses amies du club – et leur enthousiasme commun – lui manquaient énormément et ce fut sans doute pour cette raison qu'elle prit la peine de faire à Chase une réponse sincère.

— J'ai réalisé mon tout premier patchwork après la mort de ma meilleure amie dans un accident de voiture. Elle y vouait un véritable culte – il faut dire que sa mère tenait une boutique spécialisée. C'est le seul moyen que j'ai trouvé pour garder un lien avec elle. Et ça me permettait de penser à autre chose – le mouvement de mes mains et de l'aiguille, les motifs et les formes des tissus, la construction d'un projet que je pouvais exécuter de A à Z. Parfois, j'ai presque l'impression de sentir son regard sur mon ouvrage, comme si elle m'observait faire en souriant depuis le ciel.

— Je suis certain qu'elle vous voit.

En entendant Chase prononcer cette phrase, Chloé se demanda comment elle avait pu se laisser aller à dire une chose pareille. Il avait trouvé le moyen de la faire parler de sa passion pour le patchwork alors que n'importe quel autre homme aurait trouvé cela profondément assommant.

Prendre conscience que Chase était l'exception confirmant la règle la mit vaguement mal à l'aise. Et s'apercevoir qu'elle avait trouvé très agréable de se confier à quelqu'un qui l'écoutait vraiment la déstabilisa également.

Était-elle assez naïve pour croire que cette parenthèse enchantée avec cet homme fabuleux, au sommet d'une colline de Napa Valley, avait quoi que ce soit de commun avec sa vie réelle ?

Non, quand même pas.

Elle posa son sandwich et le scruta, mais Chase prit la parole avant elle :

— Ho-ho, chantonna-t-il. Ce regard ne me dit rien qui vaille.

Chloé n'eut pas envie de sourire. Elle était déterminée à mettre les pendules à l'heure.

— Pourquoi êtes-vous aussi gentil avec moi ?

— Parce que je vous aime bien.

L'onde de chaleur qui se déploya dans son ventre fut bien trop intense au gré de Chloé. Elle s'efforça de n'en rien laisser paraître.

— Vous ne me connaissez pas.

— Je commence à vous connaître.

Il ne cherchait pas ses mots. Il n'essayait pas de l'embobiner avec de belles paroles, ni de la charmer pour qu'elle abonde dans son sens. Ne comprenait-il donc pas à quel point ses réponses honnêtes rendaient les choses plus difficiles encore ?

— Et c'est pour ça que vous faites tout ça ?

— Que je fais quoi ?

— Que vous me portez secours, que vous préparez le petit déjeuner pour moi et que vous demandez à Jérémy de veiller à ce que je ne m'ennuie pas ?

Il fronça les sourcils, et elle vit que sa question le plongeait dans une perplexité qui n'avait rien de feint.

— Qu'y a-t-il de mal à chercher à vous faire sourire ?

Oh, mon Dieu ! Pourquoi fallait-il qu'il ait répondu cela ?

Aucun autre homme n'avait jamais tenté de la faire sourire pour le seul plaisir de la voir sourire. Pas même celui qu'elle avait épousé.

Agacée par sa propre tendance à l'attendrissement – un rien la faisait fondre – elle se força à lui adresser un nouveau reproche :

— Je veux bien que vous preniez plaisir à aider les gens, mais…

— Je ne suis pas un saint, Chloé. Je veillerai toujours sur ma famille, c'est un fait, mais les demoiselles en détresse, ça n'a jamais vraiment été mon truc. Et ce n'est pas pour ça que je vous ai demandé de rester.

Sa belle voix grave l'avait interrompue avant qu'elle ait pu lancer son accusation et elle fut incapable de détourner les yeux de son expression sérieuse.

— Écoutez, Chase, dit-elle pour éviter de faire quelque chose de complètement idiot – comme tomber amoureuse de lui, par exemple –, vous avez été très gentil…

… *même si vous avez été un peu lent à me tendre une serviette, hier soir,* compléta-t-elle intérieurement en se sentant rougir.

— ... mais il n'est pas question que vous et moi, nous... enfin... vous savez, quoi.

Argh. Elle n'avait pas du tout l'habitude de ce genre de conversation.

Elle s'attendait à demi – tout en le désirant aussi à demi – à ce qu'il la contredise. À ce qu'il lui dise qu'elle et lui finiraient bien par... *vous-savez-quoi*, si elle restait plus longtemps dans les parages.

Mais son expression se fit encore plus sérieuse, presque grave.

— Tout à l'heure, je vous ai demandé de rester, et vous ne vouliez pas. Pourtant j'ai insisté jusqu'à ce que vous cédiez, ajouta-t-il en se passant la main dans les cheveux comme s'il se reprochait son comportement. Je ne vous forcerai jamais à faire quelque chose dont vous n'avez pas envie, Chloé. Je ne chercherai jamais à vous prendre quoi que ce soit que vous ne souhaitez pas donner.

Il lui offrait l'occasion rêvée de lui dire qu'elle n'avait jamais eu l'intention de rester, d'établir clairement que rien ne les liait l'un à l'autre et qu'il était temps pour elle de partir.

— J'avais envie de rester, s'entendit-elle lui répondre.

C'était la pure vérité, et la déclaration qu'elle venait de faire résonna dans son propre corps.

— J'ai vraiment envie de rester, reprit-elle d'une voix plus ferme.

Elle souhaitait passer plus de temps en compagnie de Chase. Elle n'aurait pas dû. Mais tel était son désir.

Le sourire de Chase refit surface, plus doux qu'avant et cependant plus puissant.

— Tant mieux. Vous disiez que vous et moi n'allions pas…

Il s'interrompit, laissant les mots qu'il n'avait pas prononcés suspendus entre eux.

Chloé aurait dû le remettre sèchement à sa place. Mais à cet instant précis, alors que le soleil éclatant de Napa Valley la recouvrait d'un manteau de chaleur et faisait mûrir le raisin des collines alentour, seule la franchise semblait de circonstance.

— Il y a très longtemps que je n'ai pas eu d'ami homme.

Il ne répondit pas tout de suite. Les papillons qui semblèrent voleter au creux de son ventre obligèrent Chloé à garder le regard braqué sur l'horizon, mais elle sentit la chaleur de celui qu'il posait sur elle.

— Je serais très honoré d'être votre ami, Chloé.

Son souffle se bloqua dans sa gorge et l'élan d'affection qu'elle éprouva pour lui fut si puissant qu'elle dut lutter pour résister à une violente envie de l'embrasser.

Son cœur battait si fort à ses tympans qu'elle fut certaine qu'il l'entendait. Au lieu de se jeter à son cou, elle se contenta de lui répondre dans un murmure :

— Moi aussi, je vous aime bien.

6

Chloé n'avait pas l'habitude de rester assise à ne rien faire – d'autant moins qu'elle venait de passer plusieurs mois à cumuler les petits boulots pour pouvoir payer son loyer, de quoi manger et des coupons de tissu pour créer ses chers patchworks. Aussi proposait-elle régulièrement son aide à Jérémy qui lui répétait chaque fois qu'elle était l'invitée de Chase.

Mais le plus irritant, c'était que passer son temps à observer celui-ci déclenchait en elle des sensations étranges. Au niveau de son épiderme, aussi, comme si sa peau était devenue hypersensible sous ses vêtements. Elle avait également l'impression d'avoir trop chaud alors que la température n'était pas excessive. En fait, elle offrait les mêmes symptômes que dans la baignoire, quand elle avait joui en laissant le nom de Chase s'échapper de ses lèvres.

Cette troublante comparaison fut interrompue par un cri perçant suivi d'un juron proféré par une voix féminine. Chloé tendit le cou, pour découvrir qu'Amanda venait de trébucher et que le devant de sa robe présentait une longue déchirure.

— Jérémy ! lança Chase. Il nous faut une autre robe. La même.

Le teint de Jérémy, naturellement pâle, devint littéralement livide.

— Je crois qu'ils n'en ont envoyé qu'une seule de ce modèle. Je vérifie tout de suite, ajouta-t-il en se mettant à fouiller dans les immenses malles de vêtements.

— Je peux la réparer, déclara spontanément Chloé.

Chase tourna vers elle ses beaux yeux verts, et elle se sentit obligée de répondre à la question silencieuse qu'elle y lut :

— J'ai déjà travaillé sur des tissus identiques pour mes patchworks. Je peux toujours essayer.

— Enlève ta robe, Amanda, ordonna Chase.

La jeune fille s'exécuta, sans paraître se soucier de ce qu'elle ne portait en dessous qu'une minuscule culotte transparente.

Chloé avait d'abord été choquée par la parfaite impudeur des modèles, mais elle avait fini par se dire que, si elle avait eu ce genre de silhouette quand elle avait dix-neuf ans, elle aurait été bien bête de la cacher.

Elle remarqua cependant que Chase n'accordait même pas un coup d'œil à la poitrine dénudée d'Amanda et en ressentit plus de satisfaction qu'elle n'aurait dû. Elle quitta son siège pour aller chercher la robe.

— Je peux la réparer en dix minutes, est-ce que ça ira ? demanda-t-elle en relevant les yeux vers Chase.

Celui-ci considéra la vilaine déchirure de l'étoffe.

— En dix minutes ? s'étonna-t-il. Vous êtes sûre ?

Chloé baissa le regard sur le tissu et caressa l'estafilade du bout des doigts.

— Pratiquement, oui.

Les satins et les soies sont toujours très délicats à travailler car la moindre piqûre d'épingle se remarque, mais elle avait passé la journée à lorgner le contenu de la gigantesque boîte à couture qui se trouvait là et était ravie d'avoir un bon prétexte pour fouiller dedans.

Pendant que Chase annonçait une pause de quelques minutes, elle fit passer du fil transparent dans le chas d'une aiguille et se mit à l'ouvrage. Elle était tellement absorbée par le contact de l'étoffe sous ses doigts qu'elle mit un moment à se rendre compte que Chase s'était assis à côté d'elle.

— Sans vous, j'étais perdu.

Elle faillit se piquer le doigt. Fort heureusement, elle était si concentrée sur son ouvrage qu'elle n'eut pas besoin de répondre. À dire vrai, elle ne se concentrait pas tant que ça. Au cours des mois précédents, elle avait effectué tellement de travaux de retouche pour le compte d'un tailleur de ses voisins qu'elle aurait pu réparer la robe les yeux fermés.

Le problème, c'était que l'attention que Chase lui consacrait la troublait énormément.

— Vous n'avez rien d'autre à faire ?

Elle n'eut pas besoin de lever les yeux pour savoir qu'il souriait.

— Non, rien de mieux que tenir compagnie à mon amie pendant qu'elle me rend service.

Ami. Il avait accepté d'être son ami. Elle aurait dû en être heureuse, mais elle s'était sentie un peu déçue qu'il ne cherche pas à pousser les choses plus loin au cours de leur pique-nique.

Non, elle ne devait pas entretenir de pensées aussi saugrenues. Elle ne savait que trop bien où peuvent mener de telles folies.

Dans un lit… avec Chase.

— J'aimerais pouvoir vous en rendre d'autres, lui dit-elle. Vous avez été tellement gentil avec moi que j'aimerais savoir quoi faire pour vous dédommager.

— Chloé.

Il avait prononcé son nom d'un ton si sérieux qu'elle releva la tête.

— Je vous ai aidée parce que j'en avais envie. Vous ne me devez rien.

Sous l'intensité de son regard – d'un dévouement et d'une attention absolus – elle manqua une fois de plus de se piquer le doigt.

— Il faut que je me concentre sur ce que je fais, mentit-elle.

Elle avait surtout besoin de prendre de la distance par rapport aux sentiments naissants qu'il lui inspirait.

— Allez donc vous occuper ailleurs, ajouta-t-elle d'un ton raisonnable.

En baissant les yeux sur la robe, elle eut le temps d'apercevoir son sourire éclatant. Un sourire qui disait qu'il n'était pas dupe et qu'il savait très bien pourquoi elle souhaitait qu'il s'éloigne.

Dix minutes plus tard, elle aidait Amanda à enfiler sa robe et rougissait jusqu'à la racine des cheveux sous les félicitations de l'assistance, qui la complimenta de l'avoir si vite et si bien réparée.

Peu après, le soleil se coucha, et la fatigue fit valoir ses droits sur les mannequins.

— Allez, on remballe ! annonça Chase. Bravo à tous, dit-il en incluant du regard Chloé dans l'équipe alors qu'elle n'avait pratiquement rien fait. C'était vraiment du bon travail. Je suis très content.

Chloé constata que son compliment avait énormément d'importance pour tous ses collaborateurs et qu'il l'avait beaucoup touchée, elle aussi.

— Ce soir, mon frère Marcus reçoit tout le monde à dîner chez lui, annonça Chase en désignant la grande maison qui se dressait à l'autre bout du vignoble. Jérémy, tu te charges de conduire la troupe ?

Sans qu'on lui ait rien demandé, Chloé aida les modèles à se dévêtir et fit savoir à chacune d'elles à quel point elle avait été impressionnée par leur travail.

— Je me demande comment vous faites pour garder la pose aussi longtemps !

Amanda était déjà en grande conversation sur son portable, mais Jackie, une autre fille « plus âgée » (qui n'avait guère plus de vingt et un ans mais Chloé avait déjà compris que dans sa profession cela voulait dire qu'elle frisait l'âge de la retraite) répondit à sa place :

— Je fais beaucoup de yoga, ça aide, dit-elle avec un sourire si éblouissant que Chloé le lui retourna automatiquement.

— Ta présence m'a fait beaucoup de bien, ajouta Jackie. C'était comme si ma mère était là pour veiller sur nous.

Cette fois, Chloé parvint sans peine à réprimer son sourire.

Elle n'avait que neuf ans de plus que Jackie. Mais elle comprit cependant le point de vue de la jeune fille. En matière d'expérience de la vie, elles avaient au moins un siècle d'écart.

Après avoir supervisé le chargement des malles de vêtements et de matériel photographique dans le van, Jérémy battit le rappel.

— Tu viens avec nous, Chloé ? proposa-t-il en se tournant vers elle.

Elle fut tentée de suivre l'équipe plutôt que de rester à la traîne avec Chase ; cependant, à la fin de cette longue journée, elle se sentait collante de partout. Elle n'avait peut-être pas de vêtements élégants pour assister au dîner de Marcus, mais rien ne l'obligeait à empester la sueur. Une bonne douche s'imposait.

— Je vais faire un brin de toilette. Je vous rejoindrai là-bas tout à l'heure.

« Faire un brin de toilette » ! Non mais franchement, qu'est-ce qui lui prenait de s'exprimer comme si elle avait vraiment l'âge de la mère de Jackie ?

Une fois l'équipe partie, elle se retourna et chercha Chase du regard. Le simple fait de penser à lui déclenchait en elle une sensation… à la fois dérangeante et agréable.

Elle ne l'aperçut pas tout de suite, puis finit par découvrir qu'il se tenait derrière l'un de ses énormes appareils photo montés sur trépied... dont l'objectif était braqué droit sur elle.

Instinctivement, elle porta la main à sa joue. Oh, mon Dieu, que faisait-il ? Que pouvait-il voir à travers la lentille de son appareil ? Son objectif lui permettait-il de discerner, au-delà de son vilain hématome, l'état de profonde confusion dans lequel elle était ? La lâcheté dont elle avait fait preuve jusqu'ici en repoussant le moment d'appeler la police, préférant rester cachée derrière lui, les modèles et le reste de l'équipe ?

Pouvait-il voir les sentiments qui s'étaient épanouis dans son cœur tout au long de cette journée, alors qu'elle savait qu'elle ne pouvait pas s'autoriser le moindre bouleversement émotionnel ?

Elle lui en voulut de l'avoir observée à son insu – autant qu'elle s'en voulut de s'en soucier – et marcha droit sur lui.

— Je croyais que vous aviez remballé tout votre matériel, dit-elle d'un ton accusateur, tandis qu'il avait déjà écarté l'œil du viseur et s'était redressé.

— Je garde toujours au moins un appareil avec moi. Au cas où une photo se présente.

— Vous n'avez pas besoin de me prendre en photo.

— Je n'ai jamais pu résister à l'envie de photographier la beauté, répondit-il d'une voix douce en rangeant son appareil dans son sac. Je suis désolé. Je ne voulais pas vous mettre mal à l'aise. J'espère que vous voudrez bien me pardonner.

Le regard qu'il posa sur elle – à la fois tendre et doux, mêlé aussi d'un désir qu'il ne cherchait pas à dissimuler – fit prendre conscience à Chloé du ridicule de sa réaction.

— C'est à cause de ce bleu... dit-elle en levant la main pour le couvrir à nouveau.

— Vous êtes adorable, déclara-t-il sans lui laisser le temps d'aller plus loin.

Chloé interrompit son geste quand il lui vint à l'esprit qu'elle n'avait plus besoin de le lui cacher. Parce qu'il ne semblait pas considérer qu'il l'enlaidissait. Pas plus qu'il ne semblait penser que cet hématome symbolisait sa faiblesse ou sa lâcheté.

Leur lent retour à la maison d'hôtes à la lueur du seul clair de lune lui parut merveilleusement romantique. Bien plus romantique et merveilleux qu'il n'aurait dû être.

— Comment est née votre vocation pour la photo ?

La manière dont il la considéra à travers la pénombre signifiait qu'il savait très bien ce que recouvrait réellement cette question.

— Quand j'étais petit, je chipais le Polaroid de mon père et j'embêtais tout le monde avec.

Chloé sourit à l'idée d'une version miniature de Chase asticotant son entourage.

— Vous vous êtes toujours concentré sur les portraits ?

— J'ai fait toutes sortes de tentatives mais, au bout du compte, capturer les émotions qui émanent des êtres humains m'intéresse plus que tout le reste.

— C'est *ça* que vous avez traqué toute la journée, comprit subitement Chloé. L'émotion.

Elle croisa son regard et comprit que, bien qu'elle ne soit pas l'un de ses modèles, c'était précisément ce qu'il cherchait à capter chez elle.

— Vous m'avez été d'une aide précieuse aujourd'hui.

Elle rougit sous le compliment.

— Je me sens flattée d'avoir pu vous être d'une aide quelconque. Le simple fait d'être ici, ajouta-t-elle en désignant le domaine, m'a donné l'impression de vivre un rêve éveillé.

Ils grimpèrent les marches du perron, et Chase, très gentleman, lui ouvrit la porte.

Elle pénétra dans le salon et se figea sur place. Chase se cogna contre elle et la chaleur de son corps dans son dos fit faire un bond en avant à Chloé.

— Qu'est-ce que c'est que ça ?

Un portant métallique, identique à ceux sur lesquels on avait accroché les tenues des mannequins toute la journée, se dressait au milieu de la pièce. Un portant garni de vêtements qui donnaient à la jeune femme l'impression qu'elle pourrait rentrer dedans sans problème, contrairement aux tenues en 32-34 qu'elle avait vu enfiler toute la journée par Amanda, Jackie et consorts.

— J'ai fait livrer quelques petites choses pour vous.

— Comment avez-vous trouvé le temps de faire ça ? Vous n'avez pas arrêté de la journée !

Excepté leur pique-nique, elle ne l'avait pas vu s'asseoir une seule fois et avait remarqué que, quand le reste de l'équipe faisait une pause, Chase lui, préparait déjà la prise de vues suivante.

— Vous êtes superbe en jean, dit-il. Vraiment. Mais j'ai senti que l'idée de dîner chez Marcus dans cette tenue ne vous enthousiasmait pas trop, et l'un des avantages de ma profession consiste justement à pouvoir se faire livrer très vite de très beaux vêtements.

Il était tellement gentil. Modeste aussi. Mais…

— Je n'ai pas les moyens de vous rembourser ces tenues, Chase. C'est très gentil de votre part, mais je ne peux pas accepter.

— Permettez-moi de faire ça pour vous.

— Je ne peux pas.

Elle en avait pourtant effroyablement envie. Même avant, quand elle avait eu de l'argent, elle n'avait jamais eu l'occasion de porter de telles splendeurs.

— Si.

Il ne fit pas un geste, mais les mots qu'il ajouta passèrent sur sa peau comme la plus douce des caresses.

— Je vous promets de ne rien exiger de vous si vous acceptez.

Elle sentit instinctivement qu'il disait la vérité. Qu'il ne chercherait jamais à abuser d'elle. Et en vint aussitôt après à se demander pourquoi ça ne l'effrayait pas plus que ça.

Chase était génial. Plus que génial, même. Rien de ce qu'il faisait ne justifiait qu'elle se comporte comme une chatte en furie, toutes griffes dehors à la moindre de ses propositions.

— Vous voulez bien qu'on fasse comme si on venait d'arriver et qu'il ne s'était encore rien passé ? demanda-t-elle.

— Avec plaisir, approuva-t-il en regagnant le seuil pour faire mine de lui tenir la porte ouverte.

Ravie de suivre le mouvement, Chloé fit demi-tour et renouvela son entrée.

— Waouh, Chase ! Quels vêtements merveilleux ! Merci, merci beaucoup !

— Il n'y a pas de quoi.

Elle dut se faire violence pour s'écarter de lui plutôt que de le serrer dans ses bras. Jamais encore elle ne s'était retrouvée dans une position aussi instable, partagée entre une fulgurante envie de fuir et celle de se jeter à corps perdu dans la gueule du loup.

Chase s'approcha du portant et en décrocha une robe absolument sublime dont elle sut instantanément qu'elle lui irait comme un gant – bleu nuit, avec un long jupon vaporeux et un corset ajusté.

— Que pensez-vous de celle-ci ?

— J'en pense que je vais aller prendre une douche avant de l'essayer, répondit-elle en lui prenant le cintre des mains au passage.

Elle sentit son regard dans son dos tandis qu'elle longeait le couloir jusqu'à la chambre.

La douche lui fit un bien fou mais, sachant que Chase l'attendait, elle ne s'attarda pas outre mesure. Une fois séchée, elle constata qu'il avait aussi commandé des produits de beauté et du maquillage à son intention. Elle fut particulièrement heureuse de découvrir le maquillage qui lui permettrait de dissimuler son coquard. Tout le monde l'avait vu, mais cela ne signifiait pas qu'elle appréciait de le voir quand elle se regardait dans la glace.

Chase avait vraiment tout prévu, se dit-elle en se maquillant. Comment une femme pouvait-elle espérer résister à l'attrait d'un tel homme ?

Non seulement il était séduisant, mais en plus il était adorable.

D'un autre côté, se dit-elle, n'était-ce pas ce qu'elle avait pensé de son ex-mari quand elle avait fait sa connaissance ?

Elle s'empressa de chasser ce souvenir déplaisant, finit de se sécher les cheveux, enfila la somptueuse robe et sélectionna une paire d'escarpins parmi ceux qu'on avait déposés dans sa chambre pendant qu'elle était sous la douche.

Un frisson la parcourut à l'idée que Chase s'était trouvé de l'autre côté de la porte de la salle de bains pendant qu'elle était toute nue. Avait-il été tenté de la franchir à nouveau ?

Et comment aurait-elle réagi, cette fois-ci ? Aurait-elle fait comme si sa présence l'importunait ?

Ou bien aurait-elle ouvert la porte de la cabine de douche pour l'inviter à la rejoindre ?

Elle essaya de toutes ses forces de retrouver l'état d'esprit qu'elle avait eu le matin même, quand elle avait découvert l'univers de créatures sublimes dans lequel évoluait Chase et qu'elle s'était convaincue que celui-ci ne pouvait pas s'intéresser à elle.

Malheureusement, après avoir passé toute la journée avec elles, Chloé savait que les relations que Chase entretenait avec ces charmantes jeunes filles étaient strictement professionnelles.

Et que les choses demeureraient ainsi car, si les mannequins posaient sur Chase un regard d'adoration, lui les voyait comme ses petites sœurs.

Elle savait en revanche qu'il ne la considérait pas du tout comme telle.

Elle, il la regardait avec de la passion dans les yeux.

Non, se surprit-elle à songer avant de pouvoir bloquer sa pensée, il y avait autre chose que de la passion dans ses yeux quand il la regardait.

Le cœur battant, elle sortit de la chambre. Chase garda le silence un long moment et Chloé sentit son cœur battre encore plus fort.

— Vous êtes très belle.

« Belle. »

Se rendait-il compte de l'effet que ce mot avait sur elle ? Savait-il à quel point elle se sentait unique et désirable, chaque fois qu'il lui disait cela ?

Soucieuse de dissiper la tension sensuelle – et émotionnelle – elle prit le parti de la plaisanterie.

— La personne qui a choisi cette robe a du goût en matière d'esthétique.

— Ce n'est pas la robe. C'est vous qui êtes belle.

Elle dut faire un effort pour accepter son compliment. Un jour, il y avait bien longtemps de cela, elle avait su remercier quand on lui en faisait un.

— Vous n'êtes pas mal non plus, dit-elle en posant les yeux sur son jean noir et sa chemise blanche dont il avait remonté les manches.

— Je m'étais dit qu'on irait chez Marcus à pied, dit-il en portant son attention sur les escarpins à talons de Chloé. Vous pensez y arriver ?

— Vous plaisantez ? répliqua-t-elle. Avant, je passais ma vie juchée sur des talons !

Il lui adressa un regard interrogateur, et elle se maudit intérieurement. Heureusement, il n'insista pas pour lui faire expliciter sa confidence.

Mais elle savait que plus longtemps elle resterait, plus le risque qu'il la questionne au sujet de son passé serait grand.

À sa grande surprise, Chloé se sentit très à son aise à la petite soirée de Marcus. En hôte consommé, il veillait à ce que les verres des invités soient toujours pleins et à ce que les jeunes filles mineures s'en tiennent au jus de fruits et à l'eau minérale.

Une fois qu'elle eut épuisé les ressources du buffet, et Jérémy son quota de ragots pour une vie entière, Chase, qui avait jusqu'alors gardé ses distances, sortit de l'ombre.

— Vous passez une bonne soirée ?

— Excellente.

Quand il s'était éloigné d'elle, peu de temps après leur arrivée, elle aurait dû se sentir soulagée – d'autant qu'ils n'avaient pas échangé un mot pendant le trajet depuis la maison d'hôtes – trajet dont le déroulement avait clairement établi que Chase ne lui poserait pas de questions auxquelles elle n'avait pas envie de répondre.

Mais il lui avait manqué, et elle l'avait cherché des yeux à plusieurs reprises. Et chaque fois, il s'en était fallu de peu qu'il ne croise son regard.

— Désirez-vous que je vous apporte autre chose à boire ou à manger ?

Elle secoua la tête et posa la main sur son ventre.

— Non, j'ai déjà trop mangé et trop bu, répondit-elle. Mais il y a quelque chose que j'aimerais bien que vous m'apportiez, cependant, poursuivit-elle, enhardie par le vin. Une photo de votre famille.

— Je peux d'ores et déjà vous assurer que je suis le plus beau de tous les Sullivan.

Elle éclata de rire car Chase était bien l'homme le moins égotiste qu'elle connût.

— Pourquoi ne pas m'en laisser juge ?

Il tendit la main vers elle, et elle la prit en oubliant qu'elle devait éviter de le toucher sous peine de sensations fortes. Mais c'était tellement agréable de tenir sa main – ferme, puissante et tiède – ne fût-ce qu'un bref instant.

Alors qu'il la conduisait dans le bureau de Marcus, Chloé se dit qu'elle devait être un peu pompette. Chase attrapa une grande photo encadrée sur une étagère et la lui présenta.

Chloé dut faire un effort pour dissimuler l'émerveillement qui la saisit à la vue de ce portrait de groupe. Elle s'aperçut cependant qu'elle n'arrivait pas à détacher les yeux de Chase – même en photo, il captait toute son attention.

Il se tenait à côté de sa mère qu'il dominait d'une bonne tête, un bras passé autour de sa taille tandis qu'elle inclinait la tête sur son épaule. Elle souriait largement et semblait très heureuse d'être entourée de tous ses enfants.

Faire partie d'une famille aussi unie était l'un des vœux les plus chers de Chloé, et elle ressentit un tel choc qu'elle faillit lâcher le cliché.

Mais l'un des membres du groupe retint soudain son attention et elle resta un instant bouche bée.

— Oh, mon Dieu ! Ne me dites pas que vous êtes le frère de Smith Sullivan !

Chase n'était pas familiarisé avec la jalousie, et l'élancement qui s'éleva au creux de son estomac l'atteignit donc de plein fouet.

— Si, répondit-il sobrement, s'attendant à ce qu'elle lui demande s'il pouvait la présenter à sa star de frère ou à ce qu'elle lui pose tout un tas de questions sur lui.

Mais Chloé se contenta de lever les yeux vers lui et de le scruter avec attention.

— Maintenant que je le sais, je me dis que j'aurais dû voir la ressemblance. Parlez-moi des autres, enchaîna-t-elle alors.

Quoi ? Elle ne cherchait pas à lui soutirer des informations sur Smith ?

Cette fois, ce fut au tour de Chase de poser sur elle un regard incrédule. À tel point que Chloé se mit à se tortiller et porta machinalement sa main libre à sa joue bleuie.

— J'ai quelque chose qui cloche ? s'inquiéta-t-elle.

Il secoua la tête.

— Non, non. Tout va bien.

Il eut envie d'écarter sa main, de lui assurer qu'elle n'avait pas besoin de lui cacher quoi que ce soit d'elle. Mais il s'était promis de la laisser mener la danse.

Chase n'était pas un saint. Loin de là. Mais il savait qu'il ne pourrait amener Chloé à se fier à lui qu'à condition de tenir cette promesse.

Il savait comment séduire une femme par des baisers, la caresse de ses doigts sur sa peau... Mais il ne voulait pas être le seul à désirer.

Il voulait que Chloé ait aussi douloureusement envie de le séduire que lui.

Assez pour faire le premier pas.

Assez pour oublier ses craintes et se résoudre à lui faire confiance.

— Ryan a un an de moins que moi. J'ai trente-deux ans, précisa-t-il face à son regard interrogateur. C'est un joueur de base-ball professionnel. Il joue pour les Hawks de San Francisco.

Elle dit qu'elle était impressionnée, mais Chase vit à sa réaction que ce n'était pas une grande fan de base-ball. Il sourit en imaginant la rencontre entre Ryan et Chloé. Ryan serait vexé comme un pou qu'elle ne s'extasie pas sur lui.

— Gabe est le plus jeune de mes frères. Il est pompier.

— Hou ! C'est un métier dangereux. Votre mère ne se fait pas trop de souci ?

— Au point où elle en est, entre ses huit enfants, je crois qu'elle a cessé de se faire du souci depuis belle lurette !

— Ne croyez pas ça, dit doucement Chloé. C'est votre mère, elle s'inquiète forcément pour vous. Parce qu'elle vous aime.

Chase eut soudain une vision parfaitement claire de Chloé dans un rôle de mère, tendre et aimante, et quand il s'avisa d'acquiescer, il s'aperçut qu'il avait la gorge nouée.

— C'est pour ça qu'on s'efforce de lui laisser un peu de répit, maintenant qu'on est censés avoir mûri.

— Qui est-ce ? demanda-t-elle en désignant l'une de ses sœurs.

— C'est la Gentille. Je veux dire Sophie, se reprit-il. Et elle, c'est Lori, continua-t-il en désignant la jumelle de la précédente, à savoir la Méchante.

— Mon petit doigt me dit qu'elles ne doivent pas trop apprécier ces surnoms, glousse-t-elle.

— Elles les adorent. Même si elles s'obstinent à prétendre le contraire.

— Je n'arrive pas à imaginer comment je pourrais supporter un grand frère dans ton genre, mais alors six ! Je parie que tu sais mieux qu'elles ce qui est bon pour elles ? ajouta-t-elle en haussant un sourcil accusateur.

— Évidemment, répondit-il sans paraître culpabiliser le moins du monde.

Chloé rit et reporta son attention sur la photo.

— Elles sont aussi jolies l'une que l'autre. J'espère qu'elles vous en font voir de toutes les couleurs pour vous faire payer votre arrogance !

Chase grimaça au souvenir de ce que ses sœurs leur avaient fait endurer, à lui et à ses frères.

— Vous serez sans doute heureuse d'apprendre qu'elles nous font avaler de sacrées couleuvres.

Elle pouffa à nouveau, et Chase se dit que son rire était le son le plus délicieux qu'il ait jamais entendu.

— Et que font-elles ? Lori a une silhouette très athlétique, il me semble.

— Elle est danseuse et chorégraphe. Elle a commencé comme pom-pom girl au lycée, et maintenant elle fait des tas de trucs qu'on voit à la télé. Sophie, elle, est bibliothécaire dans une université – c'est l'intello de la famille, dit-il d'un ton attendri.

— Impressionnant ! Je comprends que vous soyez fier d'elles.

Chase était fier de toute sa fratrie. Il leur arrivait de se disputer, voire d'échanger quelques coups de poing, mais il aurait volontiers donné son bras – les deux, même ! – pour n'importe lequel d'entre eux.

— Smith, j'en ai déjà entendu parler. Il est un peu plus âgé que vous, je crois ?

— Trente-quatre.

— Waouh ! Vos parents n'ont pas chômé, dites-moi ! s'exclama-t-elle avant de désigner un autre de ses frères. Et celui-là, qui est-ce ?

— Zach. Vingt-neuf ans. Propriétaire de la moitié des magasins de voitures de Californie.

— C'est le Sullivan des pubs pour Sullivan Autos qu'on entend sans arrêt à la radio ?

— Oui, c'est un vrai génie des affaires, mais s'il pouvait, il passerait sa vie la tête sous un capot de voiture.

Ou entre les jambes d'une femme. Mais Chloé n'avait pas besoin de savoir ça. D'autant que Zach était sacrément beau gosse. Peut-être bien le plus charmant des garçons Sullivan. Plus que Smith lui-même, qui faisait pourtant carrière au cinéma en grande partie grâce à son physique.

— Et du haut de ses trente-six ans, Marcus est le doyen de la bande.

— Et sur les huit que vous êtes, vos âges s'échelonnant de vingt-quatre à trente-six ans, il n'y en a pas encore un seul de marié ? demanda-t-elle sans chercher à dissimuler sa surprise.

— Eh non, fit-il avec un haussement d'épaules. Il y a déjà bien longtemps qu'on a lancé les paris sur celui qui serait le premier à se faire passer la corde au cou. On s'attend à ce que Marcus et sa copine fassent bientôt le grand saut.

Chloé s'esclaffa.

— Quand vous employez l'expression « se faire passer la corde au cou » pour évoquer le mariage, j'ai enfin l'impression d'entendre parler un mec normal !

Chase apprécia de l'entendre rire tout en se disant que, la veille encore, il en était à penser comme le reste de ses frères et sœurs que le mariage ne faisait pas partie de ses projets à court terme. Pourtant, d'un seul coup, il n'en était plus aussi sûr. Et le plus stupéfiant dans l'affaire, c'était que ça ne le dérangeait pas de sentir qu'il se rapprochait du gouffre… tant que Chloé l'accompagnait.

Et qu'elle sautait dans le vide avec lui.

— Votre mère est superbe, déclara la jeune femme.

— Elle est adorable.

— Elle semble très heureuse, au milieu de tous ses enfants. Qu'est-il arrivé à votre père ? poursuivit-elle en écarquillant tout grands les yeux avant de se mordre la lèvre. Je suis affreusement impolie, excusez-moi, vous n'avez pas à me répondre.

— Vous pouvez me demander ce que vous voulez, assura-t-il.

Elle leva les yeux vers lui, et il soutint franchement son regard.

— On vient à peine de se rencontrer, c'est à peine si on se connaît, protesta-t-elle.

— J'avais dix ans quand il est mort. Un jour, il est parti travailler, comme d'habitude, et il a fait une rupture d'anévrisme. L'un de ses employés l'a trouvé dans son bureau, étendu, sans vie, sur le sol.

— Oh, Chase, je suis désolée.

Elle posa la main sur son bras et, bien que Chase fût persuadé d'avoir fait le deuil de son père depuis deux décennies, ce contact lui procura un étrange réconfort.

— Je me demande comment votre mère a fait pour s'en sortir sans lui, ajouta-t-elle.

— Ça n'a pas été facile, répondit-il en appréciant vivement qu'elle n'ait pas hésité à l'interroger sur ce qu'elle voulait savoir. Les premiers temps, surtout. Mais on a tous mis la main à la pâte. Les plus grands, je veux dire. Du coup, je me flatte d'être le roi des macaronis au gratin ! conclut-il avec un fin sourire.

— Miam, dit-elle d'un ton qui manquait de conviction.

— Voulez-vous que je vous confie mon secret ?

— Heu… si vous y tenez.

Il se rapprocha d'elle, et Chloé fut troublée par son odeur.

— Il faut surveiller très attentivement la cuisson des pâtes et les égoutter juste au bon moment, susurra-t-il d'une voix sensuelle.

Leur attraction mutuelle fit crépiter l'air entre eux. Ils savaient aussi bien l'un que l'autre que Chase ne parlait pas de la cuisson des pâtes, mais de la façon dont il surveillait les réactions de Chloé.

Il la laissait mijoter parce qu'il la désirait.

Et qu'il savait qu'elle le désirait autant que lui.

Marcus les découvrit dans son bureau.

— Quoi qu'il vous dise, Chloé, déclara-t-il en désignant la photo de famille qu'elle tenait entre les mains, n'en croyez pas un mot.

Chase la regarda décocher un grand sourire à son frère.

— Oh ! Alors ça veut dire que vous n'êtes pas vraiment un superhéros ?

Marcus rit, ravi de sa repartie.

— Tout le monde est allé danser en ville. Qu'est-ce que vous diriez d'ouvrir une bonne bouteille, rien que pour nous trois ?

— Le vin que j'ai goûté ce soir était délicieux. Est-il possible que vous en produisiez un qui soit meilleur encore ? s'étonna Chloé.

— Attendez-vous à être bluffée ! l'avertit Marcus.

Il appréciait visiblement la compagnie de Chloé, mais Chase ne put s'empêcher de remarquer que le comportement de son frère avait quelque chose d'inhabituel. En tant que doyen de la fratrie, il avait toujours assumé la plus lourde part du fardeau, veillant perpétuellement au bien-être de la famille. Mais ce soir-là, il était particulièrement à cran. Tendu comme une arbalète.

Avant de rencontrer Jill, sa copine, Marcus avait été aussi aventureux et chien fou que ses jeunes frères. Mais, au cours des deux dernières années, il s'était assagi à ce point que Chase n'était pas certain de le reconnaître. Ses folles virées avec l'aîné du clan Sullivan lui manquaient un peu, mais il s'attendait plus ou moins à ce que celui-ci épouse Jill et à ce qu'ils aient toute une ribambelle de gamins.

Ils suivirent Marcus au salon, ouvert sur une immense piscine qui, par un astucieux effet de trompe-l'œil, donnait l'impression de s'imbriquer directement dans le vignoble éclairé par la lune. Leur hôte se mit en devoir de déboucher une bouteille poussiéreuse qui fleurait bon la cave.

— Je ne devrais pas boire davantage, dit Chloé, mais comment résister ?

Chase appréciait l'entente spontanée entre Marcus et Chloé. Le simple fait de la savoir là, de la voir sourire et d'entendre son rire rendait tout tellement plus plaisant. Ce qui était énorme, car Chase avait toujours mené une vie de plaisirs jusqu'alors.

— Toute l'équipe s'est répandue en compliments sur l'aide précieuse que vous avez apportée au shooting aujourd'hui, fit Marcus.

Chloé parut flattée.

— Je me suis bien amusée, en tout cas.

— Elle a carrément sauvé la journée, déclara Chase.

Chloé leva les yeux au ciel.

— N'exagérons rien, dit-elle avant de dissimuler son embarras derrière une gorgée de vin. Oh, mon Dieu ! Ce vin est si délicieux que ça devrait être interdit !

— Content qu'il vous plaise, répondit Marcus en souriant.

Elle prit une autre gorgée et réprima à grand-peine un gémissement d'extase.

— Ça va bien au-delà du plaisir, déclara-t-elle. Je suis tout simplement en train de tomber *amoureuse* !

Chase se sentit brusquement durcir. Il lui avait suffi de l'entendre gémir… et prononcer le mot « amoureuse ».

Un mot qui lui allait si bien. Et dont Chase s'aperçut soudain qu'il rêvait de l'entendre dans sa bouche depuis le premier instant qu'il l'avait vue.

— Alors, Chloé, reprit Marcus, parlez-nous un peu de vous. D'où est-ce que vous venez ?

L'attitude de la jeune femme changea du tout au tout, et elle redressa le dos si brusquement que le vin frôla dangereusement le rebord de son verre.

— Je suis en plein déménagement, en fait.

Elle absorba une gorgée, et Chase tenta de communiquer silencieusement avec son frère pour le supplier de se taire. En vain.

— Pour vous installer où ? demanda Marcus.

Chloé finit son verre.

— Je n'ai pas encore pris de décision définitive.

À peine Marcus l'eut-il resservie qu'elle bondit de son siège.

— Si vous voulez bien m'excuser, je vais aller me repoudrer le nez.

— Tu veux bien m'expliquer ce qui se passe ? s'enquit Marcus une fois qu'elle eut quitté la pièce. Ce soir, il était bien caché sous son maquillage, mais comment a-t-elle récolté ce bleu à la joue ? Pendant son accident de voiture, ou autrement ?

Chaque fois que Chase pensait à la façon dont Chloé avait « récolté » ce bleu, une furieuse envie d'enfoncer son poing quelque part le saisissait.

Non, pas *quelque part*. Dans la figure du type qui lui avait fait ça.

— Je ne sais pas trop. Elle ne me fait pas encore assez confiance pour me le dire. Ne la presse pas de questions, ajouta-t-il en adressant un regard d'avertissement à son frère.

Marcus haussa un sourcil.

— Elle te plaît.

— Ça va bien au-delà du plaisir, dit-il, prenant la réplique de Chloé à son compte.

Mais ce dont il parlait était beaucoup plus important qu'un vin d'exception.

— Si j'arrive à la convaincre de rester ici quelques jours, continua-t-il, se parlant plus à lui-même qu'à son frère, elle acceptera peut-être de me donner une chance.

— C'est la première fois que je te vois dans cet état.

Chase secoua la tête, aussi surpris que l'autre par ce qui lui arrivait.

— Quand je pense qu'en venant ici je croyais ne m'exposer à rien d'autre qu'à une aventure qui ne durerait que le temps de mon séjour…

— Avec l'un de tes modèles ?

— Non, ricana Chase. Tu sais bien que ça fait des années que j'ai arrêté de coucher avec. Non, j'avais rendez-vous avec Ellen, avoua-t-il, bien qu'il sache que cela ne plairait pas à son frère.

Ce dernier plissa les yeux.

— Ellen ? Tu veux dire mon employée ?

— Celle-là même, oui.

— Bon sang, Chase ! Tu ne peux pas t'amuser à tringler mon personnel ! Si tu lui brises le cœur, elle risque de se venger sur mon vignoble !

Chase leva les mains en l'air.

— Du calme ! La chose n'a pas eu lieu, d'accord ? Pas la peine de t'exciter. J'ai rencontré Chloé avant de retrouver Ellen, et du coup il ne s'est rien passé. J'ajouterai qu'elle n'a pas du tout mal pris que je la laisse tomber. Je n'ai encore jamais ressenti ce que je ressens avec Chloé, lâcha-t-il en évitant le regard furieux de son frère, cédant au besoin irrépressible de se confier. Et je ne l'ai même pas encore touchée, tu te rends compte ?

Qu'est-ce qui lui prenait d'être aussi bavard ? Marcus n'avait pas besoin de savoir ce que lui et Chloé avaient – ou n'avaient pas – partagé.

Chase remplit leurs verres avant de soumettre à son tour son frère à la question.

— Tout s'est bien passé hier soir, après mon départ ? Comment va Jill ?

— Très bien, répondit Marcus avec une légère crispation de la mâchoire. Je vais monter me coucher, si ça ne te dérange pas. Une grosse journée m'attend, demain, expliqua-t-il en se levant.

Chase l'imita. Sur ce point, la télépathie entre les frères Sullivan marchait cinq sur cinq. Il y avait de l'eau dans le gaz entre Jill et Marcus, et celui-ci n'avait pas l'intention d'en parler à qui que ce soit.

Chase aurait bien aimé savoir comment faire pour que son grand frère redevienne celui qu'il avait été. En tant qu'aîné de la famille, Marcus était automatiquement devenu l'homme de la maison à la mort de leur père. Chase se souvenait de lui débarbouillant et mouchant ses petits frères et sœurs. S'assurant que tout le monde partait à l'heure pour l'école, les devoirs faits dans le cartable. Une fois franchi le cap des vingt ans, les autres ayant grandi dans la foulée, il avait enfin pu souffler et commencer à vivre sa vie.

Marcus était alors devenu le plus déconneur de la bande – comme s'il cherchait à rattraper le temps perdu. Les femmes se jetaient à son cou, et il avait accumulé les conquêtes sans scrupules.

Et puis il avait rencontré Jill, princesse froide et distante, et il avait subi une nouvelle transformation. Il était en quelque sorte redevenu Marcus l'hyper-responsable, celui qui assume bien plus qu'il ne devrait.

Chase prit conscience avec surprise que, s'il pensait que son frère avait besoin de se libérer de son carcan, il avait quant à lui envie de faire tout le contraire.

À dire vrai, Chase avait sans doute connu encore plus de femmes que Marcus.

Et il se sentait prêt à rencontrer celle de sa vie.

— Je ferais mieux d'aller voir ce qu'est devenue Chloé. Elle s'est peut-être perdue dans les dédales de ton palais.

Après quelques minutes de recherches, il la découvrit sur la terrasse, un verre vide à la main. Il s'immobilisa avant qu'elle ne remarque sa présence et l'observa.

Elle était éblouissante.

Pas à cause du clair de lune. Ni de la robe qu'il avait choisie pour elle.

Mais seulement parce que c'était Chloé.

Aucune autre femme n'avait jamais eu cet effet sur lui. Et il savait qu'aucune autre ne l'aurait jamais.

Elle seule avait ce pouvoir.

— Ah, vous voilà !

Elle avait tourné son visage vers lui, et il reflétait une telle émotion – un tel désir – que ce fut tout ce qu'il trouva à dire pour se retenir de la rejoindre et de la serrer dans ses bras.

Ils étaient seuls. Son frère était monté se coucher et tous les autres étaient partis. Et il lui suffit de croiser son regard pour constater que le vin avait estompé les aspérités de sa méfiance.

Incapable de supporter plus longtemps la distance qui les séparait, il s'avança et posa les mains de part et d'autre de son corps sur la rambarde de la terrasse.

— Belle lune, ce soir, non ?

Il s'attendait à ce qu'elle s'écarte de lui mais, étrangement, elle se contenta de pivoter sur elle-même dans le cercle de ses bras et leva vers lui ces grands yeux qui avaient le don de le bouleverser.

— Chase, souffla-t-elle.

Mon Dieu ! Chase se sentit sur la corde raide, à la fois tout près et très loin d'elle.

Pourquoi avait-il subitement décidé d'accorder une telle importance à son honneur ? Tout aurait été tellement plus facile s'il s'était contenté de prendre ce qui lui faisait envie et de se soucier des conséquences après.

Elle n'était pas ivre, mais elle n'était pas sobre non plus. L'honneur exigeait qu'il la raccompagne à la maison d'hôtes pour la mettre au lit.

Seule.

Mais il n'aurait apparemment pas la force de s'en tenir là car il la désirait comme il n'avait jamais désiré qui que ce soit.

— Chloé, chuchota-t-il en retour.

Les lèvres pleines de la jeune femme s'entrouvrirent légèrement quand il prononça son nom. C'était la première fois qu'elle ne cherchait pas à dissimuler la passion qu'il lui inspirait.

— C'est inévitable, n'est-ce pas ?

Inéluctable, même. Mais Chase ne voulait pas s'exprimer à sa place.

— Qu'est-ce qui est inévitable ? répondit-il d'un ton âpre.

Elle baissa les yeux sur ses lèvres.

— Ce baiser.

7

Quand Chloé enfouit les doigts dans ses cheveux pour attirer son visage à elle, Chase dut faire appel à tout son self-control pour ne pas lâcher la rambarde.

Après quoi, il suffit que ses lèvres effleurent les siennes dans un murmure de baiser pour qu'il perde tout empire sur lui-même.

Il eut envie de la toucher partout à la fois, mais ses mains épousèrent spontanément la courbe de ses hanches.

Le contact de sa bouche lui parut merveilleusement doux quand elle pressa un baiser après l'autre sur la sienne. S'il avait pu, il aurait prolongé cette suave exploration, mais il avait trop longtemps attendu ce baiser. Il fit remonter sa paume le long de sa colonne vertébrale et l'immobilisa sur sa nuque pour la maintenir captive et mieux savourer sa bouche.

Il la sentit inspirer, puis bloquer l'air dans ses poumons, et, dans un coin de sa tête, il se demanda s'il lui faisait mal. Au même instant, il la sentit : la langue de Chloé s'immisçait vers la sienne pour la caresser.

Seigneur ! Il avait pensé à cet instant un millier de fois au cours des dernières vingt-quatre heures, mais rien de ce qu'il avait imaginé dans ses fantasmes n'était comparable à l'exquise sensualité d'un baiser de Chloé.

Chase avait toujours particulièrement apprécié embrasser. À sa grande surprise, il avait découvert que bien des femmes bâclent cette phase du rituel de séduction. Selon ses critères, cependant, accompli dans les règles de l'art, un baiser pouvait être aussi satisfaisant qu'un acte sexuel abouti.

Voire davantage.

Surtout quand il s'agissait d'embrasser Chloé.

Il aurait pu passer des heures à savourer sa bouche et, à en juger par sa réaction, elle aurait elle aussi volontiers prolongé l'instant.

La langue de Chase caressa doucement celle de Chloé, apprécia le goût de sa bouche, sa texture. Ses oreilles, elles, apprécièrent les petits gémissements de plaisir qu'elle laissait échapper alors qu'ils établissaient aussi intimement contact. Il s'écarta légèrement pour aspirer sa lèvre inférieure, puis la mordilla tendrement avant d'infliger le même traitement à sa lèvre supérieure. Leurs langues reprirent alors leur danse lascive jusqu'à ce que la jeune femme s'avise de tester pareillement ses lèvres à lui, l'une après l'autre, suçant et mordillant sa chair à la perfection.

— Chloé.

Son nom avait jailli de sa bouche dans un gémissement après qu'elle eut délicatement lapé ses lèvres. Elle leva les yeux vers lui, les joues rosies, le désir la rendant plus adorable que jamais.

— Personne ne m'a jamais embrassée comme ça.

L'innocence de ses mots associée à l'expression de son visage – comme si elle venait de découvrir le paradis – l'incita à mordiller à nouveau ses lèvres. Puis à les dévorer.

Chase aurait été incapable de dire depuis combien de temps ils s'embrassaient, leurs bouches se révélant aussi avides l'une que l'autre, mais il avait furieusement conscience de la pression de ses seins contre son torse et de la courbe délicieusement sensuelle de ses hanches qu'il serrait contre lui. Il se sentait déchiré entre l'envie de prolonger ce baiser et celle de poursuivre l'exploration de ces formes qu'il devinait sublimes.

Alors même qu'il hésitait, Chloé remua doucement entre ses bras. Ses seins et ses hanches appuyèrent davantage contre lui, le privant de tout empire sur sa décision.

Il avait eu la chance providentielle d'admirer son corps entièrement nu, la veille dans la salle de bains. Mais il n'avait pas eu l'occasion de le toucher. D'en explorer chaque courbe des mains et de la langue.

Cette opportunité lui était à présent offerte.

Chase commença par déposer des baisers sur son visage, sur ses pommettes, sur son menton et dans son cou. Il fit courir la pointe de sa langue au creux de sa clavicule et sentit son corps peser plus lourdement contre lui, comme si elle peinait soudain à supporter son propre poids.

Chase avait appris dès le plus jeune âge l'art et la manière de susciter une réponse sensuelle de la part des femmes et il avait toujours apprécié leur plaisir autant que le sien. Mais la réponse qu'il reçut de Chloé – associée au désir qu'il avait d'elle – fut entièrement différente de toutes celles qu'il avait jamais reçues.

Il fit à nouveau courir la pointe de sa langue sur sa peau, et le son de doux désespoir qu'elle émit l'incita à faire glisser sa main depuis sa nuque jusqu'à la fine bretelle de soie qui reposait au creux de son épaule. Chloé se révélait d'une telle douceur qu'il en oublia ce qu'il avait l'intention de faire, mais elle prit soudain une inspiration qui se bloqua dans sa gorge, et ses seins se soulevèrent contre le torse de Chase, comme s'ils cherchaient à s'échapper de son décolleté.

Il se souvint alors qu'il comptait faire glisser ce fin cordon de soie sur la peau satinée de son épaule.

Une vision de ses seins ruisselants de l'eau du bain dont elle venait d'émerger resterait à tout jamais marquée au fer rouge dans sa mémoire. Et maintenant qu'il n'était plus qu'à quelques secondes de les toucher, de s'en délecter, Chase avait l'impression d'avoir perdu le contrôle de ses mains.

Il devait écarter ses bretelles.

La soie glissa aisément sur sa peau, et il n'eut même pas besoin de tirer sur sa robe car Chloé s'écarta de lui, plaça les mains sur ses hanches et se contorsionna de telle façon que le corsage de sa robe glissa d'un centimètre, puis d'un autre, et d'un autre encore, et que sa poitrine nue émergea soudain de la soie bleu nuit.

Chase s'immobilisa pour mieux jouir de la vision qui s'offrait à lui. Ses seins étaient parfaits, ronds et haut perchés, merveilleusement naturels et saillants de désir.

Quoique toujours subjugué, ses mains et sa bouche s'animèrent, comme si elles luttaient à qui aurait le privilège d'entrer en contact avec cette perfection.

Ce furent ses mains qui emportèrent la victoire.

— *Oh, mon Dieu, Chase !*

Il s'arracha à la contemplation de ses seins, du contraste saisissant de ses propres doigts cuivrés sur sa peau claire, et découvrit que les yeux de Chloé étaient justement rivés à ce contraste. Elle leva la tête vers lui, et la chaleur de son regard l'incita à presser à nouveau ses lèvres contre les siennes, ses mains reposant toujours sur ses seins.

Leur baiser prit cette fois une nouvelle teinte car il reflétait l'intensité croissante de leur désespoir. La poitrine de Chloé se tendait contre ses paumes comme pour le supplier de quelque chose.

De les caresser plus fermement.

— Regarde, Chloé, dit-il en éloignant ses lèvres des siennes pour reporter son attention sur les pointes de ses seins qu'il effleurait des pouces. Regarde de quelle façon tu réponds à mes caresses.

Elle gémit quand il intensifia son toucher et qu'elle vit ses mamelons se tendre vers lui.

— Je t'en supplie.

Il entendit à peine sa prière qui jaillit de sa bouche comme un souffle ténu, mais il en comprit le sens car il désirait la même chose qu'elle.

Chase baissa le front, et elle se cambra vers lui quand elle sentit sa langue glisser sur le galbe de son sein. Une part de lui aurait aimé pouvoir lécher éternellement sa poitrine et savourer ainsi la douceur de sa peau. Mais ses lèvres et ses dents semblèrent soudain mues par une volonté propre car il ne s'écoula qu'un bref instant avant que ses lèvres se referment autour de l'un de ses mamelons et que ses dents se mettent à mordiller tendrement la chair durcie.

Au doux gémissement qui échappa à Chloé, Chase sentit son sexe palpiter dangereusement sous son jean.

La réponse sensuelle de la jeune femme n'avait rien de feint, et il n'en fut nullement surpris. Il avait été témoin de sa vive sensualité quand il l'avait vue jouir dans la baignoire, mais le fait de participer directement à son plaisir fit basculer les sentiments qu'il avait pour elle dans une tout autre dimension.

Ils avaient décidé d'être amis – elle lui avait expliqué que c'était quelque chose dont elle avait besoin, mais il venait de passer les dernières vingt-quatre heures dans un état de désir permanent, et il ne put s'empêcher de glisser les mains sous sa robe pour caresser la peau nue de ses cuisses.

Ses lèvres enserrèrent puissamment son mamelon quand ses doigts entrèrent en contact avec la douce moiteur de sa petite culotte.

— Oui, haleta-t-elle comme il accentuait sa succion tout en s'immisçant sous la soie du sous-vêtement.

Tous les soucis, les préoccupations et les craintes de Chloé s'envolèrent quand les doigts de Chase investirent les replis de sa chair intime. Elle creusa les reins pour accroître la pression de ses lèvres sur ses seins et écarta les jambes, son corps répondant spontanément à cette délicieuse intrusion. Quelques instants plus tard, elle poussait un long cri d'extase tandis que ses muscles internes se contractaient sur un rythme qui échappait complètement à son contrôle, submergée par l'orgasme que la bouche et la main de son partenaire venaient de déclencher.

Son soulagement parut ne jamais devoir s'arrêter, et Chase eut le sentiment d'être le plus heureux de tous les habitants de la planète. Il ne désirait plus rien d'autre que la faire jouir, encore et encore. La regarder jouir. Et l'écouter jouir.

Il aurait tout abandonné pour elle, sans hésitation. Le simple fait de la voir envahie par ce flot d'extase irrépressible aurait suffi à sa récompense.

Il l'avait trouvée très belle quand il l'avait vue se caresser dans la baignoire, mais cela n'avait rien de comparable avec le fait d'être l'auteur de son plaisir.

À la grande surprise de Chase, quand elle s'immobilisa finalement dans ses bras, loin d'être comblée, Chloé leva vers lui des yeux suppliants.

— Encore, souffla-t-elle. S'il te plaît, Chase, encore.

Il comprit parfaitement ce qu'elle attendait de lui. Elle voulait qu'il la prenne, là, sur la terrasse.

Chase n'avait encore jamais rien désiré avec autant d'intensité.

Le seul problème, c'était qu'il avait perçu l'ivresse dans sa prière. Sans avoir la voix pâteuse d'une femme saoule, Chloé était grisée par le vin qu'elle avait bu.

Pire encore, quand il chercha à croiser son regard, il constata qu'elle avait du mal à accommoder sa vision – et ce n'était pas seulement lié au contrecoup de l'orgasme.

Chase n'avait pas envie de se demander si elle était ivre, si elle avait conscience de ce qu'elle faisait avec lui sur la terrasse de Marcus. Il avait envie de croire qu'elle avait la voix un peu traînante parce qu'il lui faisait beaucoup de bien, pas à cause du nombre de verres de vin qu'elle avait vidés. Il aurait pu disposer d'elle à sa guise, la faire se retourner pour prendre appui au balcon et tendre les fesses en arrière, relever sa robe et baisser sa culotte. Placer les mains sur ses seins pendant qu'il la prenait par-derrière. Et ils auraient ainsi obtenu ce dont ils avaient aussi désespérément envie l'un que l'autre.

Mais il ne put s'y résoudre.

Pas quand il savait qu'il ne pourrait jamais – *jamais* – se pardonner d'avoir laissé les choses aller aussi loin, alors que Chloé se réveillerait le lendemain matin sans savoir ce qu'elle avait fait la veille.

Il ne voulait pas être un nom de plus sur la liste des hommes qui avaient profité d'elle.

Il devait mettre fin à cette situation.

Immédiatement.

Par souci de ne pas la brusquer, il écarta lentement la main de son entrejambe et laissa retomber sa robe. L'instant d'après, il rajustait son corsage de façon à dissimuler une poitrine qu'il rêvait d'embrasser à nouveau.

— Qu'est-ce que tu fais ? Pourquoi t'arrêtes-tu ?

— Je pense qu'il est temps que tu rentres te coucher.

— Je ne suis pas fatiguée, Chase, répliqua-t-elle avec une moue sensuelle. Pas encore.

Seigneur ! Difficile de résister à la tentation d'embrasser cette bouche. Plus difficile encore de résister à celle de lui arracher sa robe et de la posséder, là, sur le sol de la terrasse.

— Tu es belle, Chloé, tu es même à damner un saint, mais je ne veux pas profiter de toi de cette façon.

La moue de la jeune femme se durcit.

— Tu ne profites pas de moi. C'est moi qui t'ai embrassé, tu te souviens ?

Ne pas céder se révélait bien plus difficile qu'il ne l'avait imaginé. Car il ne voulait surtout pas la froisser. Il ne voulait pas qu'elle pense qu'il ne la désirait pas comme un fou.

— J'en ai bien plus envie que tu ne peux l'imaginer, mais j'ai besoin de te sentir complètement avec moi.

— J'étais complètement avec toi à l'instant, assura-t-elle en rapprochant la bouche de la sienne. Et je le suis toujours, murmura-t-elle contre ses lèvres.

— Non, Chloé, dit-il en se reculant. Je ne veux pas qu'en repensant à ça demain matin tu me détestes parce que j'aurais profité de ton ivresse.

— Je ne suis pas ivre !

— Tu n'es pas complètement sobre non plus, répondit-il d'un ton de gentillesse forcée.

Chloé parut anéantie. Complètement anéantie.

Chase grimaça intérieurement.

— Tu ne peux pas savoir à quel point ça m'est difficile de faire ça.

Elle marchait presque droit quand elle fit volte-face pour s'éloigner de lui mais, de temps à autre, elle chancelait légèrement sur ses hauts talons. Chase y vit la confirmation qu'il avait fait ce qui convenait.

Mais il n'en fut pas soulagé pour autant. Son rejet avait blessé Chloé, et il sentit l'embarras émaner d'elle de façon presque palpable pendant le trajet de retour jusqu'à la maison d'hôtes.

Une fois devant la porte, elle ne risqua pas un seul coup d'œil vers lui tandis qu'il ouvrait. Et Chase, malgré sa folle envie de la serrer dans ses bras, la laissa passer devant lui sans tenter le moindre geste.

— On parlera demain matin.

Elle se figea et le regarda un moment par-dessus son épaule. Son regard paraissait terni. Sans mot dire, elle gagna sa chambre, et la porte se referma sur elle avec un léger déclic.

Alors qu'il prenait sous une douche glacée, le poing refermé sur sa douloureuse érection, et alors même qu'il se concentrait sur l'image mentale de ses mains pétrissant les seins de Chloé, qu'il évoquait la saveur de sa peau sous sa langue et la sensation de sa chair moite et palpitante contre ses doigts, Chase ne put s'empêcher de se demander depuis quand la notion d'honneur s'était mise à avoir autant d'importance à ses yeux.

Qu'est-ce qui clochait chez lui ?

Il avait tenu entre ses bras la femme qu'il désirait à la folie, elle n'avait pas cherché à cacher qu'elle avait envie de la même chose que lui…

Et il l'avait repoussée.

8

Le lendemain matin, dès son réveil, Chloé boucla son sac après avoir enfilé son jean et son tee-shirt.

Elle avait été à deux doigts de faire une grosse bêtise la veille. Parce qu'elle avait trop envie de Chase.

Et c'était pour ça qu'elle ne pouvait pas rester plus longtemps.

Sur le comptoir de la cuisine, elle découvrit une nouvelle corbeille de viennoiseries ainsi que des fruits frais, et sa fierté aurait dû l'inciter à les mépriser, mais un tel comportement aurait surtout relevé de la bêtise. Elle n'avait pas de quoi se payer un taxi, ce qui signifiait qu'elle allait devoir marcher longtemps sur des routes de campagne, jusqu'à ce qu'elle trouve un arrêt d'autocar.

Pour cela, elle allait avoir besoin d'énergie. Elle pouvait donc faire une croix sur sa fierté.

Malheureusement, le croissant qui lui avait semblé si délicieux la veille lui donna l'impression ce matin-là d'être en sciure, et elle dut se forcer pour le terminer.

Il faut dire que le billet plié en deux avec son nom écrit dessus de la main de Chase ne l'aida pas vraiment à déguster sereinement son petit déjeuner. Elle mâcha et avala son croissant les yeux rivés à la feuille de papier.

Elle aurait pu jurer qu'elle soutenait son regard.

Il aurait été préférable qu'elle ne prenne pas connaissance de son contenu. Qu'elle ramasse son fourbi après un rapide merci-au-revoir et qu'elle se dépêche d'oublier qu'elle avait un jour croisé la route d'un très bel homme dont les baisers avaient un goût divin.

Mais Chase n'avait pour seul crime à son actif de s'être montré adorable avec elle. Si adorable, en fait, qu'au lieu de la posséder comme elle avait tellement eu envie qu'il le fasse la veille, il avait interrompu ses baisers. Il avait ôté la main de sa culotte après qu'elle avait joui et l'avait raccompagnée sans rien tenter d'autre.

Ce premier baiser avait été véritablement intense. Délicieux. Parfait. Elle aurait pu l'embrasser jusqu'au matin. Chloé en avait d'ailleurs rêvé toute la nuit et pouvait encore sentir la façon dont ils avaient pratiquement respiré l'un à travers les poumons de l'autre. Elle s'était réveillée avec, sur les lèvres, l'envie d'un autre baiser… et partout sur la peau ; l'envie de se blottir sous la couette avec Chase pour l'embrasser éternellement.

Ce fut ce désir de se lover contre lui, ce besoin désespéré de se sentir au chaud et en sécurité qui clarifia ses intentions. Elle devait s'en aller.

Mais elle sut de façon tout aussi certaine que si elle ne lisait pas ce message, elle se demanderait à chaque seconde de chaque jour ce que Chase avait voulu lui dire. Elle s'empara du papier et en froissa le bord quand elle le déplia.

Chloé,

J'espère que tu as bien dormi. Un jour prochain, je serai ravi de partager le petit déjeuner avec toi. Ce jour me tarde. Terriblement.

Je t'en prie, joins-toi à nous aujourd'hui encore. Toute l'équipe t'adore.

À bientôt,

~~Beau gosse~~
BEAU GOSSE

P.-S. : *C'est franchement mieux en majuscules, non ?*

Quelque part à mi-chemin entre *terriblement* et *beau gosse,* Chloé avait senti renaître tous les délicieux picotements qu'elle tentait de refouler. Plus intenses que jamais.

La veille, elle avait vogué sur un petit nuage jusqu'aux questions que Marcus avait posées sans penser à mal. À partir de là, elle s'était grisée de vin. Chase avait perçu qu'elle était « partie », que la boisson l'étourdissait assez pour la priver de tout instinct de précaution.

Mais ils s'étaient trouvés à deux doigts de faire ce dont elle rêvait si fort, et une part pas si secrète que ça d'elle-même aurait aimé qu'il ne s'interrompe pas. Qu'il profite de sa légère ivresse.

Qu'est-ce qui clochait chez elle ? Si elle en était à souhaiter cela, c'était qu'elle avait de sérieux problèmes. Et Dieu savait que si elle n'était pas capable de maîtriser son esprit – ou son corps – mieux que ça en présence de Chase, il était définitivement hors de question qu'elle reste.

Peu importait qu'elle n'ait nulle part où aller. Peu importait que sa situation vis-à-vis de son ex n'ait pas changé et qu'elle doive toujours se mettre en rapport avec la police. Le fantasme du vignoble enchanté avec ce Prince charmant qui la couvrait de vêtements somptueux avait assez duré. Rien de tout cela n'était réel. Elle ne faisait que reculer pour mieux sauter. Une fois le rêve achevé, elle devrait toujours régler le problème de son ex, s'assurer qu'il ne puisse plus jamais lui faire de mal et reconstruire sa vie de A à Z, en veillant cette fois à ce que ce soit la vie qu'*elle* voulait.

Le plus délicat serait de prendre congé de Chase.

Quelque chose lui disait que ce serait encore plus difficile que d'être frappée au visage par son ex. Plus douloureux que de renverser sa voiture dans un fossé. Pire que d'affronter une tempête de grêle.

Chase avait fait preuve du plus grand respect envers elle et, par égard pour lui, elle ne pouvait pas se permettre de partir sans lui dire au revoir ou en griffonnant lâchement un mot d'adieu.

Si elle voulait se comporter en adulte, elle allait devoir le rejoindre au milieu des vignes pour le remercier et lui dire au revoir en face. La trouillarde qui sommeillait en elle eut beau hurler,

Chloé lui intima l'ordre de se recoucher. Elle avait décidé qu'il était temps pour elle de se montrer forte.

Elle allait présenter ses adieux à Chase.

— Chloé ! Dieu merci, te voilà !

Jérémy semblait défait. Et pas seulement parce qu'il avait, comme tous les autres, goûté sans modération aux trésors de la cave de Marcus.

— Chase vient justement de me demander d'aller voir si tu étais réveillée. Alice a une grippe intestinale, explicita-t-il en rajustant ses lunettes sur son nez.

— Je vais aller la voir, offrit spontanément Chloé en laissant tomber son sac par terre.

— Non ! s'exclama-t-il d'un ton horrifié en posant la main sur son bras. Un médecin est déjà venu l'examiner et ce serait trop ballot que tu chopes son virus !

Chloé secoua la tête.

— Qu'est-ce que ça peut faire ? Je ne fais pas partie de l'équipe. Je peux très bien rester près d'elle pendant que vous…

Une fraction de seconde avant qu'il apparaisse dans son champ de vision, elle sentit la présence de Chase.

— On a besoin de toi pour la remplacer.

Chloé cligna les yeux. Une fois. Puis une autre.

— Qu'est-ce qui te fait croire que je peux la remplacer ?

— Tu nous as sauvé la vie hier.

— J'ai simplement recousu une robe !

— Tu as fait bien plus que ça. Je t'ai vue parler avec Alice et l'aider à composer les tenues.

Chloé secoua la tête.

— Mes commentaires n'étaient que du bavardage ! Je n'ai pas cherché à lui piquer sa place !

— Je le sais bien, et Alice le sait aussi. Mais le fait est que tu as l'œil pour assembler les motifs et les couleurs. Tu as un instinct très sûr pour ça. Et les modèles te font confiance. Elles t'apprécient. Psychologiquement, c'est indispensable parce qu'elles ne peuvent être belles que si elles se *sentent* belles.

Elle ouvrit la bouche pour protester, mais Chase se rapprocha légèrement d'elle et elle eut l'impression que son cœur, qui battait déjà très fort, allait bondir de sa poitrine.

— On a tous besoin de ton aide, Chloé. *Moi*, surtout, j'en ai besoin.

Comment aurait-elle pu lui refuser son aide ? Il n'avait pas hésité à lui apporter la sienne quand il l'avait trouvée sur le bord de la route. Chase n'était pas un violeur ou un tueur en série, mais un preux chevalier qui réclamait à présent son assistance.

Elle le vit remarquer le sac qui se trouvait à ses pieds, puis le faire remonter le long des jambes de son jean et de son tee-shirt pour finalement s'arrêter sur son visage. Dès que leurs yeux se croisèrent, Chloé sut qu'il avait compris qu'elle était venue dans l'intention de lui annoncer son départ.

Il ne chercha pas à cacher sa déception et elle découvrit à sa grande surprise qu'elle avait horreur de le décevoir. Elle aurait voulu qu'il pose sur elle le regard qu'il avait quand il lui disait qu'elle était belle. Quand il la désirait si ardemment qu'elle le sentait à un cheveu de lui céder.

Elle comprit alors subitement que décider de lui faire ses adieux en personne ne changeait rien au fait qu'elle avait, une fois de plus, cherché à prendre la fuite.

— Je serais ravie de vous aider, dit-elle en reportant son attention sur Jérémy. Dites-moi ce que vous attendez de moi, et je m'y mets tout de suite.

Jérémy avait saisi sa main pour l'entraîner à sa suite avant qu'elle ait terminé sa phrase, mais Chloé eut tout de même le temps d'apercevoir le sourire de Chase. Et que son expression déçue avait été instantanément remplacée par la satisfaction et le désir.

La journée passa comme un rêve. Chase n'avait pas vraiment besoin d'aide pour choisir les tenues de ses modèles, et Chloé comprit qu'il lui demandait son avis pour qu'elle se sente impliquée. Au début, elle n'osa pas dire grand-chose, redoutant de lui donner de mauvais conseils qui plomberaient le shooting. Mais très vite, la magie de la veille opéra de nouveau et la transporta. Les contes de fées qu'ils mettaient en scène dans ce vignoble merveilleux l'emportèrent dans un tourbillon de créativité et, sans vraiment s'en rendre compte, Chloé se mit bientôt à resserrer la taille d'un bustier ou à rectifier l'ourlet d'un jupon. À un moment donné, elle fit valoir à Chase que les accessoires qu'il avait sélectionnés juraient entre eux et fut stupéfaite de constater que l'assemblage qu'elle avait suggéré créait effectivement un bien meilleur rendu.

Et pendant tout ce temps, bien qu'ils soient entourés par l'équipe au grand complet, l'attraction n'en finissait pas de pulser entre eux.

Une part d'elle-même – majoritaire – aspirait à prendre à nouveau la fuite. Mais, au fil des heures, Chloé se rendit compte, en travaillant avec Chase et son équipe, qu'elle ne pouvait pas les laisser en plan. D'autant qu'elle trouvait plutôt chouette de les aider. Oui, elle s'amusait comme une petite folle – quand elle arrêtait de se prendre la tête.

— Il paraît qu'il y a un restaurant mexicain génial en ville, annonça Amanda à la fin de la journée.

— Pas de margarita pour la *señorita*, répondit Chase avec un froncement de sourcils digne d'un père de famille.

Chloé devina à son expression quelle était son attitude avec ses sœurs. Celle d'un frère aimant. Qui ne leur imposait pas de règles trop strictes.

Un tel grand frère ferait un jour un excellent père.

Elle se figea quand elle réalisa qu'elle avait eu cette pensée, mais elle n'eut pas le temps de l'analyser car Jérémy venait de demander s'il devait réserver des places pour elle et Chase au restaurant.

Elle sentit le regard de ce dernier sur elle et sut qu'il voulait que ce soit elle qui prenne la décision de dîner avec l'équipe pour pouvoir se cacher derrière les autres comme une lâche...

ou bien de se retrouver face à face avec lui. Le sourire qu'elle afficha ne pouvait tromper personne.

— Je crois que je préfère passer la soirée ici.

— Amusez-vous bien, dit Chase à Jérémy. Et si vous ne voulez pas donner trop de travail de maquillage à Kalen demain matin, je vous conseille de ne pas vous coucher trop tard, mesdemoiselles.

— J'aimerais passer voir Alice, fit Chloé.

— Moi aussi, répondit Chase.

Ils se rendirent en voiture jusqu'à l'hôtel où logeait l'équipe et, pendant le trajet, Chloé sentit peser entre eux un silence qui ne pourrait pas s'éterniser indéfiniment. Ils trouvèrent Alice affreusement pâle et visiblement affaiblie, s'en voulurent de l'avoir réveillée et ne s'attardèrent pas trop longtemps auprès d'elle.

Chase attendit d'être garé devant la maison d'hôtes pour se tourner vers Chloé.

— Il faut qu'on parle.

— Je sais.

— Tu avais l'intention de partir.

Ce n'était pas une question.

— Oui, avoua-t-elle à voix basse.

— Pourquoi ?

Elle secoua la tête et s'en voulut d'avoir autant de mal à être franche avec lui. Mais elle lui devait la vérité.

— Je n'arrive pas à me contrôler quand je suis avec toi.

La bouche de Chase s'épanouit en l'un de ses merveilleux sourires.

— Tu m'en vois ravi.
— Pas moi.
— Pourquoi ? Pourquoi tiens-tu tellement à te contrôler quand tu es avec moi ?
Elle desserra les lèvres pour lui expliquer ses raisons, mais la seule chose qui lui vint à l'esprit, c'était que Chase embrassait merveilleusement bien et qu'elle adorait sentir ses mains sur sa peau.
Qu'elle avait adoré tout ce qu'il lui avait fait sur la terrasse de Marcus.
— Je...
Elle s'interrompit et tâcha de redresser la tête avant de reprendre :
— On...
Au lieu de s'organiser, ses pensées partaient dans une direction folle.
Elle avait décidé de changer de vie, n'est-ce pas ? Elle allait arrêter de fuir. Elle ne se laisserait plus jamais terroriser. Elle allait affronter ses problèmes et prendre ce qu'elle voulait de la vie quand ça lui chanterait.
Et ce qu'elle voulait, c'était Chase.
Une direction vraiment folle.
Elle n'aurait pas dû s'autoriser à penser ça, elle le savait, mais...
Le long soupir qui lui échappa tira un haussement de sourcils à Chase, et elle s'obligea à le regarder bien en face.
— Je n'arrive pas à croire que je suis sur le point de dire une chose pareille, reprit-elle en crispant nerveusement les mains devant elle. En fait, je ne sais même pas *comment* dire ça.

— En tout cas, tu peux te flatter de savoir tenir ton public en haleine, observa-t-il d'une voix un peu rauque.

Chloé prit une longue inspiration et se jeta à l'eau.

— On pourrait peut-être envisager d'avoir une aventure.

— Une aventure ?

Elle sentit un flot de chaleur inonder ses joues.

— Oui. Comme tu l'as dit toi-même, pourquoi pas ? J'ai vraiment beaucoup aimé ce qui s'est passé hier soir, débita-t-elle pour masquer sa nervosité, et tu avais raison, je n'étais pas dans mon état normal. Et j'aurais sûrement eu des remords au réveil. Mais ce soir, je ne suis pas ivre.

— Non, répondit-il en la dévisageant d'un regard brûlant de désir. Tu n'es pas ivre.

— J'ai décidé de rester pour vous aider. Jusqu'à la fin du shooting. Je ne bouclerai plus mon sac et je ne viendrai plus te trouver pour te faire mes adieux. Quoi qu'il advienne, tu peux compter sur moi.

Mon Dieu, la situation devenait de plus en plus embarrassante. Pourquoi Chase ne se décidait-il pas à la serrer dans ses bras et à prendre ce qu'elle tentait pathétiquement de lui offrir ?

— Il se passe quelque chose entre nous, c'est évident. Nous sommes deux adultes consentants. Il me semble donc logique d'en profiter, non ?

— Est-ce que tu es en train de dire que tu aimerais coucher avec moi ?

Oh, là, là ! Il avait posé cette question d'une voix si sensuelle que Chloé se sentit au bord de l'extase. Il faut dire que le contenu de sa question n'était pas anodin non plus.

— Oui, reconnut-elle d'une voix tremblante de désir. Terriblement.

Elle le vit sourire en l'entendant reprendre le terme qu'il avait utilisé dans son message du matin. Elle sentait et voyait bien qu'il en avait envie, lui aussi. Et pourtant, il ne l'attirait pas dans ses bras, il ne se précipitait pas sur elle pour la posséder, là, tout de suite, entre deux rangées de vigne, au clair de lune.

— De toutes les choses que je m'attendais à t'entendre dire aujourd'hui, Chloé, je te garantis que celle-là ne figurait pas sur ma liste.

Elle avait eu l'impression de marcher jusqu'à l'échafaud en lui faisant l'aveu de sa passion, alors il n'allait quand même pas recommencer à jouer la carte de l'homme d'honneur une fois de plus, quand même ?

— Embrasse-moi, exigea-t-elle.

— Je me suis juré de ne rien prendre que tu ne veuilles me donner.

— Je veux t'embrasser. Je veux que tu m'embrasses. J'en ai eu envie toute la journée.

Chase la prit par la main, grimpa les marches du perron quatre à quatre, ouvrit la porte d'entrée d'un coup de pied et ne s'arrêta pas dans le living, même si cela voulait dire qu'il devrait patienter quelques secondes de plus. Il voulait la prendre sur un lit, comme il envisageait de le faire depuis quarante-huit heures, nue et moite de désir – rien que pour lui.

Franchir les quelques mètres qui le séparaient de la chambre lui donna l'impression de traverser la moitié du comté à pied mais, au bout du compte et finalement, ils l'atteignirent ! Chase referma la porte et la verrouilla avant de se forcer à lâcher sa main et à s'écarter d'elle.

— Tu es vraiment sûre de vouloir faire ça ?

— Oui.

— Sûre et certaine ? insista-t-il bien qu'elle n'ait pas marqué une seconde d'hésitation.

— Oui, répondit-elle avec la même assurance, son regard reflétant l'agacement que ces hésitations faisaient croître.

— Une fois qu'on aura commencé, je ne pourrai plus m'arrêter, Chloé. J'ai trop envie de toi.

Cette déclaration chassa instantanément l'agacement, et l'intensité de son désir dilata les pupilles de Chloé.

Il ne voulait surtout pas l'effrayer – ne voulait pas que quoi que ce soit l'effraie jamais – mais il fallait qu'elle sache.

— Si tu dois changer d'avis, c'est maintenant ou jamais.

Chloé ne lui laissa pas le temps de respirer, elle enfouit ses doigts dans ses cheveux, planta sa bouche contre la sienne et lui infligea le délicieux supplice de la caresse de sa langue contre la sienne. Il la souleva dans ses bras et la porta jusqu'au lit sans éloigner sa bouche de la sienne une seule seconde. Leur baiser n'avait rien de tendre ni de doux.

Comment aurait-il pu l'être alors qu'ils étaient l'un et l'autre consumés d'un même désir ardent ?

Aussi instantanément que ce baiser, toute notion d'honneur déserta l'esprit de Chase. La seule chose qui comptait désormais, c'était Chloé. Chérir son corps.

Et l'aimer.

9

Une fois qu'il l'eut déposée sur le lit, Chloé eut du mal à croire que l'homme sublime qui ôtait son tee-shirt et le jetait par terre était bien celui qu'elle venait de convaincre de la posséder.

Jamais encore il ne lui avait été donné de contempler un homme aussi superbe que Chase.

— Tu es très beau, souffla-t-elle avant d'avoir seulement eu le temps de savoir qu'elle allait le lui dire.

En guise de réponse, il ajusta la position de son corps au centre du lit et plaça ses mains de part et d'autre de son visage pour l'embrasser, éperdument. Il fit ensuite remonter l'un de ses genoux entre les jambes de Chloé, et celle-ci fut incapable d'empêcher la réponse instinctive de son corps. Ses jambes se contractèrent et ses hanches se soulevèrent pour adhérer à la fermeté des muscles de son partenaire.

Elle était déjà dans un tel état d'excitation qu'elle aurait pu jouir si Chase avait accompagné la caresse de sa cuisse de l'un des baisers de folie dont il avait le secret.

— Chloé.

Son nom franchit ses lèvres dans un chuchotement et, avant qu'elle ait eu le temps de comprendre ce qu'il faisait, il l'avait dépouillée de son tee-shirt et de son jean. Elle se félicita fugitivement d'avoir conservé la lingerie élégante de sa vie antérieure quand elle sentit la caresse de son regard passer sur sa peau.

Elle savait qu'elle n'était pas aussi mince que les modèles avec lesquels il travaillait, elle savait que son corps n'était pas parfait, loin de là... mais elle vit à l'expression de Chase qu'il ne s'en souciait pas le moins du monde.

Elle lui plaisait, telle qu'elle était.

— Tu me rends fou, Chloé, tu sais ça ? dit-il en tendant lentement la main vers elle pour effleurer son cou du bout des doigts.

Chloé s'arqua spontanément sous la caresse de ses doigts quand ils s'immiscèrent dans le sillon de ses seins.

— Tu es si belle...

— Ce n'est pas la première fois que tu me vois toute nue, lui rappela-t-elle.

— Ce n'était pas pareil. Je n'avais pas le droit de te toucher, répondit-il en détachant les yeux de ses courbes pour regarder son visage. Je ne pouvais pas t'embrasser alors que j'en mourais d'envie.

Comment faisait-il pour lui couper le souffle alors qu'elle aurait pu jurer qu'il avait déjà privé ses poumons de tout l'air qu'ils contenaient un instant plus tôt ?

— Montre-moi, dit-elle. Montre-moi comment tu avais envie de m'embrasser.

Elle sentit plus qu'elle n'entendit un grondement remonter dans son torse quand ses doigts s'immiscèrent dans ses cheveux et qu'il passa l'autre main sous ses hanches pour la plaquer plus fermement contre lui.

Ses lèvres avaient beau être brûlantes, leur caresse fut douce sur celles de Chloé – l'élan de désir désespéré qui les avait attirés l'un vers l'autre céda progressivement la place à la tendresse et à l'allégresse tandis qu'il savourait sa bouche amoureusement, appliquant de doux baisers au coin de ses lèvres, sur la pulpe et l'arc de Cupidon. De la pointe de la langue, il suivit alors ses lèvres, en un lent voyage sensuel qui éveilla toutes les cellules du corps de Chloé. Finalement, il plongea la langue dans sa bouche, et celle de Chloé vint à sa rencontre pour prendre tout ce qu'il avait à lui donner et le lui rendre au centuple.

Elle se pressa contre lui et sentit une douce palpitation s'élever au creux de ses cuisses.

— S'il te plaît, murmura-t-elle contre ses lèvres quand il s'écarta pour les autoriser à respirer, j'aimerais…

Elle n'avait pas exprimé verbalement ses désirs sensuels depuis si longtemps qu'elle se révéla incapable de trouver ses mots.

— Tu es prête à me faire confiance, Chloé ?

Elle aurait aimé ne même pas avoir à y penser. Mais elle se posait effectivement la question. La confiance était quelque chose qu'elle avait du mal à accorder désormais.

— Je le voudrais, oui.

Une onde de chaleur la submergea quand il lui sourit, juste avant de déposer un léger baiser dans son cou.

— Vouloir est un excellent début.

Elle apprécia le fait qu'il n'insiste pas pour qu'elle essaie de lui donner sa confiance alors qu'elle ne se sentait pas prête à le faire et, quand il fit glisser sa langue sur le galbe de l'un de ses seins, un gémissement de plaisir remonta dans sa gorge.

Chase prit tout son temps avant de passer à l'autre sein malgré ses petits gémissements désespérés. Et quand il écarta son visage de sa poitrine, une lueur coquine animait le regard qu'il posa sur elle.

Elle ouvrit la bouche pour lui faire savoir ce dont elle avait envie mais, cette fois encore, les mots lui manquèrent.

— Ne crains jamais de me dire ce dont tu as besoin. Ce que tu veux.

— Encore, parvint-elle à articuler.

En guise de réponse, il effleura délicatement son mamelon du doigt, et la sensation fut telle que Chloé retint son souffle.

Elle n'aurait jamais cru qu'un sourire puisse refléter un désir aussi intense... jusqu'à ce qu'elle croise son regard. Il caressa à nouveau ses seins du bout des doigts et, instinctivement, elle se cambra vers lui.

— Oui, soupira-t-elle. S'il te plaît, continue.

Il glissa ses mains dans son dos et, quand il eut dégrafé son soutien-gorge, l'air frais qui passa sur son buste la fit frissonner.

— Je ne me lasserai jamais de te regarder, dit-il en recouvrant ses seins avec les mains – qui, bien que grandes, peinèrent à les envelopper complètement. Je ne me lasserai jamais de te toucher.

Dans un coin de sa tête, Chloé entendit un signal d'alarme se déclencher : « jamais » n'est pas le genre de mot qu'on utilise dans le cadre d'une simple aventure. Mais elle était trop occupée à retenir son souffle dans l'attente de ce qui allait suivre pour tenir compte de cet avertissement.

— Et j'aurai toujours envie de te manger, dit-il en baissant la tête vers sa poitrine, chatouillant sa peau avec ses cheveux avant que sa langue entreprenne de taquiner ses mamelons.

Ils s'étaient trouvés dans la même position la veille, sur la terrasse de Marcus, mais Chase ne lui avait pas confié alors à quel point il la désirait.

Sur cette terrasse, ils n'avaient partagé qu'un instant volé.

Ce soir, il n'y avait plus de limites. Chase ne s'arrêterait pas une fois qu'il l'aurait fait jouir.

Chloé ne risquait-elle pas de prendre peur et de chercher à s'enfuir ?

La divine succion des lèvres de son amant et le léger frôlement de ses dents sur la chair sensible de son mamelon érigé suffirent à chasser cette question de ses pensées qui se concentrèrent exclusivement sur les sensations qu'éveillait le délicieux martyre auquel il la soumettait.

Le visage de Chase descendit jusqu'à son ventre, et Chloé se tortilla irrépressiblement quand sa langue plongea au creux de son nombril. Elle était encore absorbée par cette sensation quand elle sentit le matelas bouger et se rendit compte qu'il s'était agenouillé entre ses jambes. D'une légère pression de la main sur ses cuisses, il l'incita à s'ouvrir à lui.

Elle aurait dû se montrer timide, se demander s'il était correct de l'autoriser à la regarder alors qu'elle n'avait sur elle qu'une petite culotte indécente et qu'ils se connaissaient à peine.

Mais quand sa paume pressa le creux de ses cuisses et qu'elle sentit à quel point elle était moite, un déclic se produisit et des souvenirs affleurèrent à la surface de son esprit. De mauvais souvenirs. D'instants où elle s'était trouvée dans une position aussi vulnérable que celle-là, en présence d'un autre homme. Qui lui avait fait du mal.

Chase s'était montré parfaitement chevaleresque jusqu'ici, mais il pouvait changer. Chloé ne le connaissait pas. Comment l'aurait-elle pu en quarante-huit heures ?

Qu'est-ce qui lui prenait de se vautrer ainsi devant un homme dont elle ne savait pratiquement rien ?

— Chase, je… commença-t-elle en essayant de serrer les cuisses et en plaçant son bras devant sa poitrine.

— Il te suffira de dire un seul mot pour que j'arrête immédiatement, assura-t-il sans lui laisser le temps d'aller plus loin.

Chloé se dit qu'elle aurait dû se lever, se rhabiller et faire comme s'il ne s'était jamais rien passé.

Mais elle avait tellement envie de partager ce moment avec Chase. Elle avait tellement envie de lui.

Juste avant qu'ils se déshabillent, il lui avait dit qu'une fois qu'ils se seraient engagés dans cette direction, il ne pourrait plus s'arrêter. Et pourtant, c'était à présent ce qu'il lui proposait de faire – si c'était ce qu'elle voulait.

Chloé sentit sa confiance en lui prendre racine dans son cœur.

— Quel mot ? murmura-t-elle.

Elle fut surprise de voir les coins de sa bouche se relever sur un sourire.

— Qu'est-ce que tu dirais de *banane* ?

Chloé lui rendit son sourire.

— Alors si je dis *banane*, on arrêtera ?

— Instantanément, confirma-t-il.

Elle n'en revint pas de la vitesse à laquelle ses craintes s'envolèrent une fois qu'ils eurent établi cette règle. Elle savait que Chase tiendrait parole.

Sitôt ses craintes envolées, la recherche du plaisir reprit ses droits.

L'embarras avait disparu, il ne restait plus que le désir pur. Elle souleva ses hanches pour intensifier le contact de la main de son amant et murmura son nom d'un ton suppliant.

— C'est encore mieux que ce que j'avais imaginé.

Elle parvint miraculeusement à remettre son cerveau en route et comprit suffisamment ce qu'il venait de dire pour demander :

— Qu'est-ce qui est mieux ?

— Toi. Ça, ajouta-t-il en baissant le regard vers sa main nichée au creux de ses cuisses avant de le faire remonter jusqu'à sa poitrine. Je t'imagine comme ça depuis si longtemps.

Chloé sourit malgré l'urgence de son désir.

— On ne se connaît que depuis deux jours !

— Ces dernières quarante-huit heures ont été les plus dures de toute ma vie.

Sa main se faufila sous la dentelle de sa culotte.

— À chaque seconde, j'ai rêvé d'être là avec toi. Comme ça.

La lenteur avec laquelle il fit glisser sa petite culotte sur ses hanches relevait de la torture sensuelle pure.

Et Chloé se retrouva entièrement nue devant lui.

— Tu es tellement belle.

L'entendre murmurer ces mots qu'elle aimait tant l'empêcha de serrer les jambes sous le feu de son regard.

— Et toute moite de désir. Pour moi.

La main de Chase reprit possession de sa chaleur humide.

— Rien que pour moi.

Le contact de ses doigts était si délicieux qu'il en devenait insoutenable.

— Je ne peux pas, haleta-t-elle, sentant qu'elle perdait pied. C'est trop.

Mais il suffit que ces paroles franchissent ses lèvres pour que Chloé sache qu'elle ne prononcerait pas le mot « banane », pas même pour tout l'or du monde.

— Viens, Chloé.

Leurs regards se croisèrent et restèrent soudés quand le corps de la jeune femme se plia à cet ordre. Son dos se cambra, sa tête se renversa en arrière, ses yeux se fermèrent et le nom de Chase franchit ses lèvres. Son extase parut durer éternellement. Elle s'amollit, complètement épuisée, et se demanda si elle pourrait jamais ordonner à son corps de bouger.

Jusqu'à ce qu'elle sente à nouveau les cheveux de Chase chatouiller sa peau. Pas sur sa poitrine, cette fois.

Mais sur la face interne de ses cuisses.

Elle voulut se redresser sur ses coudes, mais ses muscles n'avaient pas plus de fermeté que du caoutchouc.

— Chase ?

En guise de réponse, elle sentit sa langue glisser le long de sa fente… puis il enveloppa ses fesses de ses mains et l'attira contre sa bouche.

Non. Chloé savait des choses qu'il ignorait, qu'il ne pouvait pas savoir.

Elle ne pouvait pas jouir à nouveau. Pas après l'orgasme fulgurant dont il venait de la régaler. Elle ne serait pas prête avant une bonne phase de repos. Elle ouvrit la bouche pour le lui dire mais, avant qu'elle ait pu articuler une seule syllabe, la conscience du bien-être qu'il faisait naître en elle la submergea.

Les replis de sa chair étaient encore hypersensibles mais, contrairement à la majorité des hommes, Chase semblait l'avoir compris sans qu'elle ait eu besoin de l'expliquer. Il concentrait ses attentions sur la perle de chair du clitoris qu'il cernait de délicieuses caresses. Elle aurait dû le deviner, savoir qu'il ne s'arrêterait pas tant qu'il ne l'aurait pas goûtée *partout*.

Si elle avait eu l'impression de devenir folle quand il l'avait fait jouir avec sa main, la sensation qui l'envahit tandis qu'il exerçait sur elle les talents de sa langue avec tout le génie d'un maestro l'amena bien au-delà de la démence.

— Oh, mon Dieu ! Oh, mon Dieu ! Oh, mon Dieu !

Elle aurait été incapable de dire à partir de quel moment l'orgasme l'avait submergée ni comment Chase s'y était pris pour lui en donner un autre aussi vite. Perdue dans un monde de sensations et de pure béatitude, elle sentit que la beauté de la chose ne résidait pas seulement dans l'art et la manière qu'il avait de la lécher et de la caresser.

Cela tenait avant tout à la façon dont elle percevait cet homme, à toutes les choses gentilles qu'il avait dites et faites pour elle depuis leur rencontre. Cela se situait au-delà de l'acte sexuel. C'était une chose bien plus grande, une chose intimement enchevêtrée à une part de son cœur qui était morte depuis si longtemps qu'elle pensait qu'elle resterait enterrée à tout jamais.

Une fois qu'elle eut compris cela, Chloé redescendit de son extase à une vitesse prodigieuse.

Si elle l'avait pu, elle lui aurait caché sa réaction, mais Chase était trop fin observateur pour qu'elle puisse espérer lui dissimuler quoi que ce soit.

Et puis elle n'était vraiment pas d'humeur à jouer à ce genre de petits jeux de rôle et de dissimulation.

— Parle-moi, fit-il.

En moins d'une seconde, il s'était placé à côté d'elle pour la serrer dans ses bras. Elle sentit son sexe en érection presser contre sa hanche sous la toile de son jean, mais rien dans son comportement n'indiquait qu'il était pressé de conclure ce qu'ils avaient commencé.

Est-ce qu'il se rendait compte que cela ne faisait qu'empirer les choses ? Que se montrer aussi prévenant et attentionné ne faisait qu'accroître les craintes de Chloé ? Parce que son comportement l'amenait à désirer des choses dont elle avait cherché à se convaincre qu'elle n'en avait plus besoin.

— Prends-moi, parvint-elle à articuler.

Mais au lieu de faire ce que n'importe qui d'autre aurait fait à sa place, il haussa un sourcil face à cette requête, et son expression se fit plus soucieuse encore.

— Je le ferai, promit-il, mais pas avant que tu m'aies parlé.

— Tu sais que j'ai envie de toi, dit-elle en désignant son propre corps. Tu l'aurais su sans que j'aie besoin de prononcer un mot.

Il déposa un doux baiser sur ses lèvres.

— Dis-moi ce que tu veux, ma beauté, souffla-t-il en écartant sa bouche de la sienne.

Entendre Chase l'appeler ainsi la fit fondre malgré elle.

— Arrête de faire ça…

— De faire quoi ? Je t'ai fait mal ?

— Non, répondit-elle d'une voix que l'agacement qu'elle ressentait vis-à-vis d'elle-même, doublé de celui qu'elle ressentait vis-à-vis de lui pour être aussi attirant, fit chevroter. Tu sais très bien que tu ne m'as pas fait mal.

— Alors qu'est-ce qui ne va pas ?

— C'est trop bon !

Elle émit cette déclaration sur un mode plaintif qui l'incita à se contorsionner entre ses bras – comme si changer de position permettrait à Chase de comprendre ce qu'elle voulait dire. Une fraction de seconde plus tard, elle se retrouvait allongée sur le dos, son partenaire au-dessus d'elle, l'immobilisant sur le lit avec le poids de son corps.

— Tu n'aimes pas quand c'est trop bon ? demanda-t-il en faisant glisser la main le long de son bras.

— Si, mais…

Il enserra délicatement son poignet, fit remonter son bras au-dessus de sa tête et en mordilla délicatement la chair sensible.

— Mais quoi ?

— C'est juste que…

Elle fut incapable de terminer sa phrase quand il renouvela l'opération sur la face interne de son autre bras, une fois qu'il l'eut à son tour relevé au-dessus de sa tête.

— Voilà… murmura-t-il en regardant la façon dont ses côtes se soulevaient vers lui.

Il encercla des doigts l'une de ses pointes de seins, qui durcit instantanément, comme pour le supplier de continuer.

Articuler une pensée rationnelle était extrêmement difficile, mais elle devait au moins essayer.

— C'était censé être sexuel. Strictement sexuel, insista-t-elle quand leurs regards se croisèrent.

Elle le vit s'immobiliser au-dessus d'elle et, quand elle sentit sa main se crisper sur son poignet, elle ne put s'empêcher de penser, pour la première fois depuis qu'elle était allongée sur ce lit, qu'il était tellement grand et fort qu'elle aurait pu crier : « banane ! » de toute la force de ses poumons sans que ça l'empêche de lui faire du mal si l'envie lui prenait.

— Je ne recommencerai pas, dit-il.

Et avant qu'elle ait le temps de comprendre ce qu'il faisait, il avait lâché ses poignets et changé de position de façon à se retrouver en dessous d'elle.

— N'aie pas peur, Chloé, la rassura-t-il en portant ses mains à ses lèvres pour les embrasser. Je ne supporte pas de voir cette lueur d'effroi dans ton regard quand on est tous les deux. Je ne te dominerai plus jamais physiquement comme je viens de le faire. Je t'ai promis que je ne te ferai pas de mal et je le pensais sincèrement.

— Je sais.

Les deux mots qu'elle venait de chuchoter résonnèrent longuement à leurs oreilles tandis qu'ils s'observaient.

L'émotion qui pulsa, s'épanouit entre eux et s'éleva sans jamais refluer, incarnait cependant précisément ce dont elle avait vraiment peur.

Elle craignait cela plus encore que le potentiel de violence physique de Chase.

Ce qu'elle redoutait plus que tout, c'était que la puissance des émotions de ce dernier parvienne à franchir le bouclier derrière lequel elle se barricadait.

Et pourtant, alors que son cœur se débattait entre la frayeur, l'amour, la douleur et la confiance, son corps, lui, réclamait satisfaction.

Son corps exigeait Chase.

La façon dont elle le chevauchait la plaçait juste au-dessus de son érection. Et il suffit d'un imperceptible mouvement, d'un léger souffle, pour que sa braguette effleure son entrejambe. La vision de son torse nu éveilla tous ses instincts féminins et incita ses mains à explorer ses muscles, à caresser le léger duvet qui recouvrait sa poitrine et son ventre.

— C'est toi qui devrais poser pour les photographes, chuchota-t-elle.

Elle le vit tenter de sourire, mais le pli de ses lèvres ne parvint pas à effacer son désir.

— Content que tu apprécies ce que tu vois.

On aurait pu croire que chacun de ses mots lui écorchait la bouche, et Chloé savait pourquoi, car elle avait senti son sexe enfler de façon impressionnante.

— J'aimerais en voir davantage.

Elle glissa le long de ses jambes et ses seins oscillèrent au-dessus de lui quand elle s'appliqua à baisser la fermeture Éclair de son jean.

Il tenta de la distraire en prenant ses seins entre ses mains, savourant les deux en même temps. Chloé gémit et faillit lui céder, succomber à la délicieuse persuasion de ses lèvres, de sa langue et de ses dents. Mais elle avait autant envie de le voir nu qu'il avait eu envie de la voir offerte à son regard.

Elle concentra toute son attention sur ses doigts et finit d'ouvrir sa braguette. L'étoffe de son caleçon peina à contenir son érection quand son sexe pointa vers elle. Chloé aurait voulu lui baisser son jean, mais elle se mit soudain à trembler.

— Je suis là, ma belle, fit-il d'une voix rauque avant de reprendre l'initiative et de se déshabiller tout seul.

Chloé jugea plus sage de détourner les yeux. Elle avait déjà vu des hommes nus. Mais aucun d'eux – que ce soit en chair et en os ou en photo – n'aurait pu rivaliser avec la splendeur de Chase.

Il l'embrassa alors, et le simple contact de son corps contre le sien, tiède et ferme, les poils de ses jambes chatouillant sa peau, les muscles de son abdomen et de son torse appuyant contre elle, lui parut plus érotique que tout ce qu'elle avait jamais expérimenté. Plus érotique encore qu'un orgasme.

La phrase « J'aime quand tu me serres contre toi » jaillit entre eux avant qu'elle ait le temps de la retenir.

— Moi aussi, répondit-il.

Cette fois, ce fut elle qui l'embrassa. Elle aurait voulu pouvoir entrer en lui et ne plus jamais regagner le monde réel.

Comblée. Elle était parfaitement comblée avec lui.

À un détail près, lui rappela son corps.

Elle avait besoin de le sentir en elle.

Immédiatement.

Elle se cambra et se positionna tout près de son sexe – mon Dieu, il était à moins d'un centimètre – mais Chase posa ses mains sur ses hanches pour l'immobiliser.

Chloé se méprit sur ses intentions et crut que sa veine honorable resurgissait au pire moment possible.

— J'en ai vraiment envie, Chase, protesta-t-elle. J'ai besoin de te sentir en moi. Très fort.

Son désir était si puissant qu'elle n'avait plus peur d'exprimer à voix haute ce qu'elle voulait.

Elle comprit alors qu'il était en train de déchirer l'emballage d'un préservatif. Elle remit à plus tard les questions au sujet de sa provenance car, tout ce qu'elle voulait, c'était le lui enfiler.

Et le prendre en elle.

Ils unirent leurs efforts pour glisser la protection en latex le long de son érection et, quand elle fut en place, Chase lui souleva le bassin. La première poussée de l'extrémité de son sexe lui coupa le souffle.

— On va y aller doucement, lui dit-il.

Mais Chloé n'avait pas envie d'y aller doucement.

Elle le voulait tout entier. Tout de suite. Fort. Elle voulait qu'il l'emplisse si complètement qu'il n'y aurait plus de place pour rien d'autre, plus de place pour ses peurs ou ses pensées au sujet de ce que l'avenir lui réservait.

Elle plongea son regard au fond de ses yeux, si intenses et pleins de désir… et pourtant si doux.

— Je te veux.

Ses mots sonnèrent comme un serment dans la chambre.

— Alors prends-moi.

Il la laissait saisir les rênes. Malgré sa puissante érection et alors qu'il aurait pu la pénétrer en un clin d'œil, il veillait à ne rien prendre qu'elle ne soit disposée à donner.

Chloé s'empala sur son membre avec un long gémissement de plaisir. Quand son pubis entra en contact avec celui de Chase, elle s'immobilisa et savoura la délicieuse sensation de son sexe en elle. Elle sentit les abdominaux de son amant se contracter, mais il la laissa imposer le rythme à sa guise.

Elle souleva les hanches pour glisser le long de cette délicieuse hampe de chair chaude et ferme, et ses muscles internes l'enserrèrent spontanément.

— Chloé, mon amour.

Elle posa les mains sur son torse et sentit que son cœur battait très fort et très vite.

Elle le chevaucha alors jusqu'à ce que les muscles de ses cuisses n'en puissent plus, et Chase répondit à chacun de ses mouvements par de puissants coups de reins, la pénétrant plus profondément qu'elle n'aurait cru possible. Elle n'avait encore jamais ressenti une sensation aussi bouleversante.

Elle n'avait encore jamais eu cette impression… de pouvoir s'envoler !

Elle s'envola pourtant bel et bien et plana très haut jusqu'à ce qu'elle crie le nom de Chase. Il la renversa alors sur le dos, la rejoignit dans son envol, plana avec elle jusqu'au sommet d'une montagne et en franchit le sommet.

Chase ne s'était pas contenté de lui apprendre à voler.

Il avait volé avec elle.

10

Le lendemain matin, Chloé se réveilla à l'instant précis où Chase s'apprêtait à quitter la chambre.

Elle pensait être envahie par le regret, s'attendait à ce qu'un flot de frayeur parcoure ses veines pour avoir fait aussi naïvement confiance à un homme.

Son ventre était légèrement contracté. Mais en dehors de cela, elle fut surprise de découvrir qu'elle se sentait plutôt bien.

Très bien, même.

Elle écarta les cheveux de son visage, s'assit et fut choquée par la façon dont ses muscles protestèrent.

— Tu es réveillé depuis longtemps ? demanda-t-elle en se sentant rougir.

Il revint vers elle, et l'élégance naturelle de sa démarche lui coupa le souffle.

— Bonjour, susurra-t-il après avoir déposé un doux baiser sur ses lèvres.

Chloé lui rendit son baiser, et il lui en fit un autre, puis un autre encore et ainsi de suite, jusqu'à ce qu'elle réalise qu'elle ne pouvait plus penser à rien d'autre qu'au désir qu'il faisait naître en elle.

— Tu ne peux pas savoir à quel point j'aimerais rester avec toi, murmura-t-il au creux de son cou avant de faire glisser la pointe de sa langue derrière le lobe de son oreille.

Elle frissonna. Elle aussi, elle aurait aimé qu'il reste avec elle – en elle. À tel point qu'elle avait l'impression d'être près d'exploser. Dans d'autres circonstances, elle l'aurait peut-être attiré à elle et lui aurait conseillé de laisser ses responsabilités professionnelles de côté pendant une heure ou deux. Mais elle se serait sentie coupable de lui créer plus de tracas qu'elle ne l'avait déjà fait.

— Ils doivent déjà tous t'attendre, dit-elle en posant les mains à plat sur son torse.

Il posa sur elle un regard assombri par le désir, laissa fuser un juron mal étouffé et se redressa. Dès qu'il s'éloigna, Chloé rabattit les couvertures.

— Je me dépêche.

— Ce n'est pas la peine, je m'apprêtais à partir en avance, dit-il en l'attirant contre lui. Dieu que tu es belle ! Tu me donnes envie d'annuler la séance d'aujourd'hui et de passer la journée enfermé ici avec toi.

Chloé partageait cette envie. Mais c'était une envie si puissante qu'elle lui donnait l'impression qu'un véritable océan se soulevait en elle, et elle préféra se réfugier derrière un trait d'humour plutôt que d'y céder.

— On mourrait de faim !

— Peu m'importe de me priver de nourriture si je peux être avec toi.

Chloé savait qu'il n'était pas sérieux… et pourtant, il semblait parfaitement convaincu de ce qu'il venait de dire.

Elle s'écarta de lui et se dirigea vers la salle de bains.

— Je serai prête à t'aider dans cinq minutes.

Ses yeux étaient toujours voilés par le désir, mais ils reflétaient aussi quelque chose d'autre que Chloé ne parvint pas à identifier.

— J'apprécie beaucoup ton aide.

Voilà ! comprit-elle en sentant un flot de chaleur la submerger. C'était ça qu'elle avait perçu dans ses yeux : de l'appréciation. Et pas seulement à cause de ce qui s'était passé au lit entre eux.

Ils échangèrent un sourire, et elle venait de franchir le seuil de la salle de bains quand il prononça son nom.

— Oui ? demanda-t-elle en se retournant, surprise de constater qu'elle ne se sentait absolument pas gênée d'être nue devant lui.

— Tu te souviens du premier soir, quand je suis entré dans la salle de bains ?

Un nouveau flot de chaleur empourpra ses joues quand elle lui sourit.

— Je crois que je ne pourrai jamais l'oublier, répondit-elle.

— Moi non plus, acquiesça-t-il avec un air malicieux. Je ne peux pas m'empêcher de penser à ce qui se serait passé si on s'était déjà un peu mieux connus.

— Oui, moi aussi, chuchota-t-elle en tournant le robinet de la douche et en se plaçant sous le jet.

Elle perçut le regard de Chase sur son corps à travers la paroi vitrée et continua de le sentir même quand celle-ci fut embuée.

Chloé sourit pour elle-même, se trouva belle et admirablement féminine tout en se savonnant. Il lui tardait que la journée soit finie. Elle et Chase pourraient alors renouveler tous les jeux merveilleux auxquels ils s'étaient adonnés la veille.

Et le fait qu'il ait ravivé dans son esprit le souvenir de l'incident de la baignoire et évoqué l'idée de ce qu'ils auraient pu y faire ensemble ne faisait qu'accroître son impatience.

Quand elle sortit de la douche, Chase avait quitté la pièce. Chloé entortilla sa chevelure dans une serviette et en noua une autre autour d'elle. Tandis qu'elle se séchait les cheveux, elle s'efforça de ne pas regarder de trop près le bleu de sa joue. Il commençait à s'estomper. Elle l'avait complètement oublié la veille, pendant qu'elle faisait l'amour avec Chase. Parce qu'il ne la regardait pas comme si quelque chose clochait sur son visage.

Il la regardait comme s'il la trouvait vraiment belle.

Quand elle repassa dans la chambre, elle découvrit qu'il avait plié son jean et son tee-shirt, et les avait posés sur une chaise. Chloé aurait voulu pouvoir brûler ces vêtements. C'était ceux qu'elle avait enfilés pour repeindre son petit appartement d'une couleur plus gaie, juste avant que son ex ne s'avise de débarquer chez elle.

La veille, elle s'était forcée à les remettre parce qu'elle avait eu l'intention de partir. Mais comme elle avait décidé de rester jusqu'à la fin du shooting, elle ne put s'empêcher de penser aux superbes vêtements que Chase avait choisis pour elle et qui se trouvaient encore dans le living…

Des vêtements qu'elle n'aurait pas eu les moyens de s'offrir.

Le simple fait de poser les yeux sur son vieux jean la déprima. Quel mal y aurait-il à porter une ou deux tenues ? Elle rembourserait Chase dès qu'elle aurait de l'argent.

Chloé ne fut pas dupe de son propre mensonge. Si elle voulait porter de nouveaux vêtements, c'était parce que cela signifierait aux yeux de Chase qu'elle n'avait pas l'intention de s'enfuir. Elle lui devait bien cela.

Elle passa la tête dans le living pour s'assurer qu'il n'y avait personne d'autre que son amant, assis au milieu de la pièce, puis avança jusqu'au portant.

— Je viens chercher des vêtements, expliqua-t-elle.

Le sourire qu'il lui fit confirma qu'il avait compris le message, et elle prit conscience que c'était la première fois de sa vie qu'elle en disait autant à un homme… sans prononcer un seul mot. Sans doute parce qu'elle n'avait encore jamais rencontré un homme qui la comprenne.

Jusqu'à ce qu'elle le rencontre.

Cette pensée la fit légèrement chanceler sur ses jambes alors qu'elle se rapprochait du portant.

— Ces fringues sont sympas, dit-il avant de tirer sur sa serviette quand elle passa devant lui, dénudant sa poitrine. Mais comme ça, tu es encore plus belle.

Sa bouche prit alors possession de ses seins, et Chloé se sentit fondre de désir.

— Tu vas te mettre en retard, haleta-t-elle.

— M'en fous, marmonna-t-il contre l'un de ses seins.

La serviette ne tarda guère à se retrouver par terre, et Chase la fit asseoir sur ses genoux, les jambes de Chloé passées autour de sa taille.

Quelqu'un aurait pu entrer. Marcus, l'un des mannequins ou Jérémy. Mais au lieu de lui faire part de ses craintes, Chloé s'affaira à déboutonner et ouvrir la braguette de Chase.

Il sortit un préservatif de sa poche et en un clin d'œil – *oh oui !* – il soulevait les hanches de Chloé et la pénétrait d'une poussée ferme. Leurs bouches s'entredévoraient, et Chase avait placé une main sur sa fesse, tandis qu'elle le chevauchait, et l'autre sur son sein, dont il caressait le mamelon sensible entre le pouce et l'index. Chloé sentit cet effleurement délicieusement sensuel se répercuter au creux de son ventre.

Et cela suffit à déclencher son orgasme. Ses muscles enserrèrent spasmodiquement le membre de Chase jusqu'à ce que celui-ci se raidisse soudain. Il l'attira plus près de lui et prononça son nom tout en l'embrassant.

Le cœur de Chloé battait très fort quand elle blottit son visage au creux de son épaule. Sa peau sentait le savon, et elle huma l'odeur de cet homme qui venait de la faire jouir au petit matin.

— Comme je te l'avais écrit, murmura-t-il dans ses cheveux, partager le petit déjeuner avec toi me tardait terriblement.

Chloé n'en revenait pas d'être là, toute nue, assise sur ses genoux, les jambes nouées autour de lui, un grand sourire aux lèvres.

Et pourtant, elle s'y trouvait bel et bien.

— Hier soir... et là... C'était fabuleux. Absolument fabuleux.

Elle sentit qu'il resserrait son étreinte et se demanda si elle avait bien fait de lui dire ce qu'elle éprouvait quand elle était dans ses bras.

— Si tu ne te dépêches pas de t'habiller, la prévint-il alors en lui donnant une petite claque sur les fesses, je ne pourrai pas m'empêcher de te ramener dans la chambre et, cette fois, on sera vraiment en retard !

Leur aventure se déroulait à merveille. Car c'était toujours une aventure.

Rien qu'une simple aventure.

Dix minutes plus tard, ils prenaient le chemin du vignoble. Des traînées de brouillard matinal s'attardaient encore sous un soleil levant qui promettait que la journée serait chaude. Et pourtant, malgré toute la beauté qui les entourait, bien que le shooting se passe à la perfection et que Chloé lui ait fait assez confiance pour se donner à lui, Chase sentit que quelque chose le tracassait.

Chloé avait dit vrai. La nuit qu'ils avaient partagée avait été fabuleuse.

C'était cette histoire d'honneur qui lui donnait des remords. Il avait l'impression qu'il aurait dû se maîtriser davantage, qu'il aurait dû attendre qu'elle soit plus disposée à recevoir tout ce qu'il avait envie de lui donner... qu'il ne s'agisse pas seulement pour elle d'une envie physique.

Car Chase voulait autre chose que quelques nuits avec elle. Il voulait bien plus qu'une simple aventure.

Ils se tenaient à côté de l'immense piscine de Marcus, surplombant les collines verdoyantes du vignoble, quand celui-ci s'approcha d'eux pour les saluer.

— Bonjour, Marcus, répondit Chloé. Ta maison est vraiment très belle, ajouta-t-elle en désignant la piscine.

Chase s'aperçut qu'elle rougissait en disant cela.

« Très belle. » L'expression qu'il lui réservait.

— Superbe, rectifia-t-elle comme si elle était parvenue à la même conclusion que lui et estimait que cette expression ne pouvait plus désormais s'appliquer qu'à ce qu'il voyait quand il la regardait.

Ils admirèrent un instant la piscine, puis Marcus se tourna vers son frère.

— Désolé de vous avoir fait faux bond, hier. Un imprévu s'est présenté en ville et j'ai dû m'en occuper.

— Si tu as besoin de quelque chose, je suis là, assura Chase en s'efforçant de garder un ton léger.

Il tenait à ce que Marcus sache qu'il pouvait lui parler de ses problèmes avec Jill. Ce n'était pas parce qu'il ne portait pas précisément cette femme dans son cœur qu'il ne pouvait pas aider son frère.

— Qui est-ce qui a le thermos de café ? demanda Jérémy avec une voix d'outre-tombe, en surgissant soudain.

Il s'avisa alors de la présence de Marcus et chancela si fort que Chloé le retint par le bras pour lui éviter de tomber dans la piscine.

— M-Marcus, bredouilla-t-il.

— Tu peux utiliser ma machine à café, si tu veux, offrit celui-là.

Mme Sullivan avait élevé ses enfants dans le respect des différences, et Marcus gérait parfaitement l'adoration que lui vouait Jérémy, veillant à ne pas lui donner de faux espoirs, sans jamais se montrer cassant.

Mais quand Jérémy se contenta de regarder stupidement Marcus, ouvrant et fermant la bouche comme un poisson hors de l'eau, Chase fut soulagé que Chloé prenne les choses en main.

— Je viens avec toi, déclara-t-elle à Jérémy en serrant plus fermement son bras. Comme ça, tu pourras m'expliquer le programme de la journée. J'ai hâte de poser les mains sur les nouvelles tenues !

Une fois qu'ils eurent disparu à l'intérieur de la maison, Marcus se tourna vers Chase.

— Chloé travaille pour toi, maintenant ?

Chase l'informa des problèmes de santé d'Alice.

— Il paraît qu'elle se révèle pleine de ressources. Tu pourrais peut-être songer à la prendre dans l'équipe de façon permanente, suggéra Marcus.

— J'aimerais qu'elle soit bien plus qu'un membre de mon équipe.

Marcus observa un moment de silence.

— Tu le lui as dit ? s'enquit-il finalement.

— Non.

Chase savait quelle serait la réponse de Chloé s'il lui disait cela.

— J'attends de savoir ce qui lui est arrivé, le soir où je l'ai rencontrée, acheva-t-il.

Mais même alors, même si elle lui faisait assez confiance pour lui faire part de son passé et de ses problèmes, il n'était pas convaincu qu'elle choisirait de rester avec lui… ni qu'elle ferait le choix de l'aimer.

Au cours de cette deuxième journée de travail, Chloé se débrouilla si bien qu'on aurait juré qu'elle était née pour faire ce métier. Et quand Chase demanda aux mannequins d'entrer dans la piscine pour les photographier sous l'eau, Chloé n'hésita pas un instant à les imiter. Elle plongea, refit surface en éclatant de rire, puis remplit ses poumons d'air et replongea avec ses pinces et ses épingles autant de fois que le nécessitaient les ajustements.

Alors que Chase s'apprêtait à changer d'appareil, le son perlé du rire de Chloé lui fit tourner la tête dans sa direction, et il la contempla un long moment. Elle était splendide ainsi, sur fond de ciel bleu, entourée d'un groupe de personnes qui l'avaient spontanément acceptée, adorée et… respectée.

Ce soir-là, le dîner avec les mannequins et l'équipe se déroula dans la bonne humeur, et les rires fusèrent quand Jérémy incita Chase à raconter des anecdotes de sa vie itinérante.

Quand on servit le dessert, Chloé essuyait les larmes que lui avait tirées l'une de ses histoires les plus cocasses.

— Je t'en prie, sois sérieux, lui dit-elle. Tu ne me feras pas croire que tu es vraiment entré dans la cage aux lions de ce zoo !

— Mais si ! rétorqua-t-il, feignant d'être offensé. Et ils me mangeaient dans la main !

— Tu veux dire qu'ils les léchaient avant de les manger ! répliqua-t-elle.

Il haussa les épaules et tendit une cuiller pleine de dessert vers sa bouche. Le fait qu'elle accepte de manger dans sa propre cuiller sans marquer la moindre hésitation l'emplit de joie.

— Tu vois, lui murmura-t-il à l'oreille, même toi, tu me manges dans la main.

Elle leva les yeux au ciel, mais le rouge qui lui monta aux joues apprit à Chase qu'elle venait seulement de se rendre compte de ce que leur comportement avait d'intime, alors qu'ils étaient en public.

— Ta mère sait-elle que tu as fait ça ?

— Pas vraiment, non, grimaça-t-il.

Les autres convives avaient déjà changé de sujet, mais Chloé ne lâchait pas cette histoire de photos avec les lions.

— Jure-moi que tu étais beaucoup plus jeune. Et très bête.

Chase adopta une expression solennelle.

— Je l'étais, déclara-t-il. C'était il y a au moins… un an, compléta-t-il après une pause d'une seconde. Te serais-tu inquiétée pour moi, belle Chloé ? ajouta-t-il comme elle réprimait difficilement un sourire.

Il la regarda entrouvrir les lèvres et comprit son erreur en sentant sa semi-érection s'affermir. Il n'avait pas pu faire autrement que de passer la soirée avec l'équipe, mais chaque seconde écoulée en leur compagnie était une seconde de moins à être en tête à tête avec Chloé.

— Aurais-tu tenu compte de mon inquiétude ? répondit-elle.

— Oui. Si je t'avais connue à l'époque, je n'aurais jamais pris un tel risque sous prétexte d'obtenir la photo parfaite.

— Vraiment ?

— Vraiment, dit-il en glissant la main sous la table pour serrer celle de Chloé.

Pour gagner le cœur de cette dernière, en revanche, il était disposé à prendre tous les risques.

11

Dès qu'ils furent de retour dans la maison d'hôtes, Chase embrassa Chloé comme il avait rêvé de le faire toute la journée. Il déposa ensuite une pluie de baisers depuis le coin de ses lèvres jusqu'à la veine qui palpitait dans son cou et sentit son cœur battre sous la pointe de sa langue.

— Ta peau est si douce, dit-il en faisant glisser les bretelles en soie de son corsage sur ses épaules. Et tes seins sont si beaux et si sensibles, poursuivit-il avant de déposer des baisers sur le galbe de sa poitrine. Et tu émets d'adorables petits bruits quand je t'embrasse.

Le désir assombrissait les yeux de Chloé quand il releva les siens sur elle. Et ils reflétaient une émotion qu'elle était incapable de dissimuler.

Il voulait prendre son temps avec elle, ce soir, l'aimer lentement, tendrement, toute la nuit.

— Je ne peux plus attendre, laissa-t-il pourtant échapper.

— Dépêche-toi, répondit-elle d'une voix haletante en retirant sa culotte, tandis que Chase ôtait d'un même mouvement son jean et son caleçon.

— Pitié, dis-moi que tu as un préservatif, gémit-elle.

Chase en avait un qu'il avait glissé dans sa poche le matin au cas où une occasion de s'éclipser discrètement pour lui faire l'amour se serait présentée.

Une seconde plus tard, il l'avait enfilé et lui soulevait sa jupe jusqu'à la taille. Elle enlaça son cou de ses bras, et sa taille de ses jambes, tandis qu'il la pénétrait.

Le nom de Chase franchit ses lèvres dans un soupir. Il trouva sa bouche et l'embrassa. Mais ce fut bien plus qu'un baiser. Et ce qu'ils faisaient ensemble était bien plus qu'un coup tiré vite fait contre la porte.

Chloé lécha le suçon qu'elle lui avait fait à l'épaule quand elle avait joui dans ses bras.

— Je ne voulais pas te faire mal, murmura-t-elle, stupéfaite de découvrir la marque qu'elle avait laissée sur sa peau. Je n'avais encore jamais fait ça.

Chase se sentit heureux à l'idée qu'elle commence à se laisser aller avec lui.

— C'est toi qui risques d'avoir des bleus à cause de la porte si tu ne files pas immédiatement dans la baignoire.

Les jambes de Chloé encerclant toujours sa taille, il gagna la chambre, puis la salle de bains, s'assit sur le rebord de la baignoire en la gardant sur ses genoux et régla la température de l'eau.

— Voilà, c'est parfait.

Une fois qu'il lui eut retiré son soutien-gorge et sa jupe, il la déposa dans le bain. Chloé parut chagrinée de le voir s'éloigner.

— Tu ne viens pas ? demanda-t-elle.

Chase prit le temps de se repaître de la vision de son corps nu avant de lui répondre. Il avait adoré la façon dont elle s'était accrochée à lui. Adopter cette position avec elle semblait aller de soi, parfaitement naturel. Il savait qu'il ne pourrait jamais vivre avec une femme qui s'inquiéterait en permanence de ce qu'elle mangeait, de savoir si elle avait de la cellulite ou un peu trop de ventre. Il passait ses journées avec des femmes – et des hommes – qui ne se souciaient que de leur apparence.

La confiance en soi de Chloé – que Chase voyait s'affirmer de plus en plus au fil des heures – et sa beauté sans artifice étaient le parfait antidote à cette obsession du paraître. Il aimait le fait qu'elle ne mette pas de vernis à ongles, qu'elle ne soit pas l'une de ces adeptes de l'épilation brésilienne, qu'elle ne teigne pas ses cheveux et qu'elle ne fasse pas blanchir ses dents. Elle ressemblait à une vraie femme.

— Tu me dévisages, fit-elle remarquer.

— C'est vrai. Tu es superbe, je ne me lasse pas de te regarder.

Elle rougit.

— Rejoins-moi dans la baignoire.

Chase avait désespérément envie d'entrer dans l'eau avec elle, mais la conversation qu'ils avaient eue ce matin-là avait trotté dans sa tête toute la journée.

« Tu te souviens du premier soir, quand je suis entré dans la salle de bains ?

— Je crois que je ne pourrai jamais l'oublier. »

— Tu es à nouveau dans la baignoire, dit-il. Et on se connaît un peu mieux, maintenant.

— Un peu, oui, chuchota-t-elle.

La question resta suspendue dans les airs. Que se serait-il passé ce soir-là, si elle lui avait fait confiance ? Avait-elle suffisamment foi en lui, à présent ?

Une seule façon de le savoir.

— J'ai imaginé mille versions différentes de la façon dont les choses auraient pu se passer, lui avoua-t-il d'une voix rauque.

Il vit l'excitation reprendre possession de son visage. Elle baissa les yeux vers l'eau et humecta ses lèvres de la pointe de sa langue. Quand elle releva le front, elle était transformée : elle irradiait la sensualité de la tête aux pieds.

— Qu'est-ce que tu dirais d'essayer de voir ce que ça donne ? Je crois que je vais me savonner, s'empressa-t-elle d'ajouter d'une voix si voluptueuse qu'il faillit oublier son projet et plonger dans la baignoire pour la positionner sur lui.

Mais il se ressaisit et recula jusqu'au lavabo. Il retira alors son tee-shirt et resta là, nu, à la contempler. Son sexe en érection palpita contre son ventre quand il la vit tendre la main vers le savon.

Le premier soir, quand il était entré dans la salle de bains, il aurait dû ressortir immédiatement. Mais aucune force au monde n'aurait pu l'y contraindre. La maison aurait pu s'écrouler autour d'eux qu'il serait resté là, incapable de détacher les yeux de Chloé.

Ce soir, il se tenait à nouveau dans cette même pièce, et il la regardait faire glisser le savon, lentement, lascivement, le long de sa jambe tendue. Elle avait la peau si douce, de si jolies cuisses, des mollets parfaits et des orteils divins.

Sans hâte, elle remit sa jambe sous l'eau et leva l'autre.

Le sexe en érection de Chase était comme animé d'une vie propre et semblait vouloir désigner la direction de la baignoire. Il attrapa la serviette accrochée près du lavabo et crispa ses poings dessus de toutes ses forces pour résister à la tentation de se jeter sur elle.

Chloé n'avait pas besoin de regarder Chase pour sentir la force de son désir. Elle aimait le sentiment de puissance que produisait en elle le fait de l'allumer délibérément. Elle aimait aussi qu'il apprécie autant qu'elle ce petit jeu.

Mon Dieu, se dit-elle en réprimant un gémissement, ça promettait d'être très chaud quand il se déciderait enfin à la rejoindre…

La tentation de laisser tomber la savonnette dans l'eau pour faire signe d'approcher à l'homme qui la couvait d'un regard enfiévré fut très forte.

Mais plus l'attente de cet instant serait longue, meilleur ce serait.

— Deux minutes, lui enjoignit-elle en faisant un gros effort pour empêcher sa voix de trembler. Tu me passeras la serviette quand j'aurais fini. Ça ne te dérange pas de patienter, j'espère ?

le taquina-t-elle avec un petit sourire en levant les yeux vers lui.

— Non.

Le sourire de Chloé s'élargit en l'entendant répondre de cette voix étranglée. Elle trempa le savon parfumé à la lavande dans l'eau puis le fit glisser sur sa gorge et puis plus bas, et plus bas encore.

Les pointes de ses seins avaient déjà durci sous le regard de braise de Chase, mais elles se contractèrent encore davantage quand elle fit mousser le savon tout autour. Sa peau était devenue incroyablement sensible. Si sensible qu'elle se dit qu'il lui suffirait d'effleurer ses mamelons devant son amant pour crier son nom.

Le savon lui glissa des doigts et projeta des gouttelettes d'eau sur son visage en retombant.

À l'autre bout de la pièce, la voix de Chase s'éleva, si tendue qu'il semblait au bord du désespoir.

— Je crois que tu as fait tomber le savon entre tes jambes.

Chloé aurait été bien en peine d'expliquer par quel prodige elle était soudain devenue cette séductrice chevronnée en qui elle ne se reconnaissait pas elle-même. Car en pareille circonstance, la réticence – voire la peur – aurait eu toutes les raisons de pointer son vilain museau. À dire vrai, elle était pour une large part très choquée par la façon dont ses désirs les plus secrets s'extériorisaient en présence de Chase… et plus choquée encore de constater qu'elle ne cherchait pas à les réprimer.

Il eût été plus sage et plus rationnel d'arrêter le jeu avant que les choses n'aillent plus loin. Elle aurait dû veiller à ce que Chase ne puisse rien découvrir de personnel à son sujet. Rien qui lui permette de lui nuire par la suite...

Mais quand elle leva les yeux vers lui, elle fut incapable de concilier ses craintes avec le spectacle de cet homme qui s'agrippait à sa serviette comme si sa vie en dépendait. Finalement, son corps acheva de la convaincre de la vacuité de ses peurs en faisant miroiter dans son esprit toutes les satisfactions qu'elle allait trouver dans ses bras.

— Je la retrouverai peut-être plus facilement en me mettant à quatre pattes, déclara-t-elle d'une voix mutine.

Chase laissa échapper un douloureux soupir.

— Je ne suis pas certain de survivre à ça.

Chloé se redressa et s'agenouilla lentement dans la baignoire glissante, les seins ruisselant. Elle plongea la main dans l'eau.

— Ha-ha ! Je te tiens, petite fugitive ! s'exclama-t-elle.

Elle se mit alors complètement à quatre pattes, au point de sentir un courant d'air frais passer entre ses cuisses et sur son ventre, puis se remit à genoux.

La respiration haletante de Chase lui parvint distinctement quand elle écarta ses cheveux humides de sa main libre et qu'elle fit glisser le savon sur ses épaules, son ventre et, finalement, son buste.

Elle savonna d'abord un sein et, quand son mamelon durcit, un gémissement échappa à

Chase. À la vérité, Chloé avait du mal à réprimer ses propres soupirs.

— Tout va bien, Beau Gosse ? s'enquit-elle d'une voix qui resta miraculeusement pleine d'assurance.

Le surnom dont elle l'avait affublé lui tira un rire étranglé.

— Tout va bien, dit-il d'une voix moins ferme que la sienne. Tu vas être vraiment propre, ajouta-t-il en désignant son corps nu.

Oui, elle allait être très propre. Parce qu'elle n'avait pas encore fini de se laver. Elle était même loin du compte.

Elle plaça les mains en coupe, les plongea dans l'eau, les releva et versa l'eau sur sa poitrine. Des filets de mousse coulèrent sur ses seins, ses côtes et son ventre.

Une fois rincée, elle reprit le savon et fixa Chase droit dans les yeux. Un muscle trémulait au niveau de sa mâchoire, et ses mains étaient crispées sur la serviette. Une serviette qui empêchait Chloé de constater le degré de son érection, mais elle n'en avait pas vraiment besoin.

— Il y a encore une partie que je n'ai pas lavée.

Le regard rivé à celui de son adorable voyeur, elle se redressa sur les genoux de façon à faire émerger ses fesses et le haut de ses cuisses. Elle écarta ensuite les genoux au fond de la baignoire et plaça la savonnette juste en dessous de son nombril.

Chloé eut alors l'impression de ne plus être composée que de terminaisons nerveuses. Le savon lui glissa à nouveau des mains mais, cette fois, elle n'avait pas l'intention d'aller le récupérer.

Elle avait désespérément envie de se caresser, et ses poumons se vidèrent quand, du bout des doigts, elle effleura son sexe.

— Continue, souffla Chase. Je t'en supplie, n'arrête surtout pas.

Alors qu'elle autorisait ses doigts à investir de leurs caresses la moiteur de sa fente, Chase fut soudain tout contre elle, l'enveloppant de la chaleur de son grand corps qui dissipa ses tout derniers frissons. Il la pénétra d'une poussée ferme, et Chloé accompagna son mouvement avec la même vigueur pour le sentir au plus profond, au plus près d'elle-même.

L'eau gicla dans toute la pièce tandis qu'il l'immobilisait d'un bras passé autour de sa taille pour la posséder indéfiniment, Chloé le suppliant de continuer – *Encore, encore, encore* – jusqu'à ce que l'orgasme par lequel elle avait excité son partenaire rejoigne celui, imminent, de Chase, en une vague immense dont la puissance fit voler son âme en éclats.

Chloé lui sourit quand il la sécha, et Chase aima la façon dont le corps de la jeune femme accompagnait ses mouvements – une sorte de complicité physique les unissait à présent, la proximité de Chase n'incitait plus Chloé à chercher l'issue de secours la plus proche. Il la souleva dans ses bras, s'assit sur une chaise dans un coin de la pièce et la cala sur ses genoux. Elle se lova contre lui comme un chaton repu.

— Je te remercie de me faire confiance.

Elle écarta la tête de son torse, et Chase vit passer une lueur d'inquiétude dans son regard.

— Je t'aime bien. Beaucoup. Mais...

Il aurait mieux fait de se taire. Se contenter d'apprécier ce qu'ils partageaient et lui laisser du temps. Or, il avait eu l'impression que l'heure des confidences avait sonné, et il aurait voulu que Chloé soit dans le même état d'esprit.

— Je sais que tu ne me fais pas encore complètement confiance. Ça ne me plaît pas, mais je comprends. Enfin, je crois que je comprends.

Il attendit qu'elle se livre à lui, qu'elle lui explique ce qui lui était arrivé. Il s'efforça de refouler sa déception quand il vit qu'elle n'en faisait rien et il sut qu'il avait tout flanqué par terre quand les mots « Je ne veux pas d'une simple aventure » jaillirent de sa propre bouche avant qu'il ait eu le temps de réfléchir.

Aussitôt, Chloé se raidit et chercha à quitter ses genoux.

— Mais, c'est ce qu'on avait décidé !

— Non, je n'ai jamais dit que j'étais d'accord.

— Si !

— Tu as dit que c'était ce que tu voulais et j'espérais pouvoir te donner envie d'autre chose. De même que j'espère qu'un jour tu me feras entièrement confiance.

— Je n'ai pas envie de m'engager dans une relation. Tu le sais.

— Oui, mais je ne sais pas pourquoi. Raconte-moi ce qui t'est arrivé.

— Je n'ai pas fui un homme pour me lancer tout de suite après dans une histoire avec un autre...

Elle laissa sa phrase en suspens, et Chase sentit au ton de sa voix et à l'expression fermée de son visage qu'elle n'avait pas envie de poursuivre cette conversation.

Elle appliqua sa paume sur son hématome, et Chase dut faire appel à toute sa volonté pour se retenir de lui prendre la main et l'écarter de sa joue.

— Mais tu as raison, soupira-t-elle en retirant d'elle-même sa main. Ce n'est pas juste de te laisser dans le vague. De ne pas te donner d'explications. Pour faire court, poursuivit-elle en baissant les yeux, disons que j'ai été mariée et que ça n'a pas été génial.

— Même pas au début ?

— Non, répondit-elle en secouant la tête. J'ai cru que ça l'était. Enfin, que ce n'était pas trop mal, disons. Franchement, dit-elle en se grattant le nez, je me suis posé cette question des centaines de fois. Qu'est-ce qui m'a pris de tomber amoureuse de Dean ?

Chloé prit une longue inspiration, et Chase sentit un frisson la traverser.

— Tu veux savoir à quelle conclusion je suis arrivée ? demanda-t-elle d'une toute petite voix.

Plus ravi qu'il n'aurait pu l'exprimer, Chase acquiesça.

— Oui, bien sûr.

— Ça m'est venu quand on regardait la photo de ta famille et que tu me parlais d'eux…

Elle garda le silence un instant.

— C'était ça que je voulais, avoua-t-elle finalement. Je le voulais à en crever. Je voulais faire partie d'une famille chaleureuse, drôle et aimante, au sein de laquelle je me sentirais aimée...

— Tu es enfant unique ?

Elle hocha la tête.

— Mais ce n'est pas seulement pour ça. Mes parents n'ont jamais été très démonstratifs sur le plan affectif. Je sais qu'ils m'aiment, mais je ne me souviens pas qu'ils me l'aient jamais dit. Et je ne me souviens pas non plus qu'ils m'aient fait beaucoup de câlins.

Chase sentit son cœur se briser pour la petite fille tout au fond d'elle-même et qui aurait tellement aimé être dorlotée. Il aurait voulu pouvoir réparer cette injustice en lui faisant tous les câlins dont elle avait été privée.

— J'étais jeune, très bête et je souffrais d'un énorme manque affectif quand j'ai rencontré Dean, continua-t-elle en levant les yeux vers lui. Et il s'est avéré que j'avais un instinct épouvantable dans ce domaine. Ou alors, je voulais tellement que mon rêve se concrétise que je me suis persuadée que je l'avais trouvé, supposa-t-elle avec un haussement d'épaules. Il était gentil, au début. Et j'étais si heureuse de me sentir dans la peau d'une fille qui *avait* quelqu'un. Qui faisait partie d'une équipe. Mais on n'a jamais formé une équipe. Après quelques années, Dean s'est mis à contrôler tout ce que je faisais, à porter des jugements sur les gens que je voyais. Il me considérait comme un objet dont il était propriétaire, au même titre que sa belle maison ou sa belle voiture. Une jolie chose qu'il gardait sous clef et qu'il exhibait de temps en temps.

Chase eut envie de dire à Chloé des milliers de choses au sujet de la bêtise de son ex. De lui dire que ce n'était pas sa faute si elle avait cru qu'il était plus gentil qu'il n'était en réalité. Il eut aussi envie d'exploser de rage face au traitement qu'il lui avait infligé.

Mais il ne voulait surtout rien dire ou faire qui puisse l'inciter à se replier sur elle-même. Il se contenta donc de poser une seule question, d'une voix très douce.

— Quand est-ce que tu as décidé de partir ?

— Un jour, j'étais au *country club* avec les épouses de ses amis – des femmes avec qui je n'avais aucun point commun –, et j'ai compris d'un seul coup qu'il m'avait complètement envahie. J'ai essayé de lui en parler, mais ça ne l'a pas intéressé. Et c'est là que j'ai eu peur de lui pour la première fois, ajouta-t-elle, la gorge nouée.

Chase s'efforça d'empêcher ses muscles de se contracter sous l'effet de la fureur.

— Qu'est-ce qu'il a fait ?

— Rien de physique. Mais il descendait verre sur verre et n'écoutait absolument rien de ce que je disais. Le lendemain matin, j'ai découvert que tout mon matériel de patchwork avait disparu. Mes tissus, mes machines. Tout.

— Quel connard ! ne put s'empêcher de commenter Chase.

— Quelques semaines plus tard, reprit-elle la bouche crispée, quand j'ai fini par accepter de voir à quoi allait ressembler ma vie si je restais avec cet homme qui ne m'aimait pas, j'ai demandé le divorce et je me suis installée à Lake County.

— Parce que tu ne te sentais plus en sécurité là où tu vivais ?

— Non.

Elle fronça les sourcils.

— Enfin, peut-être. C'est sans doute pour ça que j'ai eu envie de quitter San Francisco. Mais je ressentais surtout le besoin de prendre un nouveau départ. Je ne voulais plus de son argent. Tout ce que je souhaitais, c'était retrouver ma liberté. Liberté de travailler à mes patchworks. Liberté de choisir mes amis. Liberté de porter des vieux jeans et des chaussures sans étiquette de designer cousue dessus. Mais je ne me suis jamais vraiment sentie chez moi dans mon appartement, même si j'ai essayé. Parce que j'en avais besoin. Mais bon, soupira-t-elle, ce n'était pas trop mal. Je m'étais dit que je finirais par trouver le moyen d'en tirer parti, parce que je croyais que demander le divorce, le quitter et déménager m'avait définitivement libérée. Puisque je n'avais pas eu de nouvelles de lui pendant plusieurs mois, j'en ai déduit qu'il avait accepté le divorce. Comme tu peux voir, fit-elle en effleurant du bout des doigts le bleu qui s'estompait sur sa joue, je m'étais trompée.

— Qu'est-ce qui s'était passé, le soir de ton accident ? demanda Chase en serrant les dents.

Le regard de Chloé s'assombrit.

— Je m'apprêtais à repeindre le salon quand on a frappé à la porte.

Chase sentit le choc que déclencha ce souvenir chez Chloé à la contraction de ses muscles.

— En le voyant sur le seuil, j'ai été tellement surprise que je l'ai laissé entrer sans réfléchir. Je n'ai pas pensé une seule seconde que je n'étais pas en sécurité avec lui. Une fois qu'il est entré, j'ai vu qu'il était saoul. J'avais préféré oublier qu'il buvait beaucoup au cours des derniers mois

— Il y a des choses qu'on préfère oublier, ma douce.

Chloé ne parut pas vraiment l'entendre, comme si elle ne pouvait rien faire d'autre que revivre son souvenir.

— Il m'a dit : « Tu n'as pas le droit de me quitter. Tu m'appartiens. » Je n'en revenais pas qu'il ait le culot de venir se planter au beau milieu de mon appartement pour me dire ça. Ça m'a mise en colère, je lui ai dit que je n'étais pas sa possession. Je lui ai dit de partir et qu'on parlerait une autre fois, quand il ne serait pas saoul.

— La dernière chose à dire à un homme ivre, c'est qu'il l'est, déclara Chase en devinant la suite.

Chloé acquiesça.

— Il m'a dit de la boucler, qu'il m'avait laissée m'en tirer à bon compte quand on était mariés, mais que cette fois, ça ne se reproduirait pas.

— Cette fois ? répéta Chase.

Elle ferma les paupières.

— Il a dit précisément : « Tu vas rentrer à la maison avec moi immédiatement. Et cette fois, tu feras ce que je te dirai de faire. »

Chase réprima difficilement un chapelet de jurons.

— Il ne s'était jamais comporté de cette façon-là avant. Il ne m'avait jamais fait peur à ce point. Mais je ne voulais pas céder, je ne voulais pas qu'il croie qu'il pouvait encore me contrôler.

Alors je lui ai dit que j'étais déjà à la maison. Que je ne le suivrais nulle part et que je voulais qu'il s'en aille. Alors il a perdu patience, il m'a attrapée par les cheveux et, quand je me suis débattue, il m'a donné un coup de poing.

Elle porta la main à sa joue, mais Chase avait devancé son geste et effleurait déjà délicatement la douceur de sa peau, souhaitant de toutes ses forces qu'elle n'ait jamais reçu ce coup. Sachant qu'il ne laisserait jamais personne lui faire du mal à nouveau.

— Je suis restée complètement abasourdie pendant un moment. Je n'arrivais pas à croire qu'il ait pu faire ça. J'attendais qu'il s'excuse, qu'il admette qu'il n'était pas dans son état normal. Mais il n'avait absolument pas l'air navré. Il affichait une expression victorieuse en contemplant la marque qu'il venait de me faire au visage. À ce moment-là, j'ai eu tellement peur qu'il recommence ou qu'il fasse quelque chose d'encore pire, que je n'ai pas réfléchi, j'ai attrapé le pot de peinture que je venais d'ouvrir et je le lui ai lancé à la figure. Il est tombé à la renverse, j'en ai profité pour attraper mon sac et mes clefs, et je me suis enfuie.

Elle s'était mise à trembler en évoquant la fin de son récit, et Chase s'en voulut de l'avoir obligée à revivre tout ça.

— Chloé, ma douce, c'est fini maintenant.

Elle ferma les yeux.

— Tu sais ce que je faisais pendant que je conduisais sous la pluie ? Je n'arrêtais pas de me demander comment j'avais pu être aussi stupide. C'est comme ça que je suis tombée dans le fossé.

Parce que je n'arrivais pas à me concentrer sur autre chose que cette voix dans ma tête qui me disait que, si j'avais réfléchi, j'aurais vu la catastrophe se profiler à l'horizon.

— Chercher à voir les bons côtés de quelqu'un n'est jamais stupide, Chloé.

Elle rouvrit les paupières.

— Mais être aveugle et naïf, si, répliqua-t-elle avec un faible sourire. Je sais que tu as dû deviner une bonne partie de l'histoire dès que tu as vu le coquard sur ma joue, dit-elle en posant la main sur celle de Chase. Et je te remercie de ne pas avoir insisté pour que je me mette en rapport avec la police. J'ai l'intention de le faire. Je sais que je dois le faire. Pour la première fois de ma vie, je me retrouve dans une situation où je dois me battre si je veux m'en sortir. Et je sais au fond de moi que je peux gagner cette bataille.

Dès qu'il avait rencontré Chloé, Chase avait senti tous ses instincts protecteurs resurgir et, depuis lors, il avait cherché à s'imposer dans sa vie pour veiller sur tout à sa place.

Mais c'était la première fois qu'il en avait aussi furieusement envie. À cette seconde-là, il voulut bondir dans sa voiture, traquer son abruti d'ex-mari et faire en sorte qu'il ne l'approche plus, qu'il n'ait plus jamais l'occasion de toucher un seul de ses cheveux.

Mais Chase savait aussi qu'en faisant ça, s'il s'avisait d'envelopper Chloé dans un cocon de douceur et de facilité, il ferait finalement la même chose que son ex-mari : il la priverait de son indépendance.

Saurait-il trouver le moyen de l'aimer sans écraser pour autant son désir de liberté ?

— Oui, tu gagneras, répondit-il avec conviction, parce qu'il le sentait dans toutes les fibres de son être.

Chloé effleura les lèvres de Chase du bout des doigts et les laissa sur sa bouche.

— J'aime que tu aies confiance en moi, murmura-t-elle. Et je suis heureuse que ce soit toi qui m'aies trouvée sous l'orage.

Mais ils savaient aussi bien l'un que l'autre que ça ne changeait rien. Chase ne pouvait toujours pas espérer lui dire : « Eh, tu sais quoi ? Je pense que tu es prête à entamer une nouvelle relation. » Pas quand elle venait de lui expliquer le plus clairement du monde qu'elle n'était pas du tout prête à ça.

— Alors ? l'interrogea-t-elle comme si elle lisait dans ses pensées. Est-ce que ça veut dire qu'on en reste là parce que je ne peux pas m'engager dans une relation ?

Elle s'était exprimée d'une voix douce, mais les termes étaient sans ambiguïté.

Chase ne s'était encore jamais senti aussi déchiré entre ce qu'il désirait… et ce qu'il savait qu'il aurait dû faire. Mais Chloé venait de se montrer complètement honnête avec lui malgré toutes les raisons qu'elle aurait pu avoir de ne pas le faire.

Il lui devait la pareille.

— Je devrais dire oui, articula-t-il, faisant danser les doigts de Chloé sur ses lèvres. Si j'avais ne serait-ce qu'une once de décence, je devrais te dire qu'il vaut mieux qu'on en reste là, continua-t-il en prenant sa main dans la sienne. Mais il faut croire que je suis égoïste et veule parce que l'idée de ne plus te toucher, de ne plus t'embrasser, de ne plus te faire l'amour…

Le simple fait de prononcer ces mots lui donna l'impression qu'un immense poing invisible enserrait ses entrailles.

— … je ne peux même pas imaginer de m'en passer, acheva-t-il dans un souffle.

Il soutint le regard de Chloé et sut qu'il reflétait la chaleur et l'inquiétude du sien. Chase comprenait qu'il n'aurait pas dû revenir à la charge pour qu'elle lui donne quelque chose qu'elle n'était absolument pas prête à lui accorder.

— Entre ce que tu es prête à offrir et la rupture nette et définitive, c'est toi que je choisis, Chloé. Je choisis ce que tu pourras partager avec moi. Même si je sais que je ne parviendrai pas à m'empêcher d'en vouloir plus et que j'aurai toujours envie de te faire changer d'avis.

— Chase, je…

Il posa un doigt sur ses lèvres.

— Je sais que tu n'es pas prête et je sais que je ne devrais pas insister, mais je ne peux pas changer mes sentiments sur commande. Je ne peux pas m'empêcher de t'aimer.

Les yeux de Chloé s'arrondirent quand il lâcha ce dernier mot et, quand elle descendit brusquement de ses genoux, Chase dut faire appel à toute sa volonté pour ne pas la retenir de force.

12

Chloé avait compris qu'elle devait être honnête avec Chase. Et il lui en avait coûté de le faire.

Chase l'avait compris, lui aussi, et l'avait imitée.

Chloé était allée jusqu'à lui proposer de le quitter. Elle avait essayé d'adopter avec lui une attitude aussi honorable que lui avec elle.

Mais Chase était, à n'en pas douter, un réaliste indécrottable. Et ils savaient l'un comme l'autre que leur attraction physique était tout autant indéniable qu'irrésistible.

— Je sais que tu n'as pas envie d'entendre que je suis en train de tomber amoureux de toi, murmura-t-il. Mais c'est la vérité.

Oh, mon Dieu ! Elle n'aurait pas dû éprouver un tel plaisir à l'entendre dire ça. Pas quand la profondeur de ses sentiments l'effrayait autant. Et pourtant, elle fut incapable de réprimer le délicieux flot de chaleur qui se répandit en elle quand elle obtint confirmation, de la propre bouche de Chase, de ce qu'elle signifiait pour lui.

Il se tenait devant elle à présent, et attendait sa réponse.

Elle aurait pu lui opposer des millions de prétextes et de mensonges.

Mais elle ne put s'y résoudre.

— Je suis fatiguée de me mentir à moi-même. Je ne peux plus mentir. Pas à toi.

Cet aveu lui avait échappé avant qu'elle puisse le reprendre, et elle s'exhorta au courage.

Il lui était heureusement plus facile d'être courageuse avec Chase qu'avec n'importe qui d'autre, parce qu'elle savait qu'il l'aimait.

— La vérité c'est que je ne suis pas plus capable que toi de me contrôler quand je suis à tes côtés. La vérité c'est que, même si je ne suis pas en mesure de te donner ce que tu veux, et bien que je sache que je devrais te laisser la possibilité de rencontrer quelqu'un qui t'aimera comme tu le mérites, je n'ai pas envie de te quitter. D'abandonner tout ça. Je ne peux pas te donner ce que tu veux. Tout ce que je peux t'offrir c'est du sexe. Et rien d'autre.

Oh, Seigneur, qu'est-ce qui lui prenait ? Pourquoi s'enfonçait-elle volontairement, à tel point qu'elle ne saurait plus comment s'en sortir ?

— Je te propose de profiter de la situation, dit-il en tendant la main vers elle. De s'octroyer des tonnes et des tonnes de sexe à tout-va !

Il marqua une pause, et son expression se fit sérieuse.

— Mais pas tant que tu ne te sentiras pas mieux, reprit-il. Pas tant que l'évocation de ce que tu as vécu avec ton ex te fera encore trembler. Je suis désolé de t'avoir obligée à parler de tout ça, ma douce, lui assura-t-il en portant sa main à ses lèvres. Sincèrement désolé.

— Il fallait bien que tu saches, répondit-elle.

Et elle se sentit soudain étrangement plus légère d'avoir partagé son histoire avec quelqu'un qui se souciait d'elle. Vraiment et profondément.

— Je me sens beaucoup mieux, déclara-t-elle en se laissant aller contre lui.

— Rien ne presse, dit-il – alors qu'ils savaient aussi bien l'un que l'autre que les moments qu'ils passeraient ensemble leur étaient comptés.

Chloé ne voulait pas gaspiller une seconde de plus à penser à ce que Dean lui avait fait. Ne s'était-elle pas juré qu'en plus de tout le reste, il ne lui volerait pas son temps ?

— Je crois sincèrement que je suis déjà guérie de tout ça à quatre-vingt-dix-neuf pour cent. Crois-tu que tu pourras m'aider à aller jusqu'à cent pour cent ?

Chase l'observa longuement, puis sa bouche s'incurva en un séduisant sourire. Ses lèvres frôlèrent alors les siennes si délicatement qu'elle ne sentit pratiquement pas son baiser.

Mais son corps réagit instantanément.

Quelques secondes plus tard, il l'embrassait encore. Toujours aussi délicatement. Elle voulut lui rendre la pareille, mais il s'écarta sans lui en laisser le temps. Pour effleurer à nouveau ses lèvres d'un baiser aussi subtil et bref que la caresse d'une aile de papillon.

Pas question ! S'ils devaient se livrer au marathon sexuel qu'il venait d'évoquer, Chloé ne pouvait pas se contenter de ces petits bisous. À partir de maintenant, elle devait veiller à ce que les choses restent strictement physiques entre eux et ne basculent jamais dans l'émotion.

Ils ne feraient pas l'amour – ils auraient des relations sexuelles.

Ils n'échangeraient pas de gentils petits bisous – ils s'embrasseraient à pleine bouche !

Elle savait par où commencer.

— Tu viens sur le balcon ? dit-elle en le prenant par la main tandis qu'il lui donnait un autre baiser.

Cette suggestion eut le don de mettre un terme au suave et bouleversant assaut de ses lèvres, et Chloé se dit qu'il avait peut-être essayé de cette manière de faire ployer sa volonté. De la faire capituler en recourant à la tendresse.

Il est vrai que s'il avait continué ainsi, s'il lui avait prodigué assez de ces baisers de papillon qui lui coupaient le souffle et faisaient battre son cœur, il aurait bien pu réussir à lui extorquer une promesse qu'elle n'était pas prête à faire.

Une promesse en échange du plaisir.

Chase lui avait dit qu'il continuerait à espérer. Mais Chloé campait tout aussi fermement sur sa position. Si son intention à lui était de les faire basculer dans l'émotion, elle veillerait à rester sur le terrain de la relation physique.

Le prochain baiser promettait d'être aussi délicieux que les précédents, ce qui affermit la résolution de Chloé. Elle détourna la tête sans lui laisser le temps d'atterrir sur ses lèvres et entraîna son amant vers la porte-fenêtre pour passer sur le balcon.

Sans qu'il ait besoin de poser la moindre question, elle sentit que Chase se demandait ce qu'elle avait en tête.

S'il voulait le savoir, il n'aurait qu'à attendre.

À la toute dernière seconde, elle prit conscience qu'il leur manquait encore quelque chose avant de quitter la chambre.

— Où sont tes préservatifs ?

Du coin de l'œil, elle constata que son érection s'affirmait très nettement.

— Dans mon sac.

— Va en chercher un, dit-elle avec un sourire malicieux. Au moins un.

Il plissa les yeux, et Chloé vit nettement un muscle de sa mâchoire se crisper. Elle lui décocha un autre sourire, plus coquin encore, et l'accompagna d'une caresse sur le léger début de barbe qui lui bleuissait le menton.

— Tu n'aimes pas que je te donne des ordres ?

— Au contraire, répondit-il d'une voix rauque. Ça me plaît beaucoup.

Chloé jura intérieurement. Elle avait beau essayer de prendre les choses en main, en quelques mots Chase trouvait le moyen de retourner la situation à son avantage.

L'air nocturne était encore imprégné de la chaleur du jour, mais cependant assez frais pour qu'elle le sente passer comme une brise sur sa peau enfiévrée et remettre un peu d'ordre dans ses idées. Assez aussi pour qu'elle ne perde pas de vue l'objectif qu'elle s'était fixé, mais pas assez en revanche pour qu'elle décide de quitter Chase sur-le-champ.

Quand ils furent dehors, elle se tourna vers ce dernier et s'empara des préservatifs – il nourrissait visiblement de sérieux espoirs à en juger par la quantité qu'il avait apportée – pour les poser sur la rambarde, à portée de main.

Elle s'autorisa à le contempler longuement et admira la façon qu'il avait de se tenir devant elle, son corps nu seulement éclairé par la lune, parfaitement confiant.

— Tu pourrais avoir toutes les femmes que tu veux. Pourquoi moi ? s'enquit-elle, sentant sa résolution de garder les choses à un niveau strictement physique lui échapper un peu plus.

— Je l'ai su dès que je t'ai vue, répondit-il en traçant du pouce des petits cercles sensuels sur sa paume.

— Qu'est-ce...

Elle aurait dû arrêter ça, revenir à quelque chose de plus léger. Mais sa bouche la trahit.

— Qu'est-ce que tu as su ?

— Rien, répliqua-t-il le plus honnêtement du monde – une honnêteté qui coupa l'herbe sous le pied à toutes les objections qu'elle aurait pu émettre. Rien... et tout.

Elle ne comprenait pas.

Ou plutôt, elle ne *voulait* pas comprendre.

Elle devait considérer les choses sous l'angle de la simplicité. Noir d'un côté, blanc de l'autre. Leur complicité s'était établie sur cette base-là. Il ne pouvait pas être question d'autre chose tant qu'elle n'aurait pas clairement déterminé ce qu'elle voulait et remis sa vie sur des rails solides.

— Dis-moi, fit-elle, l'autre soir, sur la terrasse de ton frère, qu'est-ce que tu avais l'intention de me faire, exactement ?

Le regard de braise qu'il plongea au fond de ses yeux se révéla plus ardent que jamais.

— Tu le sais très bien.

— Montre-moi, Chase.

En moins d'une seconde, il avait glissé une main dans ses cheveux, l'autre sur sa hanche et l'avait renversée sur la rambarde. Ils s'étaient retrouvés dans cette position assez souvent pour que Chloé sache qu'il appréciait tout particulièrement de la tenir ainsi.

Elle adorait ça, elle aussi. Beaucoup. Se retrouver dans ses bras la plongeait dans une onde de plaisir brûlant et déclenchait en même temps une irrépressible sensation de confort et de sécurité, le sentiment délicieux que Chase l'étreindrait éternellement ainsi, parfaitement, ni trop ni trop peu. Heureusement, il plaqua sa bouche sur la sienne avant qu'elle ait le temps d'analyser les raisons qu'elle avait d'aimer cela.

Elle n'aurait jamais cru possible qu'il puisse l'embrasser mieux encore qu'il ne l'avait déjà fait, mais il se mit en devoir de lui faire comprendre son ignorance.

Ce baiser était plus brûlant, plus pénétrant et plus dangereux qu'aucun de ceux qu'il lui avait donnés.

Elle ne parvenait plus à respirer et ne se souciait plus de perdre contact avec le réel parce qu'elle ne pouvait plus se concentrer que sur sa bouche, la façon dont la langue de Chase en découvrait les points les plus sensibles, dont ses dents savaient avec précision où imprimer leur délicate morsure… Et soudain – *oh, mon Dieu* – il se remit à tracer un chemin de baisers le long de sa joue, de son cou et jusqu'au creux de son épaule.

Anticiper ce qu'il allait faire l'instant d'après lui procura des frissons avant même que la pointe de sa langue n'entre en contact avec sa peau.

Elle retint son souffle et laissa échapper une sorte de râle étranglé quand le contact se fit.

— Belle Chloé, murmura-t-il près du lobe de son oreille.

Elle frémit de plaisir quand ses dents entreprirent de mordiller sa chair sensible.

— Tu ne m'avais pas mordue comme ça sur la terrasse.

— Mais j'en avais envie.

Un gémissement lui échappa en se rendant compte qu'elle avait été folle de croire qu'elle pourrait amener Chase sur le terrain qui lui convenait. Sa douceur ne faisait qu'accroître le contrôle qu'il avait sur les émotions de sa partenaire.

Sa langue glissa depuis le creux de son cou jusqu'à son épaule, une zone dont Chloé ignorait encore la sensibilité.

— Tu as trop de vêtements sur toi, dit Chase en relevant la tête.

Elle ouvrit la bouche pour lui faire remarquer qu'elle était nue quand elle comprit ce qu'il faisait : semblant. Il faisait semblant d'être remonté deux jours en arrière et de se trouver sur la terrasse de Marcus. Il lui offrait de partager son fantasme, comme elle le lui avait demandé.

Ses doigts remuèrent sur ses épaules, là où s'étaient trouvées les fines bretelles de sa robe, et avec une lenteur délibérée il les fit glisser sur le satin de sa peau.

— Lève les bras pour moi.

Elle n'avait aucune raison de s'exécuter. Elle ne portait pas le moindre vêtement, pas la moindre robe à faire passer par-dessus sa tête. Ses seins étaient là, nus, sous les yeux de Chase.

Il aurait suffi à Chloé qu'il l'allonge sur la terrasse et qu'il la prenne sans autre forme de procès. Mais n'était-ce pas plus doux de jouer à ce petit jeu ?

De faire comme si.

Et de se pâmer de désir.

Elle remua ses mains et ses bras comme pour se dégager des bretelles, puis les leva en l'air et se tortilla ainsi qu'elle l'avait fait deux soirs auparavant.

— Voilà... dit Chase d'un ton d'encouragement.

Elle s'attendit à être submergée par un accès de panique, à avoir envie de baisser les bras. Il lui avait promis de ne plus les lui entraver et il tenait sa promesse, mais ce qu'il lui demandait de faire ne revenait-il pas au même ? Et Chloé n'aurait-elle pas dû ressentir autre chose que cet entêtant désir qui la taraudait de la tête aux pieds ?

— Tu es très belle.

Il fit courir le bout des doigts de sa main libre sur le galbe de sa poitrine, et elle courba le buste en arrière sous ses caresses. Il décrivit des cercles autour de l'une de ses pointes de seins durcies, s'en rapprochant avec une extrême lenteur.

— Chase, gémit-elle quand il fut sur le point de lui prodiguer les attentions qu'elle désirait et qu'il reporta ses caresses sur l'autre sein.

— Mmm ? émit-il d'un ton innocent.

Il ne détourna pas le regard des cercles de torture qu'il traçait sur sa chair. La posture de Chloé commençait à faire trembler ses bras, mais elle les garda levés.

— Pitié, le supplia-t-elle. J'ai besoin…

Un nouveau gémissement l'obligea à se mordre la lèvre quand le doigt de Chase frôla son mamelon… avant de redescendre jusqu'au sillon de sa poitrine.

Sa main s'immobilisa au centre de son buste, là où son cœur battait follement pour lui, puis il se pencha vers elle et, avant qu'elle ait eu le temps de comprendre ses intentions, il l'embrassa doucement.

Profondément.

Puissamment.

Les poils de son torse chatouillaient ses seins, et ce frôlement l'affola davantage encore.

Il écarta alors ses lèvres des siennes, baissa la tête et prit l'un de ses mamelons en bouche. Elle dut baisser les bras pour garder l'équilibre en posant les mains sur sa tête, qu'elle plaqua contre elle – *oh oui, là, comme ça !* – tandis qu'il lui accordait enfin le plaisir qu'elle désirait tant.

Tout son univers se concentra sur les caresses de sa langue, le flot de chaleur qui s'enroulait au creux de son ventre, la tiédeur de son souffle sur sa peau. Chloé perdit toute notion du temps sous l'effet des attentions qu'il dispensait à sa poitrine – les mamelons, le galbe, le sillon et jusqu'aux espaces entre ses côtes. Il descendit plus bas encore, s'agenouillant souplement, enserrant son tour de taille de ses mains puissantes pour l'immobiliser et la dévorer à loisir.

Sa langue, ses lèvres et ses dents s'appliquèrent sans merci à lacérer son âme, brisant ses défenses centimètre carré de peau par centimètre carré.

Il l'incita alors à écarter les jambes avant de la recouvrir de sa bouche, tandis que Chloé s'agrippait à lui comme si sa vie en dépendait, persuadée qu'elle ne survivrait pas à un tel plaisir, parce qu'il était trop intense, trop parfait, trop doux pour être réel.

Pour qu'elle y ait droit.

Il lui sembla l'entendre murmurer : « Tu as un goût paradisiaque », juste avant de sentir sa langue plonger en elle, remplaçant ses doigts et la propulsant vers un nouvel orgasme fulgurant.

Ses jambes faiblirent, mais Chase l'aida à garder son équilibre.

Par la suite, Chloé s'émerveillerait d'avoir osé se montrer nue au beau milieu de ce vignoble, la tête d'un homme entre ses jambes, ses cris retentissant si fort qu'on avait dû les entendre d'un bout à l'autre du domaine.

Mais, sur le moment, elle ne s'en soucia pas un seul instant. Comment l'aurait-elle pu ? Elle était incapable de penser à autre chose qu'au plaisir foudroyant qui la traversait.

Mais ce n'était pas ça qui comptait le plus. Pas vraiment.

C'était Chase.

C'était lui qui importait plus que tout.

Cette pensée pénétra dans son cœur comme une lame de poignard à l'instant précis où il se redressa devant elle. Ses mains reposaient toujours sur ses hanches quand il l'embrassa. Elle goûta sa propre saveur sur les lèvres de Chase mais, au-delà de ça, elle savoura toute l'avidité du désir qu'il avait d'elle.

Toute la tendresse et l'affection qu'il avait pour elle.

Tout l'amour qu'il avait pour elle.

Elle voulut fuir cette vérité, le fuir lui, fuir son passé et ses peurs…

— Retourne-toi, ma belle, dit-il.

Même si Chase n'avait pas prononcé ces mots à ce moment-là, même si ses mains ne l'avaient pas incitée à pivoter sur elle-même, elle n'aurait jamais eu la moindre chance de le fuir.

Il la possédait, corps et âme.

Et pas seulement parce qu'il la faisait jouir.

Elle se retrouva face aux vignes éclairées par la lune. Chase lui fit poser les mains sur la rambarde.

— Accroche-toi, murmura-t-il d'une voix caressante. Et ne lâche rien.

Elle voulut penser qu'il parlait de la rambarde, mais elle savait bien ce qu'il voulait dire.

Il voulait qu'elle lui fasse confiance. Il voulait qu'elle croie que son amour était assez fort pour changer sa vie.

Des larmes remontèrent dans sa gorge et son excitation se fit plus vive que jamais sous l'effet du bruit que fit Chase en déchirant l'emballage du préservatif.

— Tu es encore plus belle comme ça que je ne t'ai imaginée dans mes fantasmes.

Elle tourna la tête et une légère brise joua dans ses cheveux tandis qu'elle le regardait par-dessus son épaule.

— Chase.

Il se plaça entre ses jambes, si brûlant et dur qu'elle en fut suffoquée.

— Je t'aime, Chloé.

Elle retint son souffle, attendant l'instant de la pénétration, sachant qu'il n'investirait pas seulement son corps, mais son cœur aussi.

Mais il resta immobile, le regard rivé au sien.

— Je t'aimerai toujours.

Elle ouvrit la bouche quand il s'introduisit en elle.

— Éternellement.

Elle tourna la tête et la laissa retomber en avant, s'agrippant fermement à la rambarde pour prendre ce qu'il avait à lui donner, accompagnant son mouvement en tendant ses fesses vers lui. Chase fit remonter ses mains depuis ses hanches jusqu'à sa taille, puis recouvrit ses seins.

Jamais encore Chloé n'avait fait quelque chose d'aussi décadent. D'aussi dépravé. D'aussi délicieux.

D'aussi beau.

Elle avait décidé de faire l'amour à la belle étoile pour que les choses entre eux restent superficielles, à un niveau strictement physique.

Elle s'était dit que leur connexion ne risquait pas de devenir plus étroite s'il la prenait debout, sur un balcon. Qu'elle ne se sentirait pas plus proche de lui s'il allait et venait en elle par-derrière en tenant ses seins entre ses mains.

S'il existait une façon de faire l'amour qui soit purement sexuelle, c'était bien celle-là, plus proche du coït animal que d'un acte d'amour, tendre et complice.

Et pourtant…

C'était merveilleusement beau. Si beau qu'elle sentit des larmes rouler sur ses joues.

Et son cœur enfler démesurément.

Chase glissa une main sous son ventre pour caresser son clitoris et, de l'autre, pinça les pointes de ses seins.

Chloé eut l'impression d'exploser.

Chase la souleva dans ses bras et la ramena dans la chambre. Elle avait les yeux fermés et, quand ses cils palpitèrent, il déposa un baiser sur l'une de ses paupières.

— Chuuut.

Puis sur l'autre.

— Il est temps de dormir.

Elle se blottit contre lui, tendre et féline.

Elle ne cessait de le surprendre.

Et lui inspirait une profonde humilité.

Par son côté joueur, son aptitude à prendre des risques malgré son passé… Il n'était pas certain qu'elle ait eu conscience de lui révéler tout cela sur le balcon.

Il savait qu'elle avait voulu lui prouver qu'elle était capable de jouer dans la cour des grands, qui ont des relations sexuelles sans que cela engage leurs sentiments. Au lieu de quoi elle lui avait accordé sa confiance – et avait été suffisamment sûre d'elle – pour faire quelque chose de différent. D'incroyablement audacieux.

Ce qu'ils avaient partagé dans la salle de bains avait été époustouflant.

Mais ce qu'ils avaient partagé sur le balcon, ses deux mains serrant si fort la rambarde que ses jointures étaient blanches, ses fesses nichées au bas de son ventre l'incitant à la pénétrer le plus profondément possible… Chase ne trouvait pas de mots assez forts pour décrire l'impact que ce partage avait eu sur lui.

Il y en avait peut-être un.

— Mon amour, murmura-t-il contre sa joue.

Il la sentit se raidir bien qu'elle ait déjà pratiquement sombré dans l'inconscience.

Il aurait été parfaitement heureux s'ils s'étaient contentés de faire l'amour sur le lit. Enfin, peut-être pas *parfaitement heureux*, mais il n'en demeurait pas moins que faire sagement l'amour sur un lit avec Chloé était mille fois meilleur qu'une partie de jambes en l'air échevelée avec n'importe qui d'autre.

Mais la vérité, c'était que Chloé était une femme qui aimait, qui avait désespérément besoin d'aventure. Il ne savait pas si elle s'en rendait compte, mais lui le savait. Et il avait envie de vivre cela avec elle. En elle.

Il la déposa sur le lit, cala délicatement sa tête sur l'oreiller et, quand elle refusa de relâcher l'étreinte de ses bras autour de son cou – alors qu'elle dormait déjà à moitié –, Chase s'allongea à côté d'elle. Elle se plaqua aussitôt contre lui, adoptant la même position que celle qu'ils avaient adoptée la nuit précédente, le dos serré contre son torse, les fesses collées contre l'érection qui ne le quittait pratiquement plus depuis qu'il l'avait rencontrée. Elle attira ses bras pour qu'il l'enveloppe comme une couverture et se blottit plus étroitement contre lui avec un soupir de satisfaction.

La belle Chloé.

Sa belle Chloé.

13

Encore un jour.

Encore une nuit.

Chloé avait encore vingt-quatre heures de conte de fées à vivre avec Chase. Elle aurait voulu que chacune de ces heures, chacune de ces précieuses minutes dure éternellement et savait qu'elle les compterait jusqu'à ce que sonne l'heure de son départ.

Elle devait partir. Car, comme elle le lui avait expliqué la veille, elle devait affronter ses problèmes toute seule.

Et c'était la vérité, n'est-ce pas ?

Toute la journée, tandis qu'elle s'affairait à aider l'équipe et qu'elle rendait visite à Alice dans sa chambre d'hôtel pour s'assurer de son rétablissement, cette pensée n'avait pas cessé de la hanter.

Au début, elle avait trouvé simple de se dire qu'elle devait garder ses distances avec Chase, en se réfugiant derrière le prétexte commode que « tous les hommes sont méchants ».

Mais la formule lui avait bientôt paru risible. Parce que si son ex était effectivement dérangé, Chase, lui, n'avait pas une once de méchanceté. Chloé n'aurait jamais cru possible de rencontrer un jour un homme tel que lui, sur le bord d'une route et sous l'orage, alors qu'elle croyait vivre le pire jour de sa vie.

Elle n'avait pas le droit, cependant, de croire qu'il était tombé amoureux d'elle. Pas en trois jours.

Elle n'avait pas le droit de repenser au moment où il avait dit « Je t'aime. Je t'aimerai toujours. Éternellement », encore et encore.

Perdue dans la confusion de ses pensées, ses mains s'immobilisèrent sur la dentelle du corset d'Amanda.

— Tu veux que je rentre encore le ventre ?

Chloé fronça les sourcils. *Rentrer le ventre ?* Quel ventre Amanda aurait-elle bien pu avoir à rentrer ?

— Non, comme ça, tu es parfaite.

Amanda baissa les yeux vers son « ventre ».

— Je suis trop grosse.

— Non !

Dans un coin de sa tête, Chloé sentit qu'elle devait se ressaisir et se calmer. Mais Dean lui avait tenu ce discours pendant trop d'années. Elle ne supportait pas d'entendre Amanda dire ça d'elle-même.

— Tu es superbe, Amanda.

Bien que le compliment fît visiblement plaisir à celle-ci, Chloé vit aussi qu'elle ne la croyait pas complètement.

En la regardant s'éloigner, elle souhaita de toutes ses forces que la jeune fille parvienne un jour à croire à sa propre beauté. À sa propre valeur. Elle aurait voulu avoir le pouvoir de la sauver de l'autodépréciation. De relations toxiques. D'hommes qui ne valaient même pas une minute de son temps… et auxquels elle commettrait peut-être l'erreur de consacrer des années.

Elle sentit les yeux de son amant se poser sur elle, et l'attraction fut si puissante qu'elle ne put s'empêcher de lui retourner son regard et elle se demanda soudain, une fois de plus, ce qu'elle représentait pour lui. Une femme qu'il avait désespérément envie d'aider à cause de son puissant instinct protecteur ?

Non. Elle savait bien que ce n'était pas ça. D'ailleurs, il n'avait pas tenté une seule fois de la déposséder de sa volonté.

Ne lui avait-il pas donné au contraire les outils nécessaires pour s'affirmer ? Ne lui avait-il pas permis d'utiliser sa compétence et son talent pour créer quelque chose de beau ? Pour l'aider à reprendre confiance en elle ?

La réalité des choses lui dégringola alors dessus comme s'il s'était mis à pleuvoir des briques. Ce n'était pas Chase qui pensait qu'il devait lui venir en aide et qu'il la protège pour qu'il ne lui arrive plus jamais rien de mal.

C'était elle qui se figurait ça.

Comment expliquer autrement la façon dont elle se cachait dans ce vignoble, dont elle remettait sans cesse à plus tard le moment d'appeler la police, dont elle refusait de penser à ce qu'elle ferait pour empêcher Dean de l'atteindre une fois qu'elle se retrouverait livrée à elle-même ?

C'était le comportement qu'elle avait adopté pendant toute la durée de son mariage. Elle avait refusé d'affronter la triste réalité de sa situation par lâcheté.

Elle se rendit compte alors, là, au beau milieu des vignes, tandis que le regard de Chase était toujours braqué sur elle, qu'il n'avait vraiment pas besoin d'être entraîné dans ses problèmes. Et que tant qu'elle ne serait pas digne de lui, tant qu'elle ne serait pas capable de tenir debout toute seule, elle ne pouvait pas se permettre de rester avec lui.

La chanson de Beyoncé, « *Single Ladies* », jaillit à cet instant précis des enceintes du MP3, et Amanda vint la prendre par la main pour l'entraîner vers le groupe des modèles qui s'étaient mises à gigoter dans leurs belles robes de soie.

Chloé avait toujours aimé danser, sentir ses membres s'échauffer et se détendre au rythme de la musique. Le soleil, encore haut dans le ciel, déversait sa somptueuse lumière sur le vignoble et, quand l'élastique qui retenait ses cheveux se mit à glisser, elle le laissa filer et secoua sa chevelure pour qu'elle se répande sur ses épaules.

Tandis qu'elle dansait, Sara ayant saisi ses hanches pour se trémousser contre elle, Chloé réussit presque à croire que les dix dernières années de sa vie n'avaient jamais existé. Certes, cela revenait à fuir la réalité, mais sa rencontre avec Chase, les mannequins et toute l'équipe au cours de ces derniers jours lui avait permis de se débarrasser des voiles qui la recouvraient et dont elle n'avait jamais voulu.

Bien sûr, elle savait que cette sensation de liberté et de joie était illusoire et temporaire, et elle savait aussi quels ennuis l'attendaient au-delà de ce domaine enchanté, mais elle pouvait bien en profiter encore quelques heures, non ?

— Elle est vraiment très belle.

Chase tourna la tête et découvrit Ellen qui se tenait près de lui. Il ne l'avait pas entendue approcher, trop absorbé par le spectacle de Chloé dansant parmi les mannequins.

Mais ce n'était pas seulement sa beauté qui l'empêchait de détacher les yeux d'elle.

Jour après jour, de minute en minute, Chloé n'avait cessé de se métamorphoser. Elle était déjà un papillon quand il l'avait trouvée au bord de la route, trempée, la joue couronnée d'un vilain hématome. Elle n'était donc pas en train d'émerger de son cocon.

Mais au fur et à mesure que le fardeau des peurs qu'elle traînait derrière elle s'était allégé, les couleurs de ses ailes étaient devenues plus vives, plus éclatantes.

— Autant à l'intérieur qu'à l'extérieur, acquiesça-t-il.

Ellen resta près de lui, et ils regardèrent Chloé danser. C'était la première fois que Chase la revoyait depuis son arrivée, comme si Ellen avait veillé à ne pas croiser son chemin. Il se sentit soudain coupable de la façon dont il l'avait éconduite, le premier soir.

— Je suis vraiment désolé de…

Elle posa la main sur son bras, et ce contact déclencha en lui une sensation étrange. Comme si ce geste était déplacé. La chanson s'acheva et, quand Chloé tourna la tête et qu'elle les aperçut ensemble, son expression se durcit et ses yeux se rétrécirent. Ellen écarta sa main de Chase pour l'agiter à son intention.

— Salut, Chloé !

Chase vit les lèvres de cette dernière former un sourire qui n'était pas tout à fait sincère tandis qu'elle se dirigeait vers eux.

— Hum, fit Ellen. J'ai comme l'impression qu'elle est très possessive avec toi.

Chase n'eut pas le temps de lui dire que la réciproque était vraie avant que Chloé ne les rejoigne.

— Salut, Ellen.

— J'adore tes cheveux, déclara celle-ci avec un grand sourire.

Surprise par le compliment, Chloé battit des cils.

— Merci.

Une petite brise annonciatrice de la fin de l'après-midi se leva et fit voleter ses cheveux. Chase tendit la main et caressa de ses doigts une longue mèche soyeuse tout en la calant derrière son oreille.

Il sentit plus qu'il n'entendit le souffle de Chloé se bloquer dans sa gorge quand leurs regards se rivèrent l'un à l'autre. Il avait attendu toute la journée le moment où il pourrait à nouveau la toucher, nourrir ses sens de sa douceur, de son doux parfum, des réponses de son corps, aussi innées que sensuelles chaque fois qu'il la touchait.

— Vous vous êtes bien amusés cette semaine, tous les deux ? demanda Ellen, brisant la magie de l'instant.

Chloé éloigna la main de Chase comme s'il avait eu la lèpre, et ses joues déjà rosies par la danse s'empourprèrent. Elle venait seulement de comprendre qu'elle et Chase avaient échangé un geste intime devant Ellen.

— J'ai eu l'impression de vivre un conte de fées, répondit-elle d'une voix douce en désignant les collines verdoyantes. Ça doit être merveilleux de venir travailler ici tous les jours.

— J'avoue que c'est carrément génial, approuva Ellen. Sauf quand une toquée loue le domaine pour son mariage et s'étonne que les raisins ne soient pas mûrs à point pour son Grand Jour ! Mais bon, je reconnais que le cas ne s'est produit qu'une fois.

Chase fut content d'entendre Chloé glousser et de constater que le léger malaise qu'avait fait naître la soudaine réapparition d'Ellen à ses côtés se dissipait.

Il apprécia la lueur de possessivité qui faisait briller ses yeux. L'aima, même. Il doutait que Chloé ait conscience de le regarder de cette façon ou de s'être progressivement rapprochée de lui, comme si, inconsciemment, elle cherchait à faire valoir les droits qu'elle avait sur lui vis-à-vis d'une rivale potentielle.

Elle avait eu beau dire et répéter qu'ils ne pouvaient vivre qu'une aventure, ce n'étaient que des mots. Apparemment, son cœur n'était pas du même avis.

Et Chase savait lui aussi à quoi s'en tenir.

— Marcus aurait voulu être là au moment de votre départ, mais il a dû aller en ville, leur apprit Ellen. Il vous prie de l'excuser.

Les fréquents voyages de son frère en ville ne disaient rien qui vaille à Chase. Il n'avait jamais beaucoup apprécié Jill, sa petite amie, même s'il s'était efforcé de garder l'esprit ouvert. Jill n'avait su séduire aucun des membres de la famille Sullivan. Certes, elle était superbe, mais sa beauté disparaissait sous la couche de glace dont elle s'enveloppait. Et son comportement, très collet monté, ne jouait pas non plus en sa faveur.

— Oh non ! s'exclama Chloé, déçue. J'aurais tellement aimé le revoir avant de partir pour le remercier de m'avoir reçue.

Chase la regarda mordre sa lèvre inférieure et fut incapable d'en détacher les yeux, pas plus qu'il ne fut capable d'exiger du reste de son corps qu'il se tienne correctement.

Jamais encore il n'avait désiré une femme de cette façon. Pas seulement physiquement. Pas seulement intellectuellement. Pas seulement sentimentalement.

Mais de toute son âme.

— Tu auras bien l'occasion de le revoir, Chloé, dit Ellen, visiblement perplexe.

— Chloé ! appela soudain Sara. Je n'arrive pas à sortir de ce truc ! Tu peux venir m'aider, s'il te plaît ?

— Il faut que j'aille aider les filles, s'excusa Chloé, soulagée de ne pas avoir à répondre. Contente de t'avoir revue, Ellen, ajouta-t-elle en tendant la main vers elle.

Les deux femmes échangèrent une poignée de main, et Chloé s'empressa de tourner les talons.

— Attends, dit Ellen à Chase, ne sachant toujours pas quoi penser. Pourquoi ne reverrait-elle pas Marcus ? Vous n'êtes pas ensemble, tous les deux ?

Chase passa la main dans ses cheveux, et la frustration qui l'avait rongé toute la journée resurgit soudain, nouant ses entrailles.

— C'est compliqué, soupira-t-il.

Ellen dirigea son attention vers Chloé, qui dégrafait la robe à corset d'esprit très bondage de l'un des modèles.

— Vu d'ici, ça m'a l'air très simple, au contraire. J'ai eu l'impression d'être soudain dans une fournaise quand vous vous êtes retrouvés, à l'instant.

Il savait qu'Ellen avait raison. Le fait qu'un homme tombe amoureux d'une femme n'aurait rien dû avoir de compliqué. Depuis le temps que les femmes passaient leur temps à tomber amoureuses de lui, Chase n'aurait jamais cru que l'histoire se terminerait comme ça – lui, tombant amoureux d'une femme qui avait peur de tomber amoureuse.

Il n'avait plus qu'une nuit devant lui pour la faire passer de « je ne peux pas » à « pour toujours ».

Il sentit la main d'Ellen se poser à nouveau sur son bras.

— L'autre soir, j'étais vraiment déçue que ce ne soit pas possible tous les deux, mais franchement, fit-elle en reportant son regard sur Chloé, j'espère que tout se terminera bien pour vous. Elle est très gentille et vous formez un supercouple. Qu'est-ce que tu dirais que je réserve un week-end pour vous, l'année prochaine, au cas où ? proposa-t-elle avec un grand sourire.

Chase eut soudain une vision à couper le souffle de Chloé vêtue d'une longue robe de mariée, l'attendant au milieu des vignes.

— Bonne chance, Chase ! conclut Ellen en s'éloignant.

Il se retourna vers Chloé, qui emballait soigneusement l'une des robes qu'ils avaient utilisées ce jour-là. Chase s'en était rarement remis à la chance jusqu'ici, n'avait jamais éprouvé le besoin de compter sur quelque chose d'aussi aléatoire et imprévisible. Il avait toujours été persuadé que seuls sa compétence et ses efforts lui permettraient d'obtenir ce qu'il voulait.

Mais, à cet instant-là, il craignit que la chance ne fût bien le seul atout qui lui restât.

14

Chloé agita la main tandis que le van de l'équipe se dirigeait vers le portail du domaine Sullivan.

— Je suis triste que ton shooting soit fini, dit-elle à Chase quand ils eurent regagné la maison d'hôtes.

— Oui, moi aussi.

C'était toujours dur de clore un bon projet. Et celui-ci s'était révélé particulièrement exceptionnel. Mais en même temps, il était content de se retrouver seul avec Chloé.

Il glissa sa main dans la sienne, la porta à ses lèvres et en effleura longuement les doigts.

— Accepterais-tu de sortir avec moi, Chloé ?

Elle cligna les yeux, surprise.

— On a déjà parlé de ça.

— Je ne parle pas de l'avenir. Seulement ce soir. C'est tout ce que je demande.

Il vit son hésitation. La façon dont elle se débattait entre ce qu'elle avait envie de faire et ce qu'elle estimait devoir faire.

— On sait aussi bien l'un que l'autre que je suis partante pour ce soir, répondit-elle finalement avec un léger sourire. Ce n'est pas la peine de m'inviter à dîner avant.

Le sursaut de colère qui le saisit face à cette formulation sous-entendant que la seule chose qui l'intéressait, c'était de coucher avec elle le prit par surprise et il fut incapable de le réprimer.

— Tu veux qu'on couche ensemble ? répliqua-t-il.

Il vit passer une lueur de désespoir dans son regard quand elle releva le menton, et la réponse qu'elle lui fit en ramenant aussitôt son attention sur lui était également désespérée.

— Oui !

Il s'empara de sa bouche, ardemment mais sans violence, bien qu'il s'employât déjà à lui baisser son short et sa culotte.

— Chase, gémit-elle contre sa bouche, plaquant ses hanches contre lui pour l'inciter à poursuivre.

Il évalua son désir et sut qu'il était aussi puissant que le sien.

— J'ai promis de toujours te donner ce que tu voulais. Dis-moi ce que tu veux.

Les pupilles dilatées de Chloé donnaient l'impression que ses beaux yeux bleus avaient viré au noir, et Chase vit clairement tout ce qu'elle essayait de réprimer, tout ce qu'elle tentait désespérément de fuir.

— Je t'en supplie, prends-moi, c'est tout ce que je te demande.

Il écarta brusquement les pans de son chemisier dont les boutons sautèrent, et sa bouche s'empara de son sein à travers la dentelle du soutien-gorge. Dans le même temps, les doigts de Chloé s'activaient habilement sur la fermeture de son jean et, en un rien de temps, se refermèrent autour de son sexe pour le caresser jusqu'à le faire effroyablement durcir.

Il renouvela la promesse qu'il venait de lui faire de lui offrir tout ce qu'elle voulait. Et même si la distance qu'elle s'appliquait à maintenir entre eux lui donnait l'impression qu'une bombe avait atterri sur son cœur, il saisit ses fesses à pleines mains et la souleva.

— Enroule tes jambes autour de moi.

Il la pénétra sans leur laisser le temps de respirer, et la chair de Chloé se contracta convulsivement autour de lui. Il savait qu'elle voulait qu'il la baise comme un fou. Il savait qu'elle voulait faire comme si ce qu'ils partageaient relevait uniquement de l'attraction sexuelle.

Mais lui ne pouvait pas se prêter à ce jeu-là.

Même pour elle. Même si elle venait de lui demander de la baiser sans se soucier du reste, il ne pouvait pas se contenter de la prendre contre la porte comme un animal en rut.

— Chloé.

Ses paupières, qu'elle avait fermées très fort, se rouvrirent lentement, révélant le trouble de son regard. Et toute l'émotion qu'elle contenait. Toute l'émotion qu'elle refoulait parce qu'elle avait surgi à un moment qui ne lui convenait pas. Parce qu'elle n'était pas prête à l'accueillir. Parce qu'elle croyait qu'elle devait être forte et le quitter le lendemain matin.

— Je ne peux pas, ma douce. Je ne peux pas faire comme si c'était seulement sexuel.

Chase avait besoin de voir son visage, voulait qu'elle reconnaisse la vérité de ce qui se passait entre eux.

— Je t'aime.

Elle sanglota son nom avant de l'embrasser comme si elle ne pouvait pas s'en passer, comme si elle mourrait sans ses baisers.

Chase sentit alors son corps prendre le dessus et n'écouta plus que son instinct quand il la souleva pour la faire coulisser sur son sexe, de façon à ce qu'ils se retrouvent liés aussi intimement que possible. Complètement, ultimement imbriqués l'un dans l'autre.

Il perçut la délicieuse et irrépressible trémulation de ses muscles internes une fraction de seconde avant qu'elle ne laisse échapper un cri étouffé dans sa bouche. La tête de Chloé bascula alors en arrière, et elle plaqua son bassin contre lui, éperdue de plaisir, de sorte que leurs corps entrent en contact au point de fusionner.

Chase l'aida à atteindre le plaisir en se laissant guider par ses pulsations. Il aurait voulu ne jamais se séparer d'elle et ne jamais la laisser s'éloigner de lui.

Mais quand elle pressa sa bouche contre son épaule pour étouffer une déclaration qui lui parvint à demi – *mon amour* – il se sentit perdre définitivement pied.

— Chase ?

Il les avait emmenés jusqu'au canapé et avait rabattu une couverture au-dessus d'eux alors qu'ils venaient à peine de reprendre leur souffle.

— Je sais que je n'arrête pas de demander ça, mais est-ce qu'on pourrait recommencer ?

Elle le sentit sourire contre son oreille.

— Bien sûr.

Chloé se hissa sur les coudes de manière à le scruter tout en restant dans ses bras.

— Tous les autres sont partis et il ne reste plus que moi pour dire : « Tu vas me manquer. »

Il soutint son regard.

— Ça t'amuse de débiter mon texte à ma place ?

Chloé savait qu'il la taquinait, mais s'étonna une fois de plus de son incroyable sens de l'humour.

— C'est vrai que c'est ce que tu es censé dire, confirma-t-elle.

— Toute l'équipe va me manquer, mais je suis content de me retrouver seul avec toi.

Elle eut envie de lui avouer qu'elle était désolée de lui faire de la peine. De ne pas avoir arrêté de lui en faire depuis le début. De ne pas avoir une seule fois répondu à ses « Je t'aime ».

— Je veux bien sortir avec toi ce soir, Chase, parvint-elle seulement à dire.

Voyant qu'il ne réagissait pas, elle prit une longue inspiration.

— Je t'en supplie, dis que c'est ce que tu veux aussi.

L'expression de Chase était toujours aussi sombre, toujours aussi intense quand il formula la réponse qu'elle venait d'exiger de lui.

— Oui.

Chloé sentit une douleur s'élever dans sa poitrine, son ventre, partout. La douleur que suscitaient en elle ses sentiments pour lui. Elle se força à sourire.

— Je ferais mieux d'enfiler un nouveau chemisier, alors.

Il baissa les yeux sur elle et parut remarquer le vêtement déchiré pour la première fois.

— J'ai été trop violent. Je n'en avais absolument pas l'intention.

D'un baiser, elle le fit taire.

— Non. Tu ne seras jamais violent avec moi.

Elle descendit de ses genoux et attrapa un cintre sur le portant avant de quitter la pièce.

— Je prends une douche et je me change. Je n'en ai pas pour plus de quelques minutes.

Chase se prit la tête dans les mains. Que venait-il de faire ? Il l'avait possédée comme un soudard contre la porte d'entrée. Chloé ne méritait pas d'être traitée comme ça. Cette femme était un joyau qu'on devait choyer et traiter avec tous les égards possibles.

Et il devait arrêter de lui dire qu'il l'aimait à tout bout de champ. Cela ne faisait que rendre les choses plus difficiles. L'inquiéter. Et l'éloigner de lui.

Sachant qu'il serait capable de la posséder contre la paroi carrelée de la salle de bains s'il s'avisait de la rejoindre, il passa dans une autre, qu'ils n'avaient encore ni l'un ni l'autre utilisée, et se savonna brièvement. Le simple fait d'imaginer

Chloé nue sous la douche au bout du couloir suffit cependant à le faire bander.

Il coupa complètement l'eau chaude et se força à rester sous le jet glacé.

Il voulait vraiment que cette soirée soit un rendez-vous amoureux et rien d'autre.

Pas un prélude à une nouvelle étreinte.

15

— Waouh ! C'est sublime. Je crois que je ne m'habituerai jamais à la splendeur de cette vue.

Ils étaient assis à une petite table tranquille de l'*Auberge du Soleil*, sur les hauteurs de Napa Valley, et Chase capta parfaitement le sens de ses paroles. Sauf que ce n'était pas le paysage qui lui faisait cet effet-là...

Il n'arrivait pas à détacher les yeux de son vis-à-vis.

Le serveur s'approcha et leur remit à chacun une flûte de champagne.

— Votre frère Marcus tient à vous faire savoir qu'il espère que vous passez une bonne soirée chez nous.

— J'aurais dû me douter qu'il avait des espions partout dans la région, dit Chase avec un sourire en coin, en levant son verre vers Chloé. Je te parie qu'il ne me laissera même pas offrir un dîner à ma copine. Il faut toujours qu'il affirme son statut de grand frère. Tant pis pour lui, on va commander ce qu'il y a de plus cher sur la carte !

Chloé secoua la tête, encore sous le coup de la surprise déclenchée par le geste de Marcus.

— Ça doit vraiment être génial de faire partie d'une grande famille. De savoir qu'ils seront toujours là pour toi.

Il eut envie de lui dire que, s'ils formaient un couple, elle serait automatiquement adoptée par le clan Sullivan et qu'ils veilleraient sur elle autant que lui. Il eut envie de le lui dire pour qu'elle sache qu'elle n'aurait plus jamais besoin d'avoir peur.

Mais il s'en abstint pour éviter de rompre l'enchantement.

— Des fois c'est génial, approuva-t-il du ton le plus guilleret qu'il put. Mais parfois, c'est assez pénible. Bon, on peut parler d'autre chose que de Marcus et de mes frères et sœurs, maintenant ?

Elle leva le regard vers lui, le verrouilla au sien, et ses yeux étincelèrent quand elle hocha la tête.

— J'ai déjà oublié leur existence.

— Parfait. Ce soir, je te veux rien que pour moi.

— Ce soir, lui fit-elle écho, je ne suis rien qu'à toi.

En l'entendant prononcer ces mots, Chase sentit un flot de chaleur inonder sa poitrine – inonder toute son âme.

« Je ne suis rien qu'à toi. »

Chase leva son verre.

— Aux soirs d'orage.

Elle fit tinter sa flûte contre la sienne.

— Aux soirs d'orage, répéta-t-elle d'une voix enrouée.

Il maintint son verre contre le sien.

— Et à la femme merveilleuse qui est entrée dans ma vie par le plus beau de tous les soirs d'orage.

Le regard de Chloé s'était voilé quand elle porta sa flûte à ses lèvres.

— Tu sais, dit-elle un peu plus tard, une fois qu'ils eurent savouré un repas absolument délicieux, je crois que ce dîner est le plus romantique que j'aie jamais eu l'occasion de faire.

— Je me suis dit qu'on avait bien mérité une petite touche romantique.

Chloé inclina gracieusement la tête vers son épaule et le contempla. S'autorisa à le contempler tout son saoul.

Au début, elle avait été trop subjuguée par sa beauté pour le voir vraiment. Et par la suite, elle avait eu peur de le dévisager à cause de ce qu'elle risquait de lire dans son regard... qui pouvait bien être un reflet du sien.

Comment pouvait-il ne pas se rendre compte que tout avait été merveilleusement romantique entre eux depuis l'instant où il l'avait rejointe au bord de la route, sous une averse de grêle, pour lui proposer de monter dans sa voiture ?

Elle sourit au souvenir de ce premier soir. Au souvenir de l'irrépressible désir qu'il avait fait naître en elle alors que la prudence lui imposait de ne plus jamais s'intéresser à un homme.

Elle se laissa aller un instant à faire comme si sa vie était vraiment comme ça. À faire comme si Chase et elle formaient un couple depuis plusieurs années. À faire comme si partager un dîner romantique dans un restaurant étoilé de Napa Valley faisait partie de leur lot quotidien.

À faire comme si elle était heureuse. Pas seulement le temps d'une soirée, mais en permanence.

Parce qu'elle se savait aimée.

Aimée pour ce qu'elle était vraiment.

— Je comprends pourquoi tes photos sont aussi belles, s'entendit-elle lui dire subitement. Tu ne te contentes pas de créer un fantasme que tout le monde pourra voir. Tu veux toi aussi croire à ce fantasme, n'est-ce pas ? Tu as dû passer ta vie à repousser les avances des femmes à coups de bâton.

— Un très, *très* long bâton, répondit Chase en adoptant le ton le plus lubrique dont il fût capable.

Chloé éclata de rire.

— Est-ce que tous tes frères sont comme toi ? demanda-t-elle alors que le serveur venait remplir leurs flûtes de champagne. Durs à l'extérieur et fondants à l'intérieur ?

Tandis que le serveur s'éloignait, Chase posa la main sur son cœur comme si Chloé venait de le blesser.

— Un jour, j'ai chipé un roman à ma sœur dans lequel le pénis du héros était décrit comme une « tige d'acier gainée de velours », et je suis à peu près certain que ce que tu viens de dire fait de moi un marshmallow enrobé de velours. Le serveur ne me regardera plus jamais de la même façon, maintenant. Il doit déjà être en train de téléphoner au Viril Club pour demander mon exclusion.

Cette fois, le rire de Chloé fut si retentissant que plusieurs têtes se tournèrent vers leur table.

— Être tendre ne t'empêche pas d'être viril !

— Cette déclaration aurait été nettement plus crédible si tu ne l'avais pas faite en gloussant à moitié, repartit-il d'un ton où la plaisanterie le disputait au sérieux.

— Désolée, dit-elle sans parvenir à cesser de pouffer. Mais je crois que je n'arriverai jamais à effacer les mots « marshmallow enrobé de velours » de ma mémoire ! Pas plus que l'image que ces mots ont fait surgir…

— J'ai l'intention de te les faire oublier dès ce soir, rétorqua-t-il avec un regard malicieux.

— Mais tu ne m'as pas répondu : est-ce que tous tes frères sont de grands sentimentaux ?

C'était plus fort qu'elle – elle adorait l'entendre parler de ses frères et sœurs, imaginer à quel point ça devait être confortable de savoir qu'ils étaient là. Pour rigoler avec eux. Plaisanter. Et même se chamailler.

— Je te jure que je ne le répéterai à personne, ajouta-t-elle.

Chase secoua la tête.

— Je crains que le fait de sauter sur tout ce qui bouge ne permette pas de qualifier qui que ce soit de sentimental. Le seul qui échappe à la règle, c'est Marcus. Enfin, maintenant. Avant de rencontrer la fille avec qui il est, c'était un chaud lapin.

— Sauter sur tout ce qui bouge, répéta Chloé en s'efforçant d'ignorer le nœud que cette expression avait fait naître dans son ventre. Du moment qu'il s'agit d'un jeu entre adultes consentants, j'imagine que ce n'est pas bien grave.

Mais Chase vit parfaitement clair en elle.

— Je ne vais pas te mentir, Chloé. J'étais comme ça, moi aussi.

Elle déglutit douloureusement. Le simple fait d'imaginer Chase regardant, embrassant, caressant, aimant une autre femme lui faisait horreur. Au point de lui retourner l'estomac.

— Je te remercie de ta franchise, articula-t-elle au prix d'un gros effort.

— Mais je ne veux plus être comme ça, dit-il en prenant sa main. Je ne veux plus être ce mec-là.

Chloé avait tellement envie de le croire. Mais elle savait d'expérience qu'entre vouloir et pouvoir, il y a une énorme différence.

— Est-ce que le fait de coucher avec moi ne contredit pas justement ce que tu viens d'affirmer ?

— Non.

— Si, Chase. On s'est rencontrés, j'ai « bougé », tu m'as sauté dessus.

— Avec toi, c'est différent, Chloé. Tu n'es pas comme les autres.

Chloé se sentit gagnée par la colère. Une colère dirigée contre elle-même, parce qu'elle était très tentée de croire au conte de fées qu'il lui débitait.

— Comment peux-tu le savoir ? Ça fait quatre jours qu'on s'est rencontrés et on a baisé chaque fois qu'on s'est retrouvés seuls. Je trouve que ça correspond parfaitement à la définition que tu viens de donner de tes frères et de toi-même. Sur ton prochain shooting, tu sauteras sur une autre fille qui ne pourra plus se passer de toi.

Elle vit une lueur d'irritation passer dans son regard. La même que celle qu'elle avait aperçue juste avant qu'il ne la prenne contre la porte quelques heures plus tôt.

Pourquoi le poussait-elle à bout, comme ça ? Pourquoi refusait-elle de croire ce qu'il disait à son sujet ?

Tout au fond d'elle-même, elle savait pourquoi. C'était parce qu'elle avait peur d'être toujours aussi niaise que la jeune femme de vingt-deux ans qui avait cru aux compliments et aux belles paroles de son ex, qui avait eu désespérément besoin de se sentir aimée… et qui s'était retrouvée mariée avec un homme qui ne la connaissait et qui ne l'aimait absolument pas.

Chloé ne savait pas à quelle réponse elle s'attendait de la part de Chase, si elle pensait qu'il allait l'entraîner derrière le restaurant pour lui prouver à quel point le courant passait bien entre eux, toutefois elle fut déconcertée en le voyant plonger la main dans la poche de sa veste et en sortir une enveloppe qu'il posa sur la table.

Elle considéra l'enveloppe, puis à nouveau Chase.

— Je ne suis pas tombé amoureux de toi parce que tu es une femme d'une rare beauté, déclara-t-il. Je ne suis pas tombé amoureux de toi parce que tu fais divinement bien l'amour. Je considère ça comme un simple bonus.

Chloé prit conscience qu'en trois phrases, il venait de surpasser toutes les déclarations d'amour qu'aucun homme lui ait jamais faites.

Ses mains tremblaient quand elle ramassa l'enveloppe.

Elle sentit qu'elle contenait des photos. Et elle eut peur de les regarder.

Pas par crainte de ne pas être à son avantage… mais parce qu'elle avait appris au cours des jours précédents que Chase voyait *tout*.

Et surtout les choses que les gens s'efforçaient de cacher.

Finalement, elle glissa un doigt sous le rabat de l'enveloppe et en sortit un petit paquet de photos.

Elle riait sur la première. La bouche grande ouverte, la tête rejetée en arrière à cause de ce qu'Amanda venait de lui afficher sur l'écran de son portable.

— Elle venait de me montrer une de ces bourdes hilarantes que commettent les correcteurs d'orthographe automatiques. Une femme avait écrit à son copain : « Je serai en retard. Le temps de finir avec mon clitoris, et j'arrive. » Son copain lui répond : « Sympa ton travail ! » et la nana rectifie : « Hahaha – je finis avec mon *client* – qui se marre aussi ! »

Chloé passa prudemment à la photo suivante. Elle riait aussi, au beau milieu de la piscine dans laquelle elle venait de tomber accidentellement en voulant aider Amanda à incliner correctement son chapeau sur sa tête. Un pas en arrière pour juger du résultat – et plouf !

Un sourire vint chatouiller ses lèvres avant qu'elle ait le temps de le sentir venir.

— J'ai passé de bons moments avec tout le monde, déclara-t-elle d'un ton empreint de nostalgie avant de prendre un autre cliché.

On la voyait en train de parler avec Marcus au cours du dîner qu'il avait donné pour l'équipe. Le vin l'avait détendue et elle avait complètement baissé sa garde face à leur hôte, au terme d'une journée qui s'était révélée très amusante. Son expression reflétait clairement son envie désespérée de laisser à nouveau le bonheur entrer dans son cœur.

Troublée par ce que Chase lui montrait d'elle-même, elle s'empressa d'examiner la photo suivante sur laquelle elle pliait une robe, des échantillons de tissus étalés sur ses genoux.

Elle ne s'était encore jamais vue ainsi. Ne s'était jamais vue en pleine rêverie créatrice.

L'émotion qui l'étreignit menaça de la submerger, et elle passa à la dernière photo.

Oh.

Elle regretta de ne pas s'en être tenue à la rêverie créatrice et à l'envie désespérée de bonheur.

Celle-ci avait été prise à la fin de sa première journée dans le vignoble, quand elle avait levé les yeux après le départ de l'équipe et qu'elle avait découvert Chase derrière son appareil photo juché sur un trépied. Elle se souvint de la terreur qui l'avait assaillie à l'idée qu'elle avait oublié de cacher ses sentiments. Des sentiments auxquels elle ne comprenait rien parce qu'ils étaient trop bruts, trop frais.

Si purs.

— Demande-moi encore comment je sais que tu es différente, Chloé.

Les photos glissèrent de ses mains et retombèrent sur la table.

Elle n'avait pas besoin de le lui demander.

Chase avait rapproché son siège de façon à prendre sa main sous la table.

— Merci, dit-elle, la gorge nouée par l'émotion. J'ai passé une soirée merveilleuse, ajouta-t-elle en serrant sa main entre les siennes. Une soirée parfaite.

Elle sentit des larmes remonter dans sa gorge et redouta de craquer. Elle pouvait éclater en sanglots sur un seul mot gentil, un seul regard chaleureux.

Elle tâchait si fort de se maîtriser qu'elle ne se rendit pas compte que Chase s'était levé avant qu'il ne la tire doucement par la main. Confuse, elle battit des cils, se leva et le laissa la guider à travers la salle, la paume qu'il avait placée au creux de ses reins déclenchant une sensation tout à la fois agréable et excitante. Il l'attira alors dans ses bras, et ils se mirent à danser sur la chanson que le trio de jazzmen qui animait la soirée venait d'entamer.

« *The Look of Love*[1] ».

Chloé leva les yeux vers lui, stupéfaite.

— Cette chanson... commença-t-elle.

Elle tourna la tête vers les musiciens avant de ramener son attention sur Chase et de secouer la tête.

— C'est comme s'ils savaient...

Sa voix se brisa avant qu'elle ne finisse sa phrase. Mais elle devait le faire. Elle devait se l'avouer à voix haute. L'avouer à Chase.

---

1. *The Look of Love* est également le titre original de ce livre. L'auteur joue donc ici entre le titre de la chanson et celui de son ouvrage. (*N.d.T.*)

Elle s'exprima d'une voix si douce, à peine un murmure, qu'elle ne fut pas certaine qu'il l'entendrait :

— C'est comme s'ils savaient de quelle façon tu me regardes.

Et elle savait, maintenant qu'elle avait vu la photo qu'il avait prise d'elle au terme de cette première journée dans le vignoble, qu'elle aussi le regardait avec les yeux de l'amour.

Blottie au creux de ses bras, le cœur battant contre le sien, Chloé laissa aller la tête contre l'épaule de Chase… et donna enfin libre cours à ses larmes.

Chase ne s'était encore jamais senti dans cet état, comme si son cœur se brisait à chacun de ses battements, tandis que Chloé pleurait en dansant avec lui.

Il aurait voulu pouvoir lui donner tout ce qu'il avait. Tuer tous les dragons qui la menaçaient. La serrer dans ses bras et ne jamais la laisser partir. Il lui avait dit qu'il l'aimait, mais il savait qu'elle était toujours persuadée qu'elle devait le quitter pour se prouver qu'elle était forte.

Elle venait de lui dire que la soirée était parfaite et elle fondait en larmes.

Chase avait toujours su quoi faire en toutes circonstances. Les femmes ne lui avaient jamais posé de problèmes, mais il savait à présent que c'était parce qu'il ne s'en était jamais vraiment soucié.

Jusqu'à ce qu'il tombe amoureux de Chloé.

Il aurait aimé qu'il y ait une réponse simple, qu'il suffise par exemple de démolir l'ex-mari de Chloé pour le punir de lui avoir fait du mal et que, une fois que cette menace aurait disparu, tout irait pour le mieux dans le meilleur des mondes.

Mais combien de fois lui ou l'un de ses frères s'étaient-ils mis en tête de casser la figure d'un type qui s'était mal comporté avec l'une de leurs sœurs pour s'entendre dire par celle-ci au final : « Je ne suis pas un bébé ! Je peux régler mes affaires toute seule ! »

Chase réussirait-il à la laisser partir pour faire ce qu'elle pensait être juste ?

Et à quel point le haïrait-elle s'il n'y arrivait pas ?

16

Quand la chanson s'acheva, Chloé était parvenue à se ressaisir. Elle se félicita de ne s'être que très peu maquillée et sécha discrètement ses larmes quand Chase l'entraîna sur une superbe terrasse, embaumant la lavande et le romarin, qui jouxtait un long terrain de pétanque.

— Quand j'étais petite, j'adorais regarder les gens jouer aux boules, dit-elle afin de redonner un caractère de normalité à la soirée, alors qu'elle venait de pleurer sur son épaule. Je me faufilais en douce dans les parcs et je les regardais jouer en famille.

— Et tu ne participais pas ?

Elle secoua la tête.

— Pas officiellement. Mais quand il n'y avait personne, je faisais semblant de jouer avec des balles de tennis que j'avais ramassées.

Elle lâcha la main de Chase, s'approcha de l'allée ensablée et ramassa l'une des lourdes boules de pétanque qui se trouvaient là.

— Les autres jouaient avec de vraies boules comme celle-là, se souvint-elle avec un petit rire. Si un bouliste m'avait vue, il aurait pensé que je me moquais de lui avec mes balles de tennis.

Elle fut surprise de voir Chase ôter sa veste et relever les manches de sa chemise.

— Montre-moi comment on joue.

Elle faillit lui dire qu'elle n'avait pas eu l'intention de conclure leur soirée hyperromantique par une partie de pétanque. Mais n'était-ce pas justement l'une des choses qui lui plaisaient tellement en lui ? Avec Chase, il n'y avait aucune règle. Pas de « il faut », pas de « ça ne se fait pas ».

Et surtout, pas de « je t'interdis ».

Elle retira ses escarpins pour éviter d'endommager la piste et ramassa le cochonnet.

— Ça, c'est la cible – qu'on appelle le cochonnet. On la lance et ensuite on essaie de s'en rapprocher le plus possible en visant juste avec les boules en métal.

Elle en saisit une et la lui tendit avec un sourire.

— Tiens, comme tu es un garçon, tu vas prendre les bleues.

En prenant la boule, il s'arrangea pour l'attirer vers lui. Sa bouche recouvrit celle de Chloé d'une façon qui parut à cette dernière tout à la fois familière et étrangement choquante. Instinctivement, elle posa sa main libre sur la nuque de Chase et se hissa sur la pointe des pieds pour lui rendre son baiser.

Le bruit d'une voiture sur la route lui rappela qu'ils étaient dans un lieu public et elle se força à s'écarter de lui.

Chase effleura sa lèvre inférieure de son pouce.

— Je suis déjà certain d'adorer ce jeu.

La chaleur de ces paroles lui fit piquer un fard, bien qu'elle n'ait plus aucune raison de rougir en sa présence. Pas après toutes les façons dont ils avaient fait l'amour, dont elle avait joui sous les caresses de sa bouche et de ses mains.

Quelque chose lui disait pourtant qu'elle rougirait toujours avec lui, que cette sensation d'envol de papillons s'élèverait toujours au creux de son ventre quand il la regarderait avec ces yeux-là.

Elle aurait tellement voulu pouvoir envisager un avenir avec lui, imaginer à quoi ça ressemblerait, se laisser aller à rêver d'enfants qui auraient les prunelles et le teint cuivré de Chase.

Mais elle n'en avait pas le droit ce soir. Elle devait se contenter de savourer l'instant présent.

— Comment s'établit le score ? s'enquit Chase, l'extirpant de ses réflexions négatives.

Elle se mit en devoir de lui expliquer que l'équipe dont les boules se trouvaient le plus près du cochonnet était celle qui remportait la partie.

— J'ai une idée, fit-il une fois qu'elle lui eut expliqué les règles en détail.

Chloé perçut nettement le ton malicieux qui sous-tendait cette déclaration.

— J'ai hâte d'entendre ça.

À dire vrai, le simple fait d'être avec Chase était si merveilleusement excitant et jubilatoire que le jeu le plus basique devenait bien plus amusant que tous les divertissements sophistiqués auxquels elle ait jamais participé.

À quoi ressemblerait une vie de couple avec lui ? Chaque jour serait-il meilleur que le précédent ?

Perdue dans ses pensées, elle fut surprise de sentir ses doigts effleurer le dessous de son menton. Elle leva les yeux, et ses genoux faillirent la trahir quand elle découvrit le désir – et l'amour – qui faisait briller son regard.

— Essaie de deviner de quelle façon j'envisage de modifier la règle du jeu, reprit-il de sa belle voix grave.

— Chaque fois qu'un joueur perd un point, il doit embrasser l'autre ?

Il approcha sa bouche tout près de la sienne.

— Délicieuse innocence, souffla-t-il contre ses lèvres.

— Mais tu as l'intention de remédier à cela, n'est-ce pas ? demanda-t-elle, le souffle court.

— Pas toi ? répondit-il, agissant ainsi sur ses plus secrets fantasmes, comme par un défi caressant.

Oh, mon Dieu ! Elle se sentit à deux doigts de l'orgasme, là, au beau milieu d'un terrain de pétanque de Napa Valley.

— Si.

L'aveu avait franchi ses lèvres avant qu'elle ait eu le temps de réfléchir, et Chase les emprisonna avec les siennes, bien trop brièvement au goût de Chloé.

— Si je gagne, je fais de toi ce que je veux cette nuit. Si tu gagnes, c'est toi qui fais de moi ce que tu veux.

Oh, là, là ! Ils n'allaient pas jouer pour le seul plaisir de marquer des points. Ils allaient se jouer l'un l'autre. Cette proposition indécente fit naître un véritable brasier au creux de son ventre, brasier dont la chaleur se propagea instantanément jusqu'à ses pointes de seins.

— Si je gagne, dit-il d'une voix qui fit pulser le sang dans ses veines comme si elle venait d'avaler un verre de tequila, je pourrai exiger de toi absolument tout ce que je désire.

Elle sentit ses lèvres s'entrouvrir sur un soupir d'extase.

— Tout ?

— Tout.

Non. Bon sang, non ! Elle n'aurait pas dû essayer de deviner ce que recouvrait ce mot.

— N'importe quoi ?

Il effleura délicatement sa chevelure du bout des doigts.

— N'importe quoi, Chloé.

Elle avait déjà commis bien plus de folies avec Chase pendant ces quelques jours qu'au cours de toute sa vie. Dans la baignoire. Sur le balcon. Debout.

Elle tenta de se convaincre qu'il n'existait rien de plus, mais n'y parvint pas.

Elle savait bien qu'il existait d'autres choses. Elle le savait pour en avoir rêvé. Pour avoir rêvé de toutes ces caresses interdites qu'elle avait désirées autrefois, mais auxquelles on l'avait défendu de penser sous prétexte qu'elles étaient sales.

— Et si tu gagnes, belle Chloé, tu pourras faire de moi ce que tu veux.

Oh, mon Dieu ! Cette fois, Chloé se demanda si elle avait envie de gagner… ou de perdre.

Chase n'avait encore jamais pratiqué la pétanque, mais il s'était souvent livré à des jeux similaires avec ses frères, quand ils s'entraînaient à lancer des cailloux sur une cible. Au début de la partie, il avait donc été certain de gagner, mais il n'avait pas tardé à déchanter.

Avant la dernière manche, le score était de 14 à 13 pour Chloé.

— Tu n'es pas mauvaise, aux boules, lui dit-il.

— Je sais, répondit-elle avec un petit sourire satisfait.

Il adora le baiser mutin qu'elle planta sur ses lèvres, et le fait qu'aucune ombre n'obscurcisse son regard depuis le début de la partie.

— Chercherais-tu à me distraire ? demanda-t-il.

— Je ne me gênerais pas pour le faire si c'était nécessaire...

Il l'attira dans ses bras.

— Tu viens de me donner une excellente idée, dit-il en couvant sa belle bouche d'un regard ardent. Prépare-toi à être distraite.

— Fais du mieux que tu pourras, le défia-t-elle.

— Je t'aurai prévenue...

Il l'embrassa alors, et son baiser fut tel qu'ils en oublièrent momentanément la partie.

Chase dut faire un effort surhumain pour mener son projet à bien et s'écarter d'elle brusquement.

— À toi, souffla-t-il.

Le regard de Chloé était flou et vitreux.

— À moi de quoi ?

Son sourire machiavélique lui apprit que Chase avait atteint l'objectif qu'il s'était fixé, et son regard se clarifia.

— Ah, oui. La partie.

Elle fit mine de rouler des yeux menaçants.

— Prépare-toi à mordre la poussière, Beau Gosse.

Mais quand elle se pencha en avant pour ramasser sa boule, Chase sut que Chloé lui avait déjà fait mordre la poussière depuis longtemps.

Qu'elle était belle ! Et rien qu'à lui, nom de Dieu. De même qu'il lui appartenait corps et âme.

Il n'était pas question de rapport de force entre eux. Ils ne cherchaient pas à dominer l'autre.

Chaque fois qu'elle se mettait en position de tir, Chloé était obligée de relever sa robe. Elle avait de très belles jambes, fermes et musclées, et ses pieds nus étaient adorables sur le sable. Chase désirait chaque parcelle de son corps.

De même qu'il aimait chaque recoin de son cœur.

— Arrête de me regarder comme ça.

— De te regarder comment ? s'enquit-il d'un ton innocent.

— Comme si tu étais le Grand Méchant Loup et que j'étais le Petit Chaperon rouge.

— Hmm, fit-il d'un ton rêveur, voilà une excellente thématique pour ce soir. Après ma victoire, ajouta-t-il après une pause.

— Compte là-dessus et bois de l'eau, marmonna-t-elle si bas qu'il l'entendit à peine, avant de lancer sa boule rouge.

Elle percuta celle de Chase en plein centre, l'éjectant au bord de la piste.

Chloé se redressa et le toisa d'un regard si jubilatoire – si charmant, si pur et d'une telle douceur – qu'il dut se retenir de toutes ses forces pour s'empêcher de s'agenouiller devant elle pour la demander en mariage sur-le-champ.

— Encore un coup comme ça, et c'est moi qui gagne, déclara-t-elle d'un ton d'intense satisfaction. Et une fois que j'aurai remporté la victoire, tu seras à moi.

Chase pouvait faire plusieurs tours de piste et traverser un lac à la rame sans jamais perdre son souffle. Mais quand il se retrouvait en face de Chloé, il avait l'impression d'être asthmatique.

Il vit sa main trembler quand elle ramassa la dernière de ses boules rouges. Elle leva les yeux vers lui et soutint son regard un long moment, avant de reporter le sien sur le cochonnet et de lancer sa boule d'un élégant mouvement du bras. Celle-ci atterrit juste à côté du cochonnet.

Elle avait gagné.

Cependant, au lieu de se tourner vers lui et de pousser des cris de victoire, elle se contenta de rester debout, les yeux rivés au sol. Finalement, elle se retourna lentement vers lui.

— Il est temps de rentrer, non ?

Il eut envie de lui dire que ce n'était qu'un jeu. De l'attirer dans ses bras et de lui assurer qu'elle n'avait aucun souci à se faire.

Mais quelque chose l'en empêcha – la même qui l'avait empêché au cours des quatre derniers jours d'aller trouver son ex pour le démolir.

Chase avait su que Chloé était forte dès l'instant où il l'avait trouvée au bord de la route.

Mais le fait qu'il le sache ne suffisait pas.

La jeune femme avait besoin de se prouver à elle-même qu'elle était forte. Et qu'aimer Chase ne la priverait pas de sa force.

Il se rapprocha et tendit la main vers elle. Attendit qu'elle prenne une décision quant à la façon dont cette soirée se poursuivrait. Si elle ne se contenterait pas d'assouvir les fantasmes de Chase, mais jugerait bon de se l'approprier, corps et âme.

Finalement, elle plaça sa main dans la sienne.

— Tout aurait été tellement plus simple, dit-elle quand leurs doigts entrèrent en contact, si c'était toi qui avais gagné.

— Je sais. Mais tu ne m'as pas laissé une seule chance de sauver mon cœur, déclara-t-il en soutenant son regard. Pas une seule seconde.

17

Tout.

N'importe quoi.

Chloé sentit sa bouche devenir de plus en plus sèche et son cœur battre de plus en plus vite tandis qu'ils regagnaient le vignoble de Marcus.

Elle tenta d'établir la liste de toutes les raisons qu'elle avait de ne pas avoir peur.

1. Elle n'était pas une vierge effarouchée.
2. Ils avaient déjà fait l'amour plusieurs fois.
3. Il l'aimait.
4. Et elle était à peu près certaine d'être elle aussi en train de tomber amoureuse de lui.

Oh, mon Dieu, c'était bien ça le problème.

Elle était amoureuse de lui !

Elle ne savait pas trop s'il n'aurait pas été plus simple de faire tout ce qu'elle voulait de lui si elle n'avait pas été amoureuse. N'être que deux corps s'accouplant, deux bouches s'entredévorant, une mêlée de mains et de membres à mille lieues des sentiments et de l'amour lui paraissait soudain bien plus simple.

Exclusivement sexuel. N'était-ce pas ce qu'elle avait souhaité – ou du moins ce qu'elle s'était raconté qu'elle souhaitait – avec Chase ?

Mais son cœur savait que c'était un mensonge.

Son cœur avait toujours su ce qu'il voulait.

Et son cœur ne nierait jamais que l'amour – l'amour pur et simple – était tout ce qu'elle voulait. Tout ce qu'elle avait jamais désiré.

Une part d'elle fut surprise que Chase n'ait pas cherché à la tranquilliser durant le trajet. Elle percevait ses inquiétudes aussi clairement que sa passion. Savait qu'il n'aimait pas la sentir assise auprès de lui les entrailles nouées. Mais au lieu de voler à son secours et de tenter d'apaiser ses craintes, il lui laissait le champ libre pour résoudre les choses à sa manière.

Chloé ne put que l'en aimer davantage, pour la foi qu'il avait en elle, même si elle était convaincue qu'elle ne saurait jamais comment se tirer de la situation où elle s'était mise.

Quand ils franchirent le portail du vignoble Sullivan, Chase prit sa main dans la sienne, et elle sentit qu'il lui transmettait sa confiance et son amour.

Un sourire monta alors à ses lèvres, le premier depuis qu'elle avait remporté la victoire et que le poids de ce que celle-ci représentait s'était brutalement abattu sur elle.

Leurs doigts ne se séparèrent que le temps de descendre de voiture. Marcher main dans la main avec lui, sentir sa force et son équilibre lui paraissait si rassurant qu'au lieu d'attendre qu'il ouvre la porte, elle saisit la poignée une fois qu'il l'eut déverrouillée et l'ouvrit à sa place.

— Quand tu m'as amenée ici le premier soir, j'étais terrifiée, avoua-t-elle alors qu'ils pénétraient dans le living.

Cet aveu ne lui coûta cependant rien en comparaison de celui qui suivit – ô combien plus dur.

— À ce moment-là, je croyais que je ne serais plus jamais capable d'éprouver des sentiments pour qui que ce soit, et pourtant, je ne pouvais pas m'empêcher d'avoir envie de toi, dit-elle en prenant son visage en coupe. D'avoir envie de te toucher, ajouta-t-elle en effleurant son menton du bout de ses doigts – qu'elle fit remonter le long de ses joues et qu'elle enfouit sous ses cheveux. J'avais terriblement envie de savoir si tu saurais rendre ma peau aussi brûlante que tu le fais maintenant. Et je rêvais de découvrir le goût de ta bouche, avoua-t-elle en se hissant sur la pointe des pieds pour l'embrasser.

Sa bouche effleura juste assez la sienne pour qu'elle y devine la saveur qu'y avaient laissée le chocolat de son dessert et le vin qu'ils avaient bu pendant le dîner. La seule qui l'intéressait vraiment, c'était celle qui n'appartenait qu'à lui… l'homme qui avait su ramener son âme à la vie.

Les mains de Chloé s'engouffrèrent sensuellement dans la chevelure de son amant, puis glissèrent le long de sa nuque et enveloppèrent ses épaules.

— J'ai eu envie de te déshabiller pour vérifier si tu étais aussi parfait que tu en donnais l'impression.

Elle sentit son cœur battre sous sa paume quand il entreprit de déboutonner sa chemise.

— Mon petit doigt me disait que ce serait le cas, murmura-t-elle en dévoilant son torse avec une lenteur délibérée.

Elle ne put s'empêcher de presser les lèvres contre sa peau et sentit vibrer un grondement dans sa poitrine, mais il demeura immobile.

Ses mains tremblaient quand elle entreprit de défaire le reste des boutons de sa chemise et qu'elle en sortit les pans de la ceinture du pantalon, avant de la faire glisser sur ses épaules pour la laisser retomber par terre.

— Je n'ai jamais vraiment eu l'occasion de t'admirer comme j'en avais envie.

Alors même qu'elle prononçait ces mots, les muscles de son torse et de son abdomen jouèrent sous sa peau.

— Tu as l'air un peu tendu, chuchota-t-elle.

Elle n'aurait jamais cru possible d'apprécier autant son rôle de meneur de jeu. Elle appuya les paumes sur sa poitrine et flatta ses pectoraux.

— Ça te soulage que je te caresse comme ça ? demanda-t-elle en prenant une voix sensuelle.

— Oui, mentit-il dans un souffle.

Un souffle affamé.

Au bord du désespoir.

Elle avança la tête et appliqua un baiser au creux de son épaule.

— Alors il va falloir que je continue.

Elle fit courir la pointe de sa langue à la naissance de son cou, humectant sa peau avant d'y planter délicatement ses dents. L'espace d'un instant, elle comprit la jouissance que devait ressentir un vampire et compatit au sort du pauvre

Edward, qui s'était si longtemps retenu de planter ses crocs dans la gorge de Bella.

Un nouveau grondement lui échappa, et Chloé sentit ses muscles et sa peau vibrer sous ses mains.

Un miracle lui permit d'écarter les lèvres de son cou afin de poursuivre son objectif.

Ce soir, Chase lui appartenait.

Il était sa chose parce qu'elle l'avait gagné haut la main.

Et elle avait l'intention de tirer de chacune des heures, de chaque précieuse minute qui les séparaient de l'aube, tout le plaisir qu'elle pourrait.

Elle posa les doigts sur la boucle de sa ceinture et entreprit d'en faire jouer le cuir. La peau de Chase était tiède, et le léger murmure de satisfaction qui échappa à Chloé résonna dans le silence de la pièce.

— Tu es plus belle que jamais quand tu me déshabilles.

Le compliment se répercuta à travers chaque cellule de son corps avant de se concentrer au niveau de son plexus solaire. Elle leva les yeux vers lui.

— Tu me tues, Chloé.

Le regard de Chase lui fit l'effet d'une caresse sans qu'il ait besoin de la toucher et la troubla au point qu'elle déglutit.

Sa bouche lui fit oublier un instant son projet de le déshabiller totalement, mais la tentation était si belle qu'elle n'y résista pas. Sans détacher les mains de son ceinturon, elle se hissa sur la pointe des pieds pour lui offrir à nouveau un doux baiser.

Ils savaient tous deux que ce geste symbolisait la promesse de ce qui allait suivre ; il saurait précisément ce qu'il représentait pour elle quand le soleil se lèverait à nouveau sur le vignoble.

Son souffle s'était fait haletant quand elle éloigna ses lèvres des siennes pour reporter son attention sur son pantalon. Sitôt la ceinture défaite, elle baissa la braguette, tira sur le vêtement et le regarda avec plaisir tomber au sol. Chase l'enjamba, et Chloé sentit la chaleur de son sexe en érection se rapprocher de son ventre.

Il resta immobile devant elle, seulement vêtu de son caleçon et tentateur comme le péché. Mais la jeune femme ne s'estimerait pas satisfaite tant qu'elle ne l'aurait pas entièrement déshabillé, tout comme il s'appliquait à le faire avec elle. Chaque fois qu'ils avaient fait l'amour, Chase ne s'était pas contenté de lui retirer ses vêtements, il l'avait lentement dépouillée de ses peurs. De ses hésitations. De la certitude solidement ancrée qu'elle ne pouvait pas espérer qu'un homme comme lui puisse l'aimer.

En faisant glisser son caleçon sur ses hanches, elle voulait surtout procéder avec lenteur, de façon à savourer chaque instant de sa découverte.

Ses mains finirent par avoir le dessus sur son esprit et glissèrent le pouce sous l'élastique du caleçon, de part et d'autre de ses hanches. Elle dut tirer dessus, et une fois qu'elle eut dégagé son érection, elle se pétrifia, subjuguée.

— Tu me donnes envie de faire des choses que je n'ai jamais désirées depuis une éternité.

Il n'eut pas besoin de prononcer les mots : « Eh bien, fais-les » pour qu'elle les entende. Pas plus qu'elle n'eut besoin de son intimation silencieuse pour s'agenouiller devant lui. Et elle ne requerra aucun encouragement pour se pencher en avant et faire courir sa langue le long de son membre, tendu à l'extrême.

— Chloé.

Ses mains, qu'il s'était sagement appliqué à maintenir le long de son corps, s'immiscèrent dans la chevelure de la jeune femme.

Celle-ci se sentait avide de lui, affamée, heureuse de découvrir la texture de son sexe sous ses propres lèvres. Si quelqu'un s'était avisé de lui prédire, une semaine plus tôt, qu'elle adorerait aimer un homme de cette façon – n'importe lequel sur terre – elle aurait eu la certitude que la personne en question était bonne pour l'asile.

Mais c'était tellement bon de le savourer ainsi, de sentir ses mains se crisper dans ses cheveux, de savoir qu'elle le rendait fou de plaisir avec sa langue, frôlant légèrement de ses dents la turgescence de son gland. Quand elle ouvrit toute grande la bouche pour l'aspirer, elle sentit les muscles de ses cuisses se contracter et devenir durs comme le marbre sous ses mains.

Son plaisir fut aussi le sien quand elle fit coulisser ses lèvres le long de son membre pour l'absorber jusqu'au fond de sa gorge. Elle sentit qu'il veillait scrupuleusement à lui laisser toutes les initiatives et, bien que ça lui plût énormément, elle regretta de ne pas sentir le moment où il perdrait le contrôle.

Guidée par son instinct féminin, l'une de ses mains se détacha de la cuisse de Chase pour enserrer la chair fragile située en dessous de son sexe, tandis que l'autre en empoignait la base. La pointe de sa langue encercla suavement l'extrémité sensible de son sexe.

— Il faut que tu arrêtes, l'entendit-elle dire à des années-lumière de distance. Je ne peux plus me retenir.

Elle ne voulait pas qu'il se retienne. Même si son corps hurlait du besoin de sentir ses caresses et malgré son envie de l'entraîner par terre pour qu'il grimpe sur elle et la possède, elle voulait aller jusqu'au bout de ce qu'elle avait commencé.

Et ce fut la raison pour laquelle, au lieu de s'arrêter, elle donna tout ce qu'elle avait pour satisfaire celui qui lui avait montré que le plaisir ne souffrait aucune limite.

Elle le sentit s'allonger, enfler de plus en plus sous sa main, alors que le sel de son excitation humectait sa langue. Mais elle en voulait davantage, voulait tout de lui, et le lui fit savoir en le prenant à nouveau complètement en bouche, le coulissement de ses lèvres sur la rigidité de son pénis s'accompagnant d'un long gémissement.

Une fraction de seconde plus tard, le cri de plaisir de Chase, aussitôt suivi d'un serment d'amour, se répercuta à travers la pièce tandis que son membre se mettait à pulser sous ses lèvres. Elle dut ouvrir plus grand la bouche sous ses poussées de plus en plus intrusives, tandis qu'il lui offrait ce qu'elle voulait et qu'il acceptait de se départir de toute retenue.

Et comme Chloé demeurait agenouillée devant lui, serrant sa hampe dans ses mains, subjuguée par le va-et-vient de son membre dans sa bouche, elle se départit, elle aussi, de toute sa retenue.

Chase n'avait rien vu venir. Il ne s'était pas attendu à la victoire de Chloé et encore moins à ce que cela signifie qu'elle allait le rendre fou avec sa bouche, sa langue, ses dents et ses mains.

Ses jambes le soutenaient à peine après l'orgasme fulgurant dont elle venait de le régaler.

Quand il trouva enfin la force de rouvrir les yeux, il découvrit Chloé, toujours agenouillée à ses pieds, le gratifiant d'un doux sourire qui démentait ce qu'elle venait de lui faire. Un sourire qui reflétait le même désir renouvelé que celui qu'il ressentait.

— Tu es délicieux, déclara-t-elle d'un ton joyeux.

À l'entendre, il venait de lui donner tout ce dont elle avait toujours rêvé en jouissant dans sa bouche.

Chaque fois qu'ils avaient joui ensemble, elle avait trouvé le moyen de liquéfier ses neurones. Et il savait qu'ils auraient pu passer soixante-dix ans ensemble sans que cela change rien à l'affaire : la femme merveilleuse qu'il avait en face de lui l'éblouirait toujours.

Chloé se redressa et se frotta tendrement contre lui d'une façon qui ne manquait pas de sensualité.

— Je suis si heureuse de t'avoir gagné, dit-elle juste avant de faire courir sa langue sur son torse.

Alors qu'il venait de jouir à se faire exploser la tête, il aurait dû se sentir repu, ne serait-ce que quelques minutes, mais ce simple coup de langue suffit à faire affluer le sang dans son aine.

Chase recouvrit des mains l'arrondi des hanches de son amante et apprécia le doux contact de sa chair sous ses paumes quand il l'attira vers lui, pour insérer sa cuisse entre celles de Chloé. Le soupir de plaisir de cette dernière quand il appuya contre son mont de Vénus passa comme un souffle d'air chaud sur sa propre poitrine.

Chase savait qu'il devait lui laisser les rênes, mais il avait tellement besoin de la toucher, de lui rendre ne serait-ce qu'une fraction du plaisir qu'elle venait de lui procurer...

Elle approcha sa bouche de l'autre côté de son torse tout en chevauchant sa cuisse de son entrejambe brûlant et moite.

Chase avait cru qu'il était prêt à affronter cette nuit, prêt à s'en remettre à Chloé, qu'il serait à la hauteur du sort qu'elle lui réservait.

Elle lui prouvait sa bêtise.

Les presque vingt ans qu'il avait consacrés à coucher avec tous les mannequins et toutes les actrices qu'il voulait n'avaient été que le prologue du livre expliquant l'art et la manière de faire l'amour à la femme dont il était vraiment amoureux.

À chaque instant, il découvrait que l'amour rend tout complètement différent.

Plus grave.

Mieux.

Infiniment plus doux.

— Chase ?

Il baissa les yeux et découvrit que la femme qui le tenait sous sa coupe posait sur lui un regard déterminé.

Et empli d'espoir.

— Je sais ce que je veux faire maintenant.

Elle fit cette déclaration d'une voix si haletante d'impatience que Chase fut certain qu'il serait entré en éruption s'il n'avait pas joui un instant plus tôt.

— Tout ce que tu veux, promit-il. N'importe quoi.

— Je veux…

Elle s'interrompit brusquement, comme si elle manquait d'air subitement, et une ombre d'incertitude passa sur son visage.

— Dis-le-moi, Chloé. Dis-moi ce que tu veux. Laisse-moi te le donner. Fais-toi ce cadeau.

Quand elle écarquilla les yeux en l'entendant formuler la chose de cette façon, Chase comprit qu'il venait de marquer un point.

— Je veux me donner à toi.

Elle prit une longue inspiration.

— Je veux que tu…

Il vit que sa belle Chloé, la femme qu'il aimait et qui venait de le prendre en bouche sans marquer la moindre hésitation, était effrayée par ce qu'elle allait lui demander.

— Je veux que tu m'attaches.

Chase en oublia de respirer, fut incapable pendant une fraction de seconde de se rappeler comment faire entrer l'oxygène dans les poumons.

Cette nuit ne serait pas strictement sexuelle. Il le savait. Il l'avait su dès le départ.

Mais il n'avait pas su grand-chose d'autre, n'avait pas imaginé qu'elle voudrait renverser toutes les barricades qu'elle avait érigées autour de son corps – et de son cœur.

Il eut envie de lui dire que rien ne l'obligeait à faire ça, qu'elle était déjà la personne la plus courageuse qu'il ait jamais connue mais, avant qu'il ait pu le faire, elle releva le menton comme si elle avait entendu les mots qu'il n'avait pas encore prononcés.

— C'est ma nuit. Tu m'appartiens. Je peux tout exiger de toi. N'importe quoi.

Elle noua ses mains aux siennes.

— C'est de ça que j'ai *besoin*.

— Je t'aime.

Il rapprocha ses lèvres des siennes et les embrassa. Une, deux, trois fois.

— Que dirais-tu de vérifier la solidité des montants du lit ?

Un éclair de désir fit briller les yeux de Chloé... accompagné par la frayeur que lui inspirait sa propre volonté de rompre avec le passé.

Mais Chase saurait lui montrer à quel point le fait de céder le contrôle à quelqu'un qu'on aime – et qui vous aime en retour – peut se révéler délicieux.

— Oui, dit-elle en serrant sa main très fort. Je t'en prie, allons-y.

18

Chloé s'immobilisa sur le seuil de la chambre qu'ils avaient partagée, et Chase se tourna vers elle. Il observa son expression avant que son regard ne se pose sur sa main, étreignant fortement la sienne.

— Chloé ?

Elle savait qu'elle devait se montrer forte. Elle voulait se montrer forte, pas seulement pour lui, mais pour elle-même.

— J'ai confiance en toi.

Mais son cœur, lui, murmurait : *Je t'aime*.

Elle sentit ses grandes mains encadrer son visage et caresser ses joues.

— Ma belle Chloé.

Sa bouche s'empara de ses lèvres pour les savourer tel un précieux nectar.

— Si douce.

Il fit courir sa langue sur sa lèvre inférieure.

— Si courageuse, ajouta-t-il, lui tirant un frisson.

Elle ne se sentait pas courageuse. Elle se sentait dans la peau d'une actrice qui s'apprête à endosser un rôle trop grand pour elle.

Mais elle n'était pas dans un studio de cinéma. Il ne s'agissait pas d'une émission de télé qu'elle pouvait tranquillement regarder depuis son canapé. Il s'agissait de sa vie.

Une vie qu'elle avait besoin de reconquérir, dans son intégralité.

— Montre-moi comme c'est bon, Chase. Montre-moi comme ça devrait toujours être.

Il la souleva dans ses bras, si prestement que ses poumons se vidèrent quand ses pieds quittèrent le sol. Elle aimait être dans ses bras, savoir qu'elle serait toujours en sécurité avec lui.

Il traversa la chambre pour la porter jusqu'au lit. Mais il ne la déposa pas tout de suite. Pas alors qu'elle avait besoin qu'on chasse toutes ses peurs avec des baisers.

Quand il écarta finalement la tête dans l'intention de la poser sur le lit, la soudaine disparition de sa chaleur et de la pression de ses muscles arracha à Chloé un cri plaintif. Lentement, le regard de Chase passa de son visage au galbe de ses seins qui se tendaient presque douloureusement sous la soie fine de sa robe. Le jupon s'était soulevé et répandu comme une corolle autour de ses cuisses et ce fut vers ses jambes que la main de Chase se tendit spontanément. Sa paume glissa depuis sa cheville jusqu'à la peau sensible de sa cuisse.

Elle gémit de plaisir et s'arqua vers lui de tous ses membres, pour mieux lui offrir son corps, pour se livrer complètement à lui.

— Est-ce que tu as seulement idée de l'effet que ça va me faire de te voir nue et entravée pour moi ? De savoir que tu me fais assez confiance pour te laisser aimer de cette façon-là ?

Un flot de désir gagna le haut des cuisses de la jeune femme. Incapable de lui répondre, elle ne put que lui adresser une prière désespérée.

— S'il te plaît, Chase…

Elle s'était juré de ne plus jamais supplier un homme pour quoi que ce soit mais, avec Chase, elle n'avait pas l'impression d'être dans le registre de la supplication. C'était l'expression des besoins de son corps – de son âme –, des besoins refoulés depuis trop longtemps.

Les mains de Chase saisirent le bas de sa robe pour la soulever de plus en plus haut, révélant progressivement ses hanches, sa taille, ses seins. Sans attendre qu'il lui demande de lever les bras, elle l'aida à la retirer. Elle avait hâte de se retrouver nue devant lui, de sentir sa peau contre la sienne.

Les yeux de Chase étaient partout à la fois ; sur son visage, ses seins, son string.

— Je n'ai encore jamais ressenti une envie aussi puissante de photographier quelqu'un.

Chloé n'était pas assez folle pour autoriser un homme à prendre des photos d'elle nue.

— J'ai confiance en toi, Chase.

Elle aurait dû être surprise par ses propres mots, mais sa confiance en lui était telle, sa foi en sa bonté si absolue, qu'elle n'avait pas eu un instant d'hésitation.

Chase concentra son regard sur celui de Chloé.

— Non. Jamais, déclara-t-il en plaçant les mains sur ses hanches d'un geste purement possessif. Si quelqu'un d'autre que moi tombait sur ces photos et te voyait me regarder avec ces yeux-là, je serais obligé de le tuer.

Les mots chatouillèrent le bout de sa langue. Oui, elle fut sur le point de lui dire qu'elle l'aimait mais, avant qu'elle les ait prononcés, il s'était mis en devoir de faire rouler son string le long de ses jambes. String qui alla rejoindre la superbe robe qu'il avait spécialement choisie pour elle.

— Je devrais attendre que tu sois attachée pour te faire ce que je meurs d'envie de te faire.

Normalement, elle aurait dû l'attendre. Mais c'était sa nuit à elle. Et c'était elle qui commandait.

— Je t'ai gagné, lui rappela-t-elle.

Chase posa sur elle un regard obscurci par le désir.

— Oui, confirma-t-il d'un murmure ardent qui passa sur sa peau comme un souffle brûlant.

— Tu dois faire tout ce que je veux.

Elle s'humecta les lèvres, puis mordit sa lèvre inférieure.

— Absolument tout, insista-t-elle.

Chase posa les mains sur ses cuisses pour l'inciter à les écarter.

— Regarde comme tu es belle, dit-il d'une voix rauque, empreinte d'une grande révérence.

Chloé baissa les yeux vers la partie de son corps qui réclamait douloureusement ses attentions. Savoir que cet homme merveilleux lui appartenait avait quelque chose de grisant.

D'autant qu'il ne lui appartenait pas seulement parce qu'elle l'avait gagné au jeu.

Il lui avait donné son amour.

Un amour qu'elle avait désespérément envie d'accepter.

— Goûte-moi, Chase.

Elle avait prononcé ces mots à voix basse, à peine un chuchotis, et elle ne fut pas certaine qu'il l'ait entendue. Mais il ne tarda guère à faire remonter sa main le long de sa cuisse, de plus en plus haut, et elle retint son souffle dans l'attente de l'instant où ses doigts entreraient en contact avec sa fente moite.

Là. Oh oui, là, c'est bon.

La vision de sa grande main glissant lentement sur elle était si excitante qu'elle aurait voulu continuer à le regarder la caresser, mais les sensations qu'il éveillait étaient si puissantes que ses muscles se relâchaient complètement. Ses jambes s'écartèrent spontanément, elle ferma les paupières et laissa aller sa tête sur l'oreiller avec un râle de plaisir qui emplit la chambre.

Les doigts de Chase allaient et venaient, l'amenant encore et encore au bord de l'orgasme, sans jamais l'autoriser à basculer complètement.

Elle souleva les hanches pour accompagner ses caresses, mais il persista à se contenter de l'agacer. Le flot de chaleur qui irradiait au creux de son ventre s'intensifia, et elle fut sur le point de le supplier de lui donner ce dont elle avait besoin.

Elle se souvint alors de ce qu'elle oubliait sans cesse : cette nuit lui appartenait.

Elle trouva miraculeusement la force de soulever la tête et d'ouvrir les yeux.

— Je t'ai dit de me goûter, dit-elle d'un ton de commandement. Pas de jouer avec moi.

Elle vit ses yeux briller de malice et comprit qu'il avait volontairement attendu ses instructions. La pensée de toutes les choses délicieusement décadentes qu'elle voulait qu'il lui fasse lui tira un frisson de plaisir.

Elle ouvrait la bouche pour lui ordonner de se mettre à l'ouvrage quand il écarta lentement les doigts de ses cuisses pour les porter à sa bouche.

Oh, mon Dieu ! Chloé ne pouvait pas croire qu'elle le regardait lécher l'essence de son excitation sur ses doigts.

— C'est ça que tu voulais que je fasse ? C'est comme ça que tu voulais que je te goûte ?

Elle lui aurait répondu plus vite si sa main n'était pas revenue entre ses jambes pour la caresser de façon à l'enfiévrer davantage.

Elle aurait voulu continuer son petit numéro de dominatrice, mais elle ne s'en sentait pas la force tant qu'elle n'aurait pas obtenu ne serait-ce qu'un léger soulagement qui l'autoriserait à penser clairement.

— Regarde ce que tu me fais, Chase.

Il répondit par un grondement presque désespéré quand elle se pressa contre sa main, formulant ainsi une prière silencieuse l'implorant d'intensifier ses caresses.

— Tu es si belle, Chloé.

Le son de sa voix, l'admiration que reflétaient ses yeux et son expression d'adoration suffirent à la faire basculer dans l'extase.

L'instant d'après, Chloé avait complètement perdu le contrôle de ses sens pour s'abandonner entièrement à la jouissance. Elle arrivait à peine à respirer et ne pouvait pas articuler un seul mot, mais elle n'eut pas besoin de lui rappeler l'ordre qu'elle lui avait initialement donné, car avant même qu'elle ait récupéré de son orgasme fulgurant, la bouche de Chase, chaude et moite, s'immisçait entre ses cuisses.

Elle se cambra vers lui, enfouit les mains dans ses cheveux et poussa un long cri d'extase. Elle ne pouvait pourtant pas déjà se retrouver à nouveau au bord du plaisir, prête à voler une fois de plus en éclats !

Croire une telle chose revenait à ignorer le talent de Chase. Talent qui consista en l'occurrence à faire glisser sa langue le long de sa fente avec un art consommé.

Il fallait qu'elle le voie faire ça. Il fallait qu'elle rouvre les yeux pour le regarder l'aimer ainsi.

Visiblement en phase avec chacun de ses mouvements, chacune de ses pensées, Chase, alors qu'il lapait le repli moite de ses lèvres, leva les yeux vers elle. Chloé y lut toute la puissance de son désir et de son amour.

Son regard était si intense qu'il suffit d'un seul coup de langue pour que l'orgasme la submerge à nouveau. Sa peau était emperlée de sueur, et son cœur n'avait jamais battu aussi fort quand il lui fit atteindre cet endroit enchanté dont elle n'avait encore jamais réalisé qu'il lui était parfaitement accessible. Elle en avait seulement eu l'intuition la première fois que Chase l'avait touchée. Embrassée.

Quand elle avait senti son amour.

— Je devrais être comblée, maintenant, haleta-t-elle lorsqu'elle retrouva un semblant de souffle.

Chase avait écarté sa tête de ses cuisses et pressait de doux baisers sur son ventre et sous ses seins qu'il pétrissait tendrement.

— Je ne devrais pas avoir encore envie, reprit-elle.

— Mais… l'incita-t-il à poursuivre avant de plonger la pointe de sa langue au creux de son nombril et d'en mordiller délicatement le pourtour.

— Mais j'ai encore envie, avoua-t-elle. Très envie.

Chloé devina ce qui allait se passer. Il allait s'allonger sur elle. Elle l'enlacerait de ses bras, nouerait ses jambes autour de sa taille, et il la posséderait comme elle en avait si désespérément envie.

Au lieu de quoi, elle le vit se lever du lit pour aller ouvrir le tiroir d'une commode. Il en sortit quatre coupons du plus merveilleux tissu que Chloé ait vu jusque-là.

— Je les avais mis de côté pour toi, fit-il en revenant vers elle. Dans l'espoir qu'ils te soient utiles pour tes patchworks.

Chloé tendit la main pour caresser l'étoffe.

— Chase.

Ses yeux étaient embués de larmes. Mettre ces tissus de côté pour elle était l'acte le plus gentil qu'on ait jamais accompli à son égard.

— Je ne sais pas quoi dire. Mer… voulut-elle dire malgré tout.

Chase avait posé un doigt sur ses lèvres pour la réduire au silence avant qu'elle ait pu finir.

— Tu me remercieras plus tard, une fois que je t'aurai fait hurler de plaisir, plaisanta-t-il.

Il effleura sa poitrine du rebord de l'un des morceaux d'étoffe.

— Qui aurait pu prédire que ces coupons se révéleraient aussi utiles, ce soir ?

Chloé sentit son souffle se bloquer dans sa gorge. Ils étaient venus dans cette chambre pour qu'il l'attache, mais elle avait eu tellement envie de lui qu'elle avait perdu de vue son objectif.

— Tu vas t'en servir pour m'attacher ?

Il la gratifia du plus divin de ses sourires et hocha la tête.

— Il va falloir que tu sois bien sage et que tu ne tires pas trop fort dessus quand tu jouiras pour moi, sinon tu risques de les abîmer.

Face à son expression désespérée, Chase se pencha pour l'embrasser tendrement.

— Je dis ça pour te taquiner, ma douce. Tire dessus autant que tu veux et jouis aussi fort que tu en as envie. Je trouverai pour toi d'autres tissus encore plus beaux.

Elle était tellement concentrée sur ce qu'il lui disait de sa belle voix de velours qu'elle remarqua à peine qu'il avait soulevé son bras et passé un morceau d'étoffe autour de son poignet. Quand elle prit conscience de ce qu'il était en train d'accomplir, elle se raidit violemment.

Les gestes de Chase se ralentirent, et il se mit à caresser doucement la face interne de son poignet plutôt que de continuer à l'attacher. Chloé se détendit sous ses caresses.

— Parle-moi encore de la façon dont tu vas me faire jouir, dit-elle en s'efforçant de chasser ses craintes de son esprit.

Elle apprécia la note de surprise qui teinta son rire.

— Es-tu bien certaine de vouloir que je te le dise ?

Son poignet droit était assujetti au montant du lit quand il eut fini de poser cette question.

Oh, mon Dieu ! Chloé n'était plus sûre de rien à présent. Tout ce qu'elle savait, c'était qu'elle devait aller au bout de cette aventure, coûte que coûte. Elle ne voulait pas être spoliée de sa sexualité une seule nuit de plus. Pas une seule satanée nuit de plus. Elle était ainsi faite, la nature l'avait conçue telle qu'elle était, et elle savait que Chase ne lui ferait aucun mal.

Qu'il se contenterait de l'aimer.

Il aurait sans doute été plus facile de fermer les yeux pendant qu'il l'entravait, mais elle refusa de choisir la facilité. Plutôt que d'attendre qu'il lui lève le bras, elle le mit elle-même en place.

Chase récompensa cette initiative d'un sourire et retint son souffle quand elle souleva volontairement les hanches pour frôler son sexe en érection, tandis qu'il passait près d'elle pour lui lier l'autre main.

— Heureusement que je t'attache, sinon je risquerais de me retrouver dans une situation embarrassante, dit-il d'une voix troublée.

Chloé s'émerveilla de ce qu'il parvienne à la faire rire alors que la position dans laquelle elle se trouvait était nettement plus propice à la crise d'angoisse.

— Essaie de tirer sur le tissu.

Il n'avait pas attaché ses jambes, mais il avait entravé ses poignets assez étroitement pour qu'elle ne puisse pas s'enfuir ni chercher à se protéger si elle en ressentait le besoin.

Elle attendit d'être gagnée par la panique, parce qu'elle savait que cela se produirait forcément. D'une seconde à l'autre, elle serait submergée par l'effroi et elle le supplierait de la détacher, de la laisser regagner un lieu sûr, un endroit où elle ne serait pas forcée d'affronter ses peurs.

Mais les secondes passèrent, et elle ne sentait que la tiédeur des caresses de Chase sur ses hanches, sa taille et son visage. Et tout ce qu'elle savait c'était qu'il la regardait comme si elle était la seule personne au monde qui eut de l'importance à ses yeux.

Elle comprit alors quelque chose qu'elle aurait dû comprendre depuis longtemps : Chase avait aussi peur qu'elle.

Il craignait qu'elle ne s'autorise jamais à l'aimer en retour.

Si elle en avait eu la possibilité, elle aurait posé la main sur lui pour le rassurer.

— J'ai peur, Chase.

Il n'eut pas une seconde d'hésitation et entreprit de dénouer l'un de ses liens.

— Non, dit-elle, d'une voix enrouée. Ce n'est pas ça qui m'effraie.

Ses mains s'immobilisèrent sur son poignet.

— Chloé, ma douce, tu n'es pas obligée de faire ça.

Elle sentit un sanglot remonter dans sa poitrine.

— Crois-moi, dit-elle. J'ai essayé de ne pas le faire.

Elle ferma les paupières, mais cela ne l'empêcha pas de sentir Chase absolument partout. Son odeur, le bruit de sa respiration, la chaleur de son corps sur sa peau nue.

— Mon amour.

Elle avait déjà murmuré ces mots au creux de son cou. Elle n'avait pas pu les garder pour elle, alors qu'une telle vague de plaisir la submergeait. Ils étaient spontanément venus chatouiller ses lèvres comme une promesse silencieuse à l'homme qui l'avait irrésistiblement attirée à lui.

Elle attendit qu'il lui demande de le dire vraiment, rassembla ses forces pour affronter sa question.

Mais les réactions de Chase étaient rarement prévisibles : alors qu'elle s'attendait à ce qu'il lui fasse avouer ses sentiments pour lui, profitant du fait qu'elle était attachée et qu'il jouissait d'un très net avantage sur elle, elle eut la surprise de sentir le matelas remuer sous le poids de son corps, puis la caresse tiède de ses mains sur ses jambes, depuis le haut de ses cuisses jusqu'à ses genoux, sur le muscle de son mollet et autour de ses chevilles.

Elle rouvrit soudain les yeux. Elle avait été sur le point de lui avouer qu'elle l'aimait alors qu'il ne pensait qu'à finir de l'attacher.

Mais, oh, quelle sensation délicieuse de le sentir écarter ses jambes, de le regarder se pencher en avant pour appliquer un baiser sur la chair ardente et moite au creux de ses cuisses, avant de reporter son attention sur le lien qu'il passait autour de sa cheville.

— J'aime beaucoup le goût que tu as, dit-il avec nonchalance avant de faire glisser sa langue le long de sa fente.

L'assaut de ses sens fut tel que, si elle n'avait pas été attachée, Chloé aurait bondi hors du lit.

— Tu es si belle, murmura-t-il contre ses lèvres moites. Et ton corps répond si bien à toutes mes caresses.

Elle écarta sa jambe libre pour s'offrir à lui davantage.

— Plus qu'une jambe, dit-il doucement.

Elle était en passe de comprendre ce qu'il venait de dire, quand sa langue la pénétra.

Toutes les sensations de son corps se concentrèrent en un seul point, qui se retrouva au bord de l'explosion, et elle cessa de respirer, cessa de penser et en oublia ses craintes, même quand il releva la tête et qu'il lia son autre cheville.

Mais il ne laissa pas le temps à ses synapses de frémir à nouveau. Dès qu'elle fut attachée, la bouche de Chase fut à nouveau là, entre ses cuisses, et s'affaira à lui donner plus de plaisir qu'aucune femme n'en avait encore jamais reçu.

Elle ne tira pas sur ses liens pour tenter d'échapper à la délicieuse perversité des caresses de sa langue, à l'intrusion diabolique de ses doigts dans la chaleur convulsive de son sexe, elle ne se débattit même pas parce qu'elle avait peur... non, elle ne tira sur ses liens que parce que c'était merveilleusement bon de sentir qu'elle se donnait à cent pour cent, qu'elle accordait toute sa confiance à l'homme qu'elle aimait. Il l'avait déjà fait jouir deux fois, mais c'était sans importance parce qu'elle savait déjà qu'elle ne pourrait jamais se passer de lui, qu'elle ne se lasserait jamais de lui.

Elle entendit des gémissements et des supplications résonner dans la chambre, mais elle était tellement partie que, lorsqu'elle se rendit compte que c'était d'elle que ces bruits émanaient, un flot de plaisir fulgurant avait déjà balayé son univers ; et elle comprit en même temps qu'après son passage, il ne resterait plus qu'une seule chose.

— Mon amour.

Les mots franchirent ses lèvres, encore et encore jusqu'à ce que Chase rapproche son visage du sien et que sa bouche répète les mêmes mots, jusqu'à ce qu'il l'embrasse et la pénètre, brûlant et ferme, la comblant si parfaitement qu'elle se crut au bord de l'explosion, tant son corps, sa poitrine, son cœur étaient gonflés d'amour, de tout l'amour que Chase avait pour elle. Elle ne pouvait l'envelopper ni des bras ni des jambes mais, d'une certaine façon, elle se sentit plus proche de lui qu'elle ne l'avait jamais été, surtout quand il s'agenouilla et qu'il souleva son bassin de façon à ce qu'elle puisse voir son sexe coulisser en elle.

— Regarde comme tu es belle, Chloé. Regarde comme tu es courageuse.

Il ne l'avait pas pressée d'en dire plus un instant plus tôt quand les mots « mon amour » lui avaient échappé parce qu'il avait attendu que ses peurs se dissolvent d'elles-mêmes.

Regarder son sexe aller et venir en elle était incroyablement beau.

Sensuellement choquant.

— C'est toi qui es attachée, dit-il d'une voix tremblante, et pourtant c'est moi qui me sens vulnérable.

Chloé n'avait encore jamais connu d'homme capable d'une telle franchise vis-à-vis de ses sentiments et de ses émotions. Elle n'aurait jamais cru qu'un tel homme puisse exister.

Chase était bien plus qu'un preux chevalier à l'armure étincelante.

Il était son miracle personnel.

— Je t'aime.

Un bonheur incroyable l'envahit en même temps que le plaisir.

— Je t'aime tellement.

Vif comme l'éclair, si vif que Chloé se demanda comment il s'y était pris, Chase la libéra de ses liens ; ils se retrouvèrent enlacés dans les bras l'un de l'autre, et Chase roula sur lui-même pour qu'elle se retrouve au-dessus de lui.

Chloé baissa les yeux sur l'homme qui avait su exhumer son cœur, un cœur si profondément enseveli qu'elle le croyait mort à tout jamais, qu'elle avait oublié son existence.

Finalement, ce furent ses yeux – les yeux de l'amour, d'un amour qui promettait d'être éternel et sur lequel elle pourrait toujours compter – qui la firent irrémédiablement basculer.

Et Chloé se laissa complètement aller dans les bras aimants de Chase.

19

Chloé se réveilla, les jambes enchevêtrées avec celles de Chase. Allongé sur le côté, prenant appui sur un coude, il l'observait.

— Bonjour.

Elle se sentait ensommeillée, tiède et merveilleusement heureuse.

— Salut.

De sa main libre, Chase écarta doucement ses cheveux de son front et, alors qu'elle n'était pas encore complètement réveillée, elle sentit qu'il était tendu.

Leur nuit avait été tellement incroyable, du début à la fin, qu'elle avait été à peine capable de l'assimiler, d'assumer le plaisir inimaginable que le simple fait d'être avec Chase déclenchait en elle.

Un dîner romantique parfait.

Suivi d'une nuit d'amour aussi vicieuse que tendre et qui l'avait emmenée au-delà de l'extase.

— Je t'aime.

La tension disparut de ses traits et de ses muscles quand il lui sourit. Il pressa tendrement les lèvres contre les siennes et accomplit le tour de force de lui couper le souffle sans même avoir cherché à le faire.

Elle se tortilla et se contorsionna pour s'asseoir, le dos calé à la tête de lit. Le drap ne couvrait pas ses seins, mais la pudeur était bien le cadet de ses soucis. Elle sentit qu'elle se préparait à atermoyer et se détesta de rendre la situation encore plus tendue... mais ce qu'elle ressentait était arrivé si brusquement qu'elle était à peine capable d'intégrer ses émotions au fur et à mesure qu'elles la traversaient.

— Je ne veux pas que tu t'en ailles.

La déclaration passionnée de Chase trouva un écho au plus profond de son âme.

— Je t'aime, dit-il en lui prenant les mains. Et tu m'aimes.

— Chase, je...

Il posa un doigt sur ses lèvres.

— S'il te plaît, laisse-moi ajouter encore une chose.

Elle s'immobilisa, puis acquiesça.

— Je sais que tu veux te prouver certaines choses. Mais tu n'as rien à prouver. Tu es une femme extraordinaire. La personne à la fois la plus douce et la plus forte que j'aie jamais eu l'honneur de connaître. Je sais que tu es capable de gérer ce que tu te proposes de faire.

Il lui caressa la joue, et Chloé laissa aller la tête au creux de sa main. De sa main aimante.

— Laisse-moi t'aider, reprit-il. Laisse-moi être là pour toi. Près de toi. À deux, on sera plus forts.

Toute la nuit, tandis qu'elle dormait entre ses bras, l'inconscient de Chloé avait turbiné, s'appliquant à trouver une solution à la situation dans laquelle elle se retrouvait. Elle avait passé quatre jours de rêve à s'extasier de la douceur des sourires de Chase, de la chaleur de ses baisers, du bien-être qu'elle ressentait quand elle était avec lui et à savourer ses mots d'amour, aussi merveilleux qu'inattendus. Elle avait essayé de se convaincre que son départ restait la meilleure des solutions, que c'était ce qu'elle devait faire pour découvrir sa propre force.

Mais l'amour – l'amour qu'elle ne pouvait plus faire semblant de ne pas ressentir pour Chase – avait tout changé.

Il avait même changé son entêtement à faire retraite pour se prouver qu'elle était forte, qu'elle n'était pas une victime. Il aurait fallu qu'elle soit complètement idiote pour quitter un homme tel que Chase.

Elle n'avait pas toujours fait preuve d'une intelligence exceptionnelle, mais elle avait tiré la leçon de ses erreurs. Elle ne tournerait pas le dos à un amour aussi pur et vrai.

— Le soir où tu m'as trouvée au bord de la route, dit-elle d'une voix douce, j'étais persuadée que je ne pourrais plus jamais faire confiance à un homme. Que c'était impossible. Et puis tu es entré dans ma vie et tu as tout chamboulé. D'un seul coup, je me suis retrouvée obligée de réviser toutes mes certitudes et toutes mes croyances. Je n'avais pas envie de me poser toutes ces questions, ajouta-t-elle en secouant la tête. Je ne voulais pas commettre à nouveau l'erreur de nourrir de faux espoirs. Je ne voulais pas me retrouver une fois de plus à croire en quelque chose de faux.

M'accrocher à mes vieilles certitudes aurait été beaucoup plus facile. Me dire – et te dire – que notre relation était purement sexuelle, c'était aussi une solution de facilité. Il fallait que je trouve une justification pour m'autoriser à apprécier tes caresses et tes baisers.

Chloé prit conscience qu'il valait mieux qu'elle soit toute nue pour confesser à Chase ses pensées les plus intimes, les plus secrètes. Elle n'avait plus envie de lui cacher quoi que ce soit. Plus jamais. Elle lui avait volontairement donné son corps. Son cœur.

Et son âme.

— Je crois que je savais depuis le début que notre relation allait bien au-delà de l'aspect physique. Que je ne pourrais pas m'empêcher de tomber amoureuse de toi. J'ai eu beau essayer de me raconter je ne sais combien de fois qu'il fallait que je parte, chaque fois je sentais mon cœur se briser à l'idée de te quitter. Je pensais que, pour être fort, il faut être seul sans personne sur qui s'appuyer. Et puis je t'ai entendu parler de ta famille, je t'ai vu avec Marcus, je t'ai vu travailler avec ton équipe. Tu m'as prouvé que la vraie force consiste justement à apprendre à faire confiance aux autres. Tu m'as donné envie d'avoir le courage de tomber une nouvelle fois amoureuse.

Chloé se rapprocha de Chase, et le drap glissa complètement quand elle s'agenouilla devant lui, pressant leurs mains jointes contre son cœur.

— Je souhaite toujours devenir plus forte et m'améliorer... mais quand je suis avec toi, je me sens déjà plus forte et meilleure que je ne l'ai jamais été. Ton amour me donne l'impression que je vais peut-être enfin réussir à trouver la femme que je cherche en mon for intérieur depuis des années.

Des larmes roulaient sur ses joues tandis qu'elle révélait la nature profonde de ses sentiments.

— Je sais que nous allons bientôt devoir abandonner la bulle dans laquelle nous vivons depuis notre rencontre, mais je ne veux pas te quitter. Ni maintenant ni jamais.

Son cœur battait fort, incroyablement fort, tandis qu'elle attendait qu'il réponde à la mise à nu qu'elle venait d'effectuer devant lui. Son cœur battait si fort qu'elle avait l'impression qu'il gisait là, entre eux, sur les draps.

Mais l'homme qu'elle aimait ne dit rien. Il se contenta de la caler sur ses genoux et de la serrer dans ses bras.

Alors que tous ses rêves devenaient réalité, Chloé eut soudain envie de rire. De joie. Elle eut aussi envie de pleurer pour faire savoir à la petite fille au fond d'elle à quel point elle lui était reconnaissante de ne jamais avoir abandonné ses rêves.

Et elle eut envie d'aimer l'homme qui avait su prendre son cœur et qui le gardait avec le sien.

Elle fit son choix et mordilla les lèvres de Chase, une, deux, trois fois de suite. À chaque morsure, elle sentit son sexe s'allonger et durcir.

Elle n'y réfléchit pas à deux fois. Elle n'avait plus besoin de cacher ses désirs désormais. Elle se souleva juste assez pour que son érection se niche au creux de ses jambes et s'empala sur lui.

Son pénis était de belle taille, mais Chloé était déjà plus que prête à le recevoir. Elle l'avait été dès l'instant où le mot « bonjour » avait franchi les lèvres de Chase.

Elle sentit qu'il avait du mal à garder son sang-froid, mais il la laissa prendre les rênes comme il l'avait fait la veille. Cependant, Chloé adorait lui faire perdre toute maîtrise. Et elle avait désespérément besoin de la lui faire perdre, encore et encore jusqu'à ce qu'ils ne pensent plus du tout, jusqu'à ce qu'ils ne puissent plus ni l'un ni l'autre s'interrompre pour réfléchir et se faire du souci.

— Hier soir, dit-elle en remontant le long de son sexe dur comme le marbre, tu te souviens du moment où je t'avais en bouche ?

Elle redescendit sur lui et le sentit pulser en elle, ce qui manqua déclencher sa propre réponse explosive.

— Tu étais si belle, Chloé.

On dirait que chacun de ses mots n'est que souffrance, songea-t-elle en se soulevant à nouveau.

— Qu'est-ce que tu as préféré ? demanda-t-elle d'un ton de parfaite innocence. Me voir agenouillée devant toi ? suggéra-t-elle en battant des cils. Ou bien regarder ton sexe aller et venir dans ma bouche et mes lèvres s'écarter pour te prendre tout entier ?

Elle sentit la vibration de son grognement prendre naissance en bas de ses poumons, avant de jaillir contre ses lèvres quand il s'empara de sa bouche pour l'embrasser avec passion.

Une fraction de seconde plus tard, elle se retrouvait sur le dos, les bras étirés au-dessus de sa tête,

Chase immobilisant ses poignets d'une main. Il la besogna – encore et encore – et elle enroula ses jambes autour de sa taille pour qu'il la pénètre plus fort – de plus en plus profondément.

La façon dont il entravait ses bras ne lui faisait absolument pas peur mais, avant qu'elle ait pu lui dire à quel point elle aimait ce qu'il lui faisait et qu'elle était sur le point de voler en éclats, il s'immobilisa en elle.

— Je ne te prendrai jamais rien que tu ne veuilles me donner. Mais j'ai tellement envie de toi, tu me rends fou au point qu'un jour, je risque de perdre la tête.

Elle aima qu'il se soucie de son cœur alors même que leurs corps étaient près de les trahir. Mais elle le connaissait assez désormais pour ne plus avoir besoin de ce genre de pause. Elle n'avait plus besoin d'être rassurée, elle savait qu'elle était en sécurité avec lui.

— J'aime te faire perdre la tête. J'adore savoir que je peux avoir cet effet-là sur toi. J'aime savoir que je peux partager tous mes fantasmes avec toi, que des fois tu m'attacheras et que d'autres fois ce sera moi qui t'attacherai pour te lécher absolument partout.

— S'il m'arrivait un jour d'aller trop loin, je ne pourrai jamais me le pardonner, Chloé.

— Il n'y aura jamais de *trop loin* entre nous, Chase. Aucune limite. On n'en a pas besoin, je le sais maintenant. Pas quand c'est l'amour qui inspire chacun de nos baisers, fit-elle en l'embrassant. Chacune de nos morsures, ajouta-t-elle en lui mordillant l'épaule avant de faire passer sa langue sur l'empreinte laissée par ses dents. Pas quand c'est l'amour qui me dicte de te supplier de me prendre plus fort. Plus vite.

Elle contracta ses muscles internes autour de lui pour illustrer cette dernière déclaration.

Et elle plongea son regard au fond de ses superbes yeux verts qui l'avaient toujours regardée avec admiration, avec amusement… et avec passion.

— Je suis comme de la pâte à modeler entre tes mains, et ça me plaît. Prends-moi, Chase. Transforme-moi à ta guise, dit-elle en faisant glisser sa langue sur ses lèvres. Va trop loin. C'est moi qui te le demande.

À peine son défi eut-il retenti dans la chambre que tout devint flou pour Chloé. Chase l'avait soulevée et l'avait placée à quatre pattes sur le lit.

Oh, mon Dieu, pensa-t-elle quand il la prit par-derrière.

Ses poings se crispèrent sur le drap et elle s'y agrippa de toutes ses forces tandis qu'il la pilonnait sans relâche, ses mains passant de ses hanches à ses seins avant de s'immiscer entre ses cuisses, traçant le parfait chemin du plaisir.

Comme elle aimait le sentir s'affranchir de toutes ses chaînes et abattre ses ultimes remparts.

Chloé n'avait plus peur d'être dominée, et Chase ne se retenait plus par crainte de l'effrayer. Il n'y avait désormais entre eux que la douce extase de la confiance mutuelle.

Et l'amour le plus pur.

— Je vais appeler la police et déposer une plainte, déclara Chloé au terme d'une douche si longue et délicieuse que l'eau était devenue froide quand Chase s'était finalement décidé à rincer le shampoing de ses longs cheveux. Je demanderai aussi une injonction de mise à distance. Je sais que j'aurais dû le faire tout de suite après l'agression. Si je ne l'ai pas fait, ce n'est pas parce que j'avais honte de raconter à la police ce qui m'était arrivé. Je sais que ce n'est pas à moi d'avoir honte.

La colère avait assombri son regard quand elle avait prononcé ces derniers mots.

— Mais je n'arrêtais pas de me dire que j'aurais dû prévoir que ça allait arriver, que si j'avais eu conscience que le quitter le mettrait dans cet état de colère démente, j'aurais pu prendre des dispositions pour qu'il ne puisse pas m'atteindre.

S'il se retrouvait un jour face à face avec cette ordure, Chase se demandait comment il ferait pour se retenir de le tuer.

— Tu es si bonne, si douce et si forte que tu peux faire tout ce que tu veux, Chloé. Tout, sauf t'accuser de la faiblesse des autres.

— Maintenant je le sais.

La veille, au restaurant, Chase ne lui avait pas montré toutes les photos d'elle qu'il avait prises. Il alla chercher l'une de ses sacoches et en sortit une autre pile.

— Celles-là, je les ai prises à titre de preuves.

Chloé s'en empara et regarda rapidement les clichés qu'il avait réalisés de son hématome à son insu.

— J'aurais dû penser à te demander de le faire, dit-elle. Mais je... (Elle prit une longue inspiration.) Je n'étais pas prête à penser à ce que je devais faire.

Elle eut un sourire pâlichon, mais c'était déjà un sourire.

— Merci d'y avoir pensé à ma place, conclut-elle en tendant le bras vers lui. Tu veux bien rester près de moi pendant que j'appelle la police ?

Chase fut à deux doigts de lui dire qu'il était prêt à faire bien autre chose que de rester près d'elle pendant qu'elle téléphonait. Lui et ses frères veilleraient fermement à ce que son ex ne l'approche plus jamais.

Il se contenta de l'accompagner jusqu'à la cuisine, de lui passer le téléphone et de lui tenir la main pendant toute sa conversation avec l'officier. Quand elle raccrocha, Chloé semblait secouée.

— Est-ce que je t'ai déjà dit à quel point tu es courageuse, depuis ton réveil ? demanda-t-il.

— Moi aussi, je t'aime, répondit-elle.

Il la fit asseoir sur ses genoux et se dit qu'il aurait voulu rester comme ça éternellement. Mais le silence incita Chloé à repasser en boucle dans sa tête sa conversation téléphonique.

— Je vais enfin avoir l'occasion de te préparer un petit déjeuner digne de ce nom, déclara-t-il.

Surprise, elle écarta la tête de son torse.

— Digne de ce nom ?

— Attends-toi à jouir des bienfaits d'un autre de mes talents.

Il remua les sourcils comme un satyre pour lui rappeler duquel de ces talents elle venait de jouir. La chaleur et la douceur du corps de la jeune femme lui manquèrent quand elle quitta ses genoux mais, une fois qu'il eut enfilé un tablier de cuisine à fleurs, son sourire radieux le consola.

— Je jure de ne faire aucune allusion aux marshmallows, dit-elle en gloussant quand il lui présenta son dos pour qu'elle noue les liens de son tablier.

Quand il se retourna, il fut heureux de découvrir la lueur d'amusement qui dansait dans ses iris.

— Tu restes mon Beau Gosse, lui assura-t-elle en s'emparant d'une paire de ciseaux plantée sur le bloc des couteaux de cuisine. Je vais aller cueillir des fleurs qui s'harmoniseront à merveille avec ton magnifique tablier, annonça-t-elle.

Elle bondit hors de sa portée avant qu'il ait pu appliquer une tape sur son adorable postérieur et il aima le son de son rire.

— Le Petit Chaperon rouge ferait bien de se sauver en vitesse s'il ne veut pas que le Loup lui montre qu'il n'a pas seulement faim de pancakes.

— Pff ! Des promesses, toujours des promesses, s'esclaffa-t-elle en quittant la pièce.

Chase regarda la porte un moment, gagné par un profond sentiment de gratitude pour tous les bienfaits que lui accordait la vie, le plus merveilleux de tous étant d'avoir gagné la confiance et l'amour de celle qu'il aimait.

Elle lui avait dit ce matin-là qu'elle n'avait pas peur qu'il aille trop loin – non, elle ne s'était pas contentée de le lui dire, elle lui avait montré avec son corps ce qu'elle voulait lui donner, ce qu'elle voulait qu'il prenne – mais il savait qu'un jour ou l'autre, inévitablement, il la froisserait en agissant à sa place sans réfléchir. Dieu savait qu'ils avaient de nombreuses fois commis cette erreur avec leurs sœurs, ses frères et lui, sous prétexte de les protéger. Pas seulement parce qu'ils étaient plus âgés et qu'ils estimaient tout savoir mieux qu'elles.

Mais même s'il savait que lui et Chloé auraient forcément quelques prises de bec, il savait aussi que leur amour serait assez fort pour surmonter ces petits conflits.

Et puis, ils se réconcilieraient en ayant d'autres « discussions » au sujet des limites à franchir, et cette perspective lui plaisait énormément. Un large sourire illuminait son visage quand il attrapa le paquet de farine dans le placard.

Pour commencer, il allait l'éblouir avec ses super pancakes, après quoi il l'éblouirait d'une autre façon qui lui ferait complètement oublier le petit déjeuner.

20

Chloé avait si longtemps redouté de téléphoner à la police qu'elle avait cru qu'elle aurait l'estomac noué pendant des heures, voire pendant des jours après l'avoir fait. Pourtant, elle ne se sentait ni faible ni tremblante. Bien au contraire. Elle se sentait beaucoup plus légère, prête à faire un petit footing jusqu'en haut de la colline sans même être essoufflée à l'arrivée.

Les massifs de lavande plantés devant la maison d'hôtes étaient en pleine floraison et embaumaient sous le soleil, leur parfum se mêlant harmonieusement avec celui d'autres fleurs et des raisins qui poussaient partout alentour sur ce merveilleux vignoble de Napa Valley. Elle s'approcha d'un massif, le sourire aux lèvres, et à peine eut-elle coupé un brin de lavande avec ses ciseaux qu'elle entendit un bruit derrière elle.

Le temps qu'elle comprenne qu'arriver en catimini dans son dos n'était absolument pas dans les manières de Chase, une main s'était déjà plaquée sur sa bouche.

Les ciseaux lui tombèrent des mains, et l'homme l'attira brutalement contre lui.

— Espèce de petite salope. Je t'ai vue jouer au papa et à la maman avec ce type.

Dean.

Comment l'avait-il retrouvée ?

Chloé s'efforça de juguler sa panique. Si elle se laissait gagner par la peur, elle n'aurait plus les idées assez claires pour se défendre. Défendre la vie à laquelle elle avait droit.

À la place de la peur, elle laissa sa fureur se déployer.

Car cette fois, elle ne s'enfuirait pas.

Non, elle ne fuirait plus jamais.

La main de son ex-mari était lisse et moite sur son visage.

— Est-ce que tu le supplies de faire des cochonneries avec toi, petite pute ? siffla-t-il à son oreille.

Il était encore plus en colère que lorsqu'il avait débarqué dans son appartement. Sa fierté avait dû en prendre un sacré coup quand elle lui avait lancé ce seau de peinture à la figure. Et pour avoir vécu avec lui pendant des années, Chloé savait comment son esprit fonctionnait. Il devait se dire que, si elle n'était pas encore allée trouver la police, cela voulait dire qu'elle avait trop peur de raconter à quiconque ce qu'il avait essayé de lui faire.

Elle savait quelle réaction il attendait de sa part. Il s'attendait à ce qu'elle encaisse les coups sans broncher. À ce qu'elle le couvre. Comme elle avait dû le faire pendant toutes ces années. Il n'avait même pas eu besoin de recourir à la force, du temps de leur mariage, pour l'obliger à ployer devant lui. Il lui suffisait de la regarder comme si elle ne valait rien… et elle le croyait.

Mais elle connaissait à présent sa vraie valeur. Et elle savait qui elle était.

Chloé mordit la paume de Dean aussi fort qu'elle put, et le goût du sang envahit sa bouche quand il poussa un cri.

Profitant de son avantage, elle donna une bonne ruade, en tâchant d'atteindre au jugé son entrejambe, puis s'élança pour attraper les ciseaux.

Sa main les avait presque atteints quand on tira violemment ses cheveux en arrière, si violemment que des larmes embuèrent ses yeux. Elle trouva cependant l'énergie de réprimer un gémissement de douleur, refusant de lui donner ce plaisir.

— J'ai pisté ta voiture et j'ai soudoyé le conducteur de la dépanneuse pour qu'il me dise où il l'avait ramassée, se vanta-t-il. Mais je ne pensais pas te trouver au plumard avec un type en arrivant ici, ajouta-t-il en lui tirant à nouveau les cheveux, assez fort pour que la douleur obscurcisse presque complètement sa vision. Dis-moi ce qu'il te fait, salope !

Elle savait ce qui se passerait si elle lui disait la vérité. Il recommencerait à la frapper. Elle voyait qu'il en mourait d'envie.

Oh, mon Dieu ! Ça lui avait fait tellement mal la première fois. Il fallait qu'elle trouve le moyen de se rapprocher des ciseaux. Elle veillerait alors à lui faire payer les souffrances qu'il lui avait causées.

Définitivement.

Elle le regarda droit dans les yeux, avec insolence, et imprima un pli moqueur à sa bouche.

— Tu ne supporterais pas que je te dise tout le bien qu'il me fait. Il est sacrément meilleur que toi, je te le garantis.

Comme elle s'y était attendue, il projeta son poing vers elle. Mais cette fois, elle n'avait pas peur. Elle ne put s'écarter assez pour éviter le coup, mais le choc fut gommé par le sentiment de victoire qui s'empara d'elle quand sa main se referma sur les ciseaux, une fraction de seconde plus tard.

Le poing de l'autre était à nouveau à mi-chemin de son visage quand elle s'accroupit brusquement, se retourna et dirigea le bout pointu des ciseaux vers celui auquel elle avait autrefois juré un amour éternel devant sa famille, parce qu'elle n'avait pas eu le courage de faire confiance à son propre cœur.

Mais elle lui faisait confiance à présent. Et elle ne laisserait personne la priver de l'amour qu'elle méritait.

Quand elle planta les ciseaux juste à côté de l'hématome qu'elle lui avait laissé lorsqu'il l'avait agressée chez elle, Dean chancela en arrière en émettant un sifflement de douleur et atterrit directement… dans les bras de Chase !

Le poing de ce dernier s'abattit au beau milieu de sa mâchoire, et un affreux craquement d'os troubla le doux silence du vignoble.

Dean se mit à loucher et tituba à nouveau en arrière, mais Chase ne s'en tint pas là et lui martela le visage à coups de poing, impitoyablement, au point de le faire ressembler à ces figurines dont la tête est montée sur un ressort.

Une voix dans la tête de Chloé – une petite voix sereine – lui souffla qu'elle devait arrêter Chase sous peine de commettre l'irréparable. Mais avant qu'elle ait eu le temps de le faire, les jambes de Dean le trahirent, et il s'écroula.

Il s'affaissa lourdement sur le sol et, au bruit que fit son crâne en heurtant le sol, Chloé fut persuadée qu'il allait perdre conscience ; cependant, il leva les yeux vers elle et émit un son inarticulé, tandis qu'un filet de sang s'échappait de sa bouche.

Chase s'accroupit à côté de lui et referma sa main autour de sa gorge.

— Présente des excuses à Chloé.

Elle ne l'avait encore jamais vu ainsi. Il ne se maîtrisait qu'à grand-peine. Certes, elle savait depuis le début que son amant était grand et fort, mais le voir la protéger de cette façon n'en demeurait pas moins impressionnant.

Comme son ex ne s'excusait pas assez vite à son gré, Chase affermit son étreinte autour de sa gorge au point de le faire tousser.

— Je te laisse une dernière chance de demander pardon.

Il avait dit cela d'un ton sourd et menaçant qui incita Dean à ouvrir les paupières pour regarder la jeune femme.

— Désolé, Chloé.

Incapable de parler, elle se contenta de hocher la tête.

Le regard de Dean devint vitreux, comme s'il allait s'évanouir, mais Chase le secoua violemment.

— Ce n'est pas fini, pourriture.

Chloé n'avait encore jamais vu son mari aussi minable. Le visage en sang, couvert de traces de coups, il pleurait, et des traînées de terre s'agglutinaient à la morve qui lui coulait du nez.

— Est-ce que tu chercheras encore à l'approcher ? demanda Chase en cognant rythmiquement sa tête contre le sol.

— Non, pleurnicha Dean. Jamais. Je ne la tourmenterai plus jamais.

Ses yeux se révulsèrent soudain, et il s'évanouit.

Chloé considéra son ex-mari et il lui parut plus petit que jamais. Les doigts de Chase effleurèrent alors délicatement sa joue cuisante.

Elle leva le regard vers lui quand il l'attira dans ses bras.

— Chloé, ma douce. Il t'a encore frappée.

Mais elle se souciait peu de son visage car le bruit effrayant d'os broyé qui avait accompagné chacun des coups de poing que Chase avait assenés au visage de Dean retentissait encore à ses oreilles.

— Je t'en supplie, dis-moi que tu ne t'es pas fait mal à la main.

— Je suis en acier, pas en marshmallow, qu'est-ce que tu crois ? répondit-il avec un petit sourire. Il faut bien plus que quelques coups de poing pour endommager mes phalanges.

La colère et la peur qu'il avait eue pour elle étaient palpables.

— Un peu de sang sur les mains, ce n'est pas grand-chose comparé à la satisfaction de savoir qu'il ne t'approchera plus jamais.

Elle savait que Chase aurait voulu malmener Dean davantage encore, pour lui faire payer tout le mal qu'il avait fait à Chloé – pas seulement le coup de poing, mais les années d'humiliation et de domination.

Elle prit les mains de son amant et les plaça sur son cœur.

— Tu m'as dit que tu étais prêt à tout pour moi, lui rappela-t-elle.

— Tout, confirma-t-il.

— Il ne mérite pas ta colère. Il ne mérite pas que tu t'abîmes les mains sur sa vilaine tête dure alors que tu en as besoin pour prendre de belles photos. Je veux qu'à partir de maintenant, tu laisses la police se charger du reste.

Un grondement de frustration franchit les lèvres de Chase.

— Ça va me tuer de le laisser s'en tirer à si bon compte, Chloé. De savoir qu'il t'a fait du mal et qu'il n'a pas assez payé.

— Mais tu le feras, n'est-ce pas ? Pour moi, tu le feras, dis ?

Elle le vit se livrer à un douloureux combat intérieur et l'aima plus que jamais de tenir aussi fort à veiller sur elle. Finalement, il dit ce qu'elle avait su qu'il prononcerait :

— Tout ce que tu veux, ma douce. Je ferai tout ce que tu veux.

Elle se hissa sur la pointe des pieds et rapprocha sa bouche de la sienne.

— Je sais. Et je ferai tout pour toi, affirma-t-elle en pressant ses lèvres contre les siennes. *Tout*, murmura-t-elle.

Quelques secondes plus tard, elle prit le portable qu'il lui tendit et appela la police pour leur demander de venir immédiatement. Pendant ce temps, Chase ligota Dean avec une grosse corde sans trop de ménagements, à tel point que celui-ci reprit connaissance.

Ignorant ses gémissements, Chase et Chloé allèrent se poster sur le perron de la maison et gardèrent l'œil sur lui en attendant l'arrivée de la police. Chloé comprit qu'il ne voulait pas la laisser seule plus de quelques secondes quand il alla chercher de la glace au congélateur et qu'il fut de retour en un éclair.

Il la fit asseoir sur ses genoux et maintint la poche de glace contre sa mâchoire, comme il l'avait fait le soir de leur rencontre.

— Je suis désolé, Chloé, chuchota-t-il. J'aurais dû être là.

— Tu n'as pas à t'excuser. C'est lui qui m'a suivie jusqu'ici. Comme tu l'as dit tout à l'heure, on ne pouvait pas deviner ce qu'il allait faire. Mais je suis convaincue qu'il ne s'avisera plus de me faire du mal.

— Non, renchérit Chase d'une voix sourde, il ne s'avisera plus de le faire. Tu sais pourquoi ?

— Parce qu'il préférera garder les dents que tu lui as laissées. Et qu'une fois qu'il apprendra qu'il y a cinq autres paires de poings comme les tiens…

— C'est vrai. Il a la trouille. Mais pas à cause de ce que je lui ai fait ni de ce que je lui ai dit…

— Qu'est-ce que tu veux dire ?

Le sourire qu'il lui décocha reflétait tellement d'amour – et de respect – que Chloé en eut le souffle coupé.

— Il n'osera plus jamais s'en prendre à toi, ma douce, parce que tu l'as eu. Même si je ne lui avais pas cassé la figure, il ne t'aurait plus jamais embêtée. Tu avais déjà gagné la bataille. Je te félicite pour ce coup de ciseaux, c'était très bien visé. Tu n'avais pas besoin que je m'en mêle, confessa-t-il d'un air coupable, mais je n'ai pas pu m'en empêcher. Ma seule excuse, c'est que je rêvais qu'il me tombe sous la main depuis notre rencontre.

Chloé ne se soucia pas que sourire la fasse souffrir, à cause du coup de poing qu'elle avait reçu à la mâchoire. Rien n'aurait pu l'en empêcher : Chase croyait en elle !

Et il n'était pas le seul. Elle aussi, avait fini par croire en elle.

— Tu sais ce que j'ai compris cette semaine ?

— Que je suis un dieu du sexe.

Le rire qui la submergea lui fit l'effet de chasser toutes ses souffrances et toutes ses peines.

— Oui, Beau Gosse, tu *es* un dieu du sexe. Mais j'ai aussi découvert que j'aime bien faire équipe. Avec toi.

Chloé n'avait encore jamais vu Chase avec un air aussi heureux, pas même quand elle lui avait dit qu'elle était tombée amoureuse de lui.

Et elle était aussi heureuse que lui. Parce qu'elle n'avait pas seulement cherché à être chérie toute sa vie, elle avait aussi cherché à faire partie de quelque chose de plus grand qu'elle toute seule.

Une famille. Elle avait besoin de savoir qu'elle faisait partie d'une famille qui l'aimait, quoi qu'il advienne.

Toujours.

Inconditionnellement.

Des sirènes retentirent alors au niveau du portail du vignoble Sullivan. Chloé s'entretint avec les officiers de police et les regarda installer Dean sur la banquette arrière de l'un de leurs véhicules.

— Comment te sens-tu, ma douce ?

— Un peu triste, avoua-t-elle. Toutes ces années… Je me dis qu'aucune d'elles n'a été perdue, ajouta-t-elle en plantant son regard dans ses beaux yeux. Parce qu'au bout du compte, elles m'auront conduit jusqu'à toi.

Avant qu'elle ait eu le temps de comprendre ce qu'il faisait, Chase posait un genou devant elle au beau milieu du jardin. Il tendit la main vers un massif de lavande et en cueillit un brin.

— Chloé Peterson, je t'aime.

Une douce musique s'éleva dans le cœur de la jeune femme quand il prononça ces mots – accompagnée d'un bonheur infini. Mais même s'il ne devait jamais les dire, elle saurait quels étaient ses sentiments pour elle rien qu'en le regardant dans les yeux.

— Veux-tu m'épouser ?

Chloé ne doutait plus d'être une femme forte. Elle savait aussi qu'elle n'avait pas besoin de l'être avec Chase.

Ce qui était une excellente chose car elle sentit ses jambes faiblir et ses yeux s'embuer de larmes.

— Oui, fit-elle dans un murmure tandis que Chase nouait le brin de lavande autour de son annulaire.

Et quand il se releva pour l'embrasser, Chloé eut conscience avec surprise que son conte de fées ne s'achevait pas, finalement.

Il ne faisait que commencer.

Épilogue

Marcus Sullivan regarda les serveurs circuler dans le loft de Chase et Chloé à San Francisco, porteurs de plateaux offrant une sélection de ses meilleurs crus. Ils avaient annoncé leurs fiançailles un mois plus tôt et, ce soir, ils partageaient leur bonheur avec tout le clan Sullivan.

Ils s'étaient tous arrangés pour se libérer ce soir-là. Smith lui-même était revenu d'Italie pour le week-end, alors qu'il était en plein tournage d'un thriller à gros budget. Les parents de Chloé étaient visiblement époustouflés, pas seulement de rencontrer une star de cinéma, mais la famille Sullivan au complet – à l'exception de Lori qui avait été retenue sur le tournage du clip d'une pop star en pleine ascension. La mère de Chase, Mary Sullivan, avait passé pratiquement toute la soirée auprès des parents de Chloé, veillant à ce qu'ils se sentent à l'aise.

Légèrement en retrait, Marcus était heureux pour son frère. Chase avait choisi la femme parfaite.

Marcus descendit son verre d'un trait, sans le déguster, et en rafla un autre sur le plateau du serveur avant que celui-ci ait eu le temps de s'éloigner. Il ne buvait jamais avec excès. Il n'aimait pas être ivre, et étant donné son métier, une tendance marquée à l'éthylisme aurait signifié pour lui autre chose qu'un problème de santé…

Ce soir-là, néanmoins, Marcus se fichait royalement de son métier. Ou de rester sobre.

Comment Jill avait-elle pu le laisser entrer pour qu'il la trouve avec…

Il siffla le deuxième verre aussi vite que le premier et il tendait la main pour en attraper un troisième, quand il vit que sa mère venait vers lui.

Quelques minutes auparavant, elle avait déclaré à l'assemblée tout entière qu'elle était très fière de voir – enfin – l'un de ses enfants se décider à faire le grand saut. Elle n'avait pas dit, cependant, qu'elle avait toujours cru que son fils aîné serait le premier à s'avancer jusqu'à l'autel.

Marcus l'avait cru, lui aussi. Mais désormais, il savait à quoi s'en tenir.

Il savait à présent que les deux années qu'il venait de passer à attendre que Jill « se sente prête » pour l'étape suivante n'avaient été qu'un mensonge.

— Ils forment un très beau couple, n'est-ce pas ? dit-il à sa mère, préférant la devancer quant au choix du sujet de conversation.

— Elle est parfaite pour lui, répondit celle-ci en regardant les intéressés avec un sourire. Belle, forte et créative.

Elle reporta trop vite le regard sur son fils aîné et le surprit en train de descendre son troisième verre. Marcus savait boire, mais elle ne l'avait encore jamais vu engloutir de telles quantités à cette vitesse.

— Qu'est-ce qui ne va pas, mon chéri ?

— Rien.

Mais ils savaient tous deux que c'était un mensonge.

Marcus se dit qu'il ferait mieux de partir avant de gâcher la soirée de Chase et Chloé.

— Je serai à nouveau en ville le week-end prochain. Je passerai te voir à ce moment-là.

Sa mère posa la main sur son bras.

— Est-ce que Jill sera…

Lori surgit devant eux avant que Mary ait eu le temps d'achever sa phrase, toujours vêtue de sa tenue de danse.

— Ouf ! J'ai bien cru que je n'arriverais jamais à quitter le studio ! s'exclama-t-elle avant de foncer sur les fiancés. Ma future belle-sœur ! lança-t-elle en passant les bras autour du cou de Chloé. Il faut qu'on prenne une photo de groupe !

Mme Sullivan remit son appareil photo à l'un des serveurs pour qu'il prenne une photo des deux familles. Marcus se tint très raide, légèrement en retrait, et dès que la photo fut prise se sauva avant que quiconque s'avise de le retenir.

Cela faisait deux ans qu'il n'avait pas eu d'aventure sans lendemain, qu'il n'avait pas entraîné une belle inconnue dans son lit. Comme un imbécile, il s'était privé de sexe, en échange d'une vaine promesse d'amour.

Mais maintenant, Marcus n'était plus un imbécile.

Et ce soir, il allait rattraper le temps perdu.

Découvrez les prochaines nouveautés des différentes collections J'ai lu pour elle

AVENTURES & PASSIONS

Le 8 janvier

Inédit ***Le cercle des canailles - 1 - Le flambeur***

Sarah MacLean

Il y a dix ans, le marquis de Bourne a perdu les terres familiales au jeu. Il s'est juré de les récupérer et de se venger. Aujourd'hui, il possède un club de jeu. Mais reprendre possession de son bien est plus difficile que prévu. En effet, le nouveau propriétaire, désespérant de marier un jour sa fille aînée, a ajouté ses terres à sa dot. Le marquis décide d'épouser Pénélope. Qu'elle le veuille ou non.

Inédit ***Les demoiselles de Spindle Cove - 1 - Un moment d'abandon*** **Tessa Dare**

Spindle Cove est un village idyllique. Il permet aux femmes de s'évader loin de la folie des hommes. Pourtant, ce havre de paix est bientôt envahi par des soldats las de la guerre et dangereusement séduisants. Victor Bramwell, nouveau comte de Rycliff, est l'un d'eux. Il a l'ordre de former une milice locale dans ce lieu atypique. Rapidemment, il se heurte à Susanna Finch, et à ses idées résolument modernes.

L'ange de minuit **Lisa Kleypas**

Saint-Pétersbourg, 1870. Accusée d'avoir tué son mari, le prince Mikhaïl, Tasia est condamnée à la peine capitale. Elle parvient à s'enfuir et gagne l'Angleterre, où elle obtient une place de gouvernante chez lord Stokehurst. Aussitôt, sa vie bascule : adieu la riche héritière ! Désormais, c'est elle la servante, face à un homme habitué à régner en maître et à obtenir tout ce qu'il veut.

Le 22 janvier

Inédit

La splendeur de l'honneur

Julie Garwood

Sous le règne de Guillaume II, l'Angleterre est déchirée par les guerres perpétuelles que se livrent ses barons. Après une enfance recluse et solitaire, lady Madelyne est désormais à la merci des caprices de son cruel demi-frère, le baron Louddon. Jusqu'au jour où le terrible Duncan de Wexton, le Loup, attaque sa forteresse, la brûle et emporte avec lui Madelyne en guise de trophée.
Mais, dès l'instant où ils posent les yeux l'un sur l'autre, c'est une autre conquête qui commence. Bien plus tendre mais infiniment plus acharnée.

Inédit

La saga des Bedwyn - 3 - Fausses fiançailles

Mary Balogh

Freyja Bedwyn est une jeune femme indépendante. Alors qu'elle entreprend un voyage à Bath chez une amie, elle s'arrête dans une auberge. C'est alors qu'elle a la surprise de voir sa chambre envahie par un séduisant intrus : Joshua Moore, marquis de Hallmere. Pour éviter d'épouser la jeune fille qui lui est promise, Joshua lui propose de fausses fiançailles. Tout se complique lorsque la nouvelle parvient aux oreilles du frère aîné de Freyja.

L'inconnue du Mississippi **Kathleen E. Woodiwiss**

Louisiane à la veille de la guerre de Sécession. Qui est cette belle inconnue, terrifiée et amnésique? Lierin ou sa sœur jumelle Lenore, ou bien encore une pauvre folle échappée d'un asile ? Est-elle mariée à Ashton ou à Malcolm ? Est-ce une victime ou une simulatrice ?
Kathleen E. Woodiwiss campe ici une de ces figures dont elle a le secret et ne lèvera le voile que dans les toutes dernières lignes.

Romantic Suspense

Le 8 janvier

Le secret du lac ☙ **Linda Howard**

À quatorze ans, Clémence Devlin a été abandonnée par une mère infidèle puis exclue de la ville de Prescott. À l'origine de ce départ : Gray, le fils de Guy Bouvier, l'amant de sa mère. Si Clémence avait le béguin pour Gray, ce dernier la haïssait. Car en découvrant la relation adultère qu'entretenaient leurs parents, il avait été fou de rage. Des années plus tard, Clémence revient à Prescott sous le regard noir de Gray, et avec une certitude : sa mère ne s'est jamais enfuie avec Guy, car ce dernier est mort. Que s'est-il passé douze ans plus tôt ?

Le 22 janvier

Inédit ***Les anges gardiens - 3 - Jeux de rôles*** ☙

Roxanne St. Claire

Détective privé, Vivi Angelino adore flirter avec le danger. Or, sa nouvelle mission n'a rien d'un petit frisson juste pour le plaisir. Jouer le rôle d'une actrice de cinéma et devenir de ce fait l'appât d'un sérial killer, voilà qui n'est pas une mince affaire. Mais il en faut plus pour effrayer Vivi, d'autant que mettre la main sur ce dangereux criminel serait plus que bénéfique pour la renommée des Gardiens Angelino, l'entreprise familiale. À condition toutefois qu'un agent du FBI ne vienne pas fourrer son nez là-dedans…

Passion intense

Des romans légers et coquins

Le 8 janvier

Tendres provocations
Lori Foster, Erin McCarthy, Helen Kay Dimon
Flirter avec une serveuse lors d'une soirée pour se distraire, jusqu'à vivre une expérience extraordinaire ; repêcher dans un lac une bien curieuse sirène en mal d'amour lors d'une balade en barque ; se retrouver en tête à tête pour le week-end dans le sous-sol d'une maison avec une femme superbe mais au caractère bien trempé... Autant d'expériences intenses, qui ne demandent qu'à être lues ou vécues.

Le 22 janvier

Inédit ***Carrément in love*** **Erin McCarthy**
Pilote de stock-car investi et émérite, Kendall Holbrook est déterminée à prouver qu'une femme peut s'épanouir et évoluer dans un univers exclusivement masculin. Si son métier la passionne, elle n'a toutefois guère le temps pour l'amour, ni l'envie, d'ailleurs. Quelques années plus tôt, son ex, Evan Monroe, a détruit toutes ses illusions sur le sujet. Sauf qu'aujourd'hui, Evan est son principal concurrent sur la piste...

CRÉPUSCULE

Le 22 janvier

La chronique des Anciens* - 3 - *L'étreinte du serpent
☙ Thea Harrison
Pour sauver la vie de l'un de ses amis, Rune, un puissant guerrier wyr, a contracté un pacte avec Carling, la reine des vampires. Or, quand Rune s'apprête à s'acquitter de sa dette envers Carling, il la découvre au bord de la déraison, rongée par un mal étrange. Aussitôt alors, Rune s'engage à partir à la recherche du seul remède capable de guérir la belle : l'étreinte du serpent...

Et toujours la reine du roman sentimental :

Barbara Cartland

« Les romans de Barbara Cartland nous transportent dans un monde passé, mais si proche de nous en ce qui concerne les sentiments. L'amour y est un protagoniste à part entière : un amour parfois contrarié, qui souvent arrive de façon imprévue.
Grâce à son style, Barbara Cartland nous apprend que les rêves peuvent toujours se réaliser et qu'il ne faut jamais désespérer. »

Angela Fracchiolla, lectrice, Italie

Le 8 janvier
L'homme de mes rêves

10422

Composition
FACOMPO

Achevé d'imprimer en Italie
Par GRAFICA VENETA
le 4 novembre 2013.

Dépôt légal : novembre 2013.
EAN 9782290070482
L21EPSN001055N001

ÉDITIONS J'AI LU
87, quai Panhard-et-Levassor, 75013 Paris

Diffusion France et étranger : Flammarion